2019. 1. 25.

ARZAK**POLARIS**

2019 제1회 **폴라리스** 선정작품집

아작

차례

위대한 제조

백승화

1

"우리한텐 미래가 없어."

톨게이트 요금수납원 오하나에게 몸풀기 체조를 가르쳐
줬던 순이 언니는 이 말을 마지막으로 직장에 나오질 않았
다. 맞는 말이었다. 고속도로 자동화시스템이 자리를 잡으
면서 직접 요금을 받던 비정규직 수납원들은 대량 해고를
당했다. 약속되었던 정규직 전환은 없었다. 오하나는 운이
좋게도 아직 직접 요금을 받는 충북 단양 외곽의 인적 드문
톨게이트로 옮겨 왔지만, 자동화 시대에 그가 만나는 손님
은 하루 평균 겨우 네다섯 명 정도뿐이었다.

따분한 직업이었다. 특히 이런 식후 시간에는 라디오 프
로그램 속 청취자 사연들이 마치 자장가처럼 들렸다.

"이번에는요, 경기도 파주시에서 이소라 님이 보내주신 사연입니다. 제목은 '세상에 완벽한 사람은 없잖아요'. 안녕하세요! 아침에 늦잠을 자서 정신없이 씻고 출근하러 나왔는데 기분이 싸한 거예요. 그럴 때 있잖아요. 뭔지 기억나진 않지만 무언가 잘못되었다는 확신이 드는…. 가스 불을 안 잠갔다거나 핸드폰을 두고 나왔을 때 뒷목부터 싸한 그 기분요…."

✳

정신없이 졸고 있던 오하나는 자동화 차선으로 들어가려던 차량 한 대가 차선을 바꿔 자신의 요금 부스로 다가오고 있는 것을 눈치채지 못했다. 그런 요금수납원의 모습을 본 차량 운전자는 버럭 짜증을 냈다. 그래 봤자 몇 초 기다린 것뿐이었지만 클랙슨보다 더 큰 목소리였다.

"여기! 여기! 돈 안 받아?"

"아, 죄송합니다."

그제야 눈을 뜬 오하나는 3천 원을 받아들고 급한 마음에 톨게이트 차단기부터 올렸다. 그러곤 뒤늦게 모니터를 확인하는데…, 아차! 요금이 2,900원이다.

"잠깐만요! 100원…."

차량은 어느새 톨게이트로부터 멀어져가고 있었다. 오하나는 잔돈 100원을 거슬러주지 못했다. 요금을 잘못 받거나 잔돈을 잘못 주어서 정산 시 오차가 생기는 일은 요금수납원들이 정신없이 바쁘던 과거에나 가끔 있는 일이었다. 자동화 이후로는 단 1원의 오차도 없었다. 게다가 조느라 잔돈에 오차가 생겼다고 생각하니 영 찝찝할 수밖에 없었다.

"아, 신발."

그 비슷한 발음의 욕을 중얼거리며 잠시 고민하던 오하나는 손에 쥔 100원을 계산통에 넣지 않고 그대로 자리에서 일어났다. 실수의 원흉이 된 잠을 깨우기 위해 잠시 부스 밖으로 나가기로 마음먹은 것이었다.

✳

몸풀기 체조는 오하나와 같이 종일 좁은 공간에 앉아 일하는 사람들에겐 필수적이었다. 순이 언니가 알려준 체조라서 '순이체조'라고 이름 붙은 열 개의 동작은 별다른 건 아니었지만 나름의 순서가 있었다. 허리에 손을 얹고 상반신을 돌리는 첫 번째 동작부터, 고개를 천천히 돌리거나 손목과 발목을 풀어주는, 평범하다면 평범한 동작들이었다. 오하나는 이따금 부스 밖으로 나와 이것을 꽤 충실히 하고 있었다. 안 하는 것보단 훨씬 나았다.

마지막으로 앉았다 일어나며 양손을 높이 들어 기지개하듯 몸을 펴주는 열 번째 동작을 할 때, 오하나는 여전히 손에 쥐고 있던 100원짜리가 알 수 없는 빛에 반짝이는 것을 보았다. 그리고 모든 동작을 마친 그 순간에 오하나는 싸한 기분을 느꼈다. 그러니까 집에 핸드폰을 두고 나왔다거나, 가스 불을 잠그지 않고 나왔다는 걸 깨달았을 때 느낀다는 그런 뒷목부터 싸한 기분 말이다. 하지만 가스 불이나 핸드폰 정도의 문제가 아니었다. 사실은 우주가 끝나버리는 찰나에 인류가 겪게 되는 기분이 바로 그런 싸함과 비슷했기 때문이다.

다시 말해 오하나가 체조를 마치는 그 순간에, 우주가 끝나버렸다.

2

"좋았어!"

신이 난 목소리였다. 오하나는 무의식적으로 소리 나는 곳을 향해 고개를 돌렸지만, 소리의 정체보다는 자신이 어느 텅 빈 공간에 서 있음을 먼저 깨달았다.

목소리의 주인은 창조자였다. 권위에 비해 다소 수다스러운 작자인 창조자는 오하나의 앞에 자신의 모습을 드러냈다. 사실 모습이라고 하기엔 오해의 소지가 있는 것이 무형의 에너지로만 이루어진 존재여서 눈에 보이거나 하지는 않았다. 하지만 마치 처음부터 그곳에 있었던 것처럼 그는 분명히 그곳에 있었다.

"사실 나는 이 순간을 좋아해."

창조자는 말을 이어갔다. "누군가는 악취미라고도 하지만, 처음 이곳에 불려 온 창조물이 혼란에 빠지는 모습을 지켜보는 건 내 입장에선 오히려 보람되기도 하거든. 하지만 지금은 시간이 별로 없으니까 바로 본론으로 들어갈게. 알겠지? 그러니까 이게 전부 어떻게 된 건지 하는 질문들의 답 말이야."

오하나는 멍하니 있었다. 그도 그럴 것이 창조자는 소리를 통해 말을 하는 것이 아니라 의식을 통해 내용을 전달했기 때문이다. 솔직히 오하나가 제대로 알아들은 건 마지막 단어뿐이었다.

"무슨… 답요?"

창조자가 알려준 답을 한마디로 정리하자면, 오하나가 알던 우주 전체가 실은 순이체조를 위해 존재했다는 것이었다. 그걸 조금 풀어서 말하자면 다음과 같았다.

✳

아주 오래전부터 창조자들은 특정한 에너지 변화 값을 가진 체조를 필요로 했다. 왜? 그 변화 값이 에너지로 된 존재인 창조자들의 건강에 좋았기 때문이다. 허리 디스크에도 좋고 거북목도 펴주고 그랬다. 그리고 그것을 '위대한 체조'라 불렀다.

아무튼, 그들도 처음에는 손수 우주를 만들어 원하는 에너지 변화 값이 나올 때까지 성의를 다해 가꿨다. 행성들을 부딪쳐보거나 빙글빙글 돌리기도 하고 유기체를 만들어보기도 했다. 근데 그러다 보니 시간도 오래 걸리고, 무엇보다 우연히 만들게 된 지적생명체들 또한 오류투성이로 영 딴짓만 해대는 바람에 원하는 에너지 변화 값을 얻기가 생각보다 쉽지 않았다. 그런 비효율적인 짓에 지친 창조자들은 빅뱅이라는 우주발생 자동화시스템을 개발했고, 이를 통해 간단하면서도 빠르고 정확하게 우주를 비롯한 생명체들을 뚝딱 만들 수 있게 되었다.

오하나의 창조자 역시 그 우주발생 자동화시스템으로 손쉽게 수많은 우주를 만들었고 몇십억 년간 자동실행을 시킨 끝에 그중 한 우주의 어느 지점, 그러니까 충북 단양의 톨게이트에서 마침내 한 치의 오차도 없는 '그 값'을 찾아냈던 것이다. 그랬다. 오하나가 펼쳤던 그 엉성한 체조의 에너지 변화 값이 바로 그것이었다.

그리하여 그간의 목적을 달성한 우주는 자동으로 소멸되어버렸고, 여기 그 온상인 톨게이트 요금수납원 오하나만 남게 된 것이다.

＊

"시간이 없으니 질문은 하나만 받겠어."

창조자는 오래 기다릴 생각은 없다는 듯이 다리를 떨며 오하나가 질문하기를 기다렸지만, 오하나는 쉽사리 말을 꺼내지 못했다.

알게 된 것이 너무 얼토당토않아서 할 말을 잃었다거나, 그 반대로 위대한 깨달음 앞에 숙연해졌다거나 해서가 아니었다. 이상하게도 머릿속으로 여러 가지 질문들이 떠오르는 동시에 그 답도 떠올랐기 때문이다.

예를 들어 인류의 진화과정이라든가, 늘 궁금해했던 UFO의 정체라든가, 여덟 살 때 절친하던 친구가 왜 갑자기 전학을 가게 되었는지라든가, 심지어 자신이 키우던 고양이가 새로운 모래로 바꾼 화장실에 다녀오고 나면 왜 자신에게 그토록 몸을 비볐는지에 대해서까지 그간 지구에서 벌어진 그 모든 일들. 차라리 모르는 게 나았겠다 싶은 것까지 모두. 1+1이 2라는 걸 아는 것처럼 간단하고 명확히 알게 된 오하나였다. 아니, 그 모든 것들이 원래부터 알던 이야기처럼 느껴졌다.

그렇게 과거부터 지금까지에 대한 모든 답을 이해하게 된 오하나의 질문은 다음과 같았다.

"그럼 이젠 뭘 하나요?"

"이젠 다음 단계야. 바로 네 존재를 증명할 차례지."

창조자는 오하나를 자신이 사는 세계로 데리고 갔다.

3

그곳은 원인도 결과도 아닌 곳이었다. 그런 곳 말이다. 밝다거나 어둡지도 않고 새롭다거나 뻔하거나 하지도 않은 곳. 짠 것도 아니고 싱거운 것도 아니고, 좋지도 나쁘지도 않았다. 참 애매모호해서 어떤 모습인지 묘사하려면 지면을 몇 장이나 써도 모자랄 듯하지만, 또 막상 묘사하려고 하면 별달리 할 말도 없는 곳. 어쩌면 애매모호라는 개념 자체가 이곳을 위해 존재하는 것 같았다. 하지만 되레 이도 저도 아니어서 별다른 발전도 퇴보도 없는 완벽한 세계라고도 볼 수 있었다.

＊

'경축! 제○○회 에너지체조경연대회!'

창조자와 함께 도착한 오하나는 아주 커다란 글씨로 위와 같은 내용이 쓰인 현수막을 보고 있었다. 오하나의 입장에서는 일단 내용도 이상했지만, 무엇보다 이런 곳에 저런 식상한 현수막이라니, 그게 더 이상했다.

"저건… 현수막이네요? 평범한?"

"네가 이해할 수 있는 범위를 벗어난 것들은 이해할 수 있는 것들로 대체되어 보일 거야. 저게 현수막으로 보인다면 그냥 그렇게 이해하면 돼."

"에너지체조경연대회는 뭔데요?"

"말했듯이 네가 존재하는 목적이지. 이곳에서 네 에너지체조를 선보일 거야."

"제 체조라면… 순이체조를요?"

"그래. 역사가 깊은 대회야! 특히 우주발생 자동화시스템 덕분에 창조물들이 급격히 많아지면서부터 요새는 대회 규모도 엄청나게 커졌지. 각자가 만들어낸 창조물들의 체조를 가지고 겨루는 거야. 누가 더 위대한 체조에 가까운가를 두고!"

"하아…."

애초에 인류가 자동화로 만들어졌다는 것도, 게다가 그

목적이 이따위 대회에 있었다는 것도 오하나에겐 기분 나
쁜 일이었지만 무엇보다도 다른 이들 앞에서 자신의 엉성
한 체조를 선보여야 한다는 것이 내키지 않았다.

"꼭 해야 하는 거죠? 그 체조."

"꼭 해야 하는 건 없어. 단지 정해진 것들이 있을 뿐이지.
뜨거운 게 시간이 지나면 식는 것처럼 너는 때가 돼서 체조
를 하는 거고 나는 그러기 위해서 널 만든 거고."

"좀 알기 쉽게 알려줄 순 없나요? 그래서 뭐하는 대회
인지?"

"음. 굳이 지구적 예시로 표현하자면 뭐랄까? 창작에어
로빅대회랄까?"

창조자는 신이 나 보였다.

4

대회장 안엔 이미 도착해 있는 창조자들과 그들이 만들어낸 창조물들이 셀 수 없을 만큼 많았다. 창조물들은 오하나와 같이 자신들의 세계에서 살다가 한순간에 이곳으로 오게 된 자들이었다. 그들 중에는 인류와 비슷한 모습을 하거나 이해 가능한 수준의 문명을 이루어 살았던 것이라 추측되는 이들도 있었지만 소수였다. 대부분은 동물처럼 보이거나 아무리 봐도 정체가 뭔지 모를 만큼 기이한 구조를 가진 것들이었다. 오하나에게는 그들 하나하나가 모두 놀라움과 기이함의 대상이었는데 그건 다른 창조물들에게도 마찬가지인 것 같았다.

수리부엉이 눈에 코끼리 코 같은 팔다리를 스무 개 정도 가진 문어 생김새의 어떤 창조물이 지나쳐 가던 오하나를 보고 못 볼 걸 봤다는 것처럼 기겁하며 도망쳤기 때문이다.

아예 생명체의 범주를 벗어나거나 심지어 이해하기 힘든 개념적인 존재들도 다수였다. 이를테면 오하나가 보기엔 아무리 봐도 그냥 책상처럼 보이는 창조물도 있었는데 아마도 창조자가 말했던 '이해할 수 없는 범위의 무엇'이라서 책상으로 보인다고 생각하니 평범한 책상조차도 왠지 범상치 않게 보였다.

✳

놀라움이 점차 익숙해지고 출전자들이 모두 오와 열을 맞추어 줄을 서자 커다랗고 진지한 목소리의 안내 멘트가 울려 퍼졌다.

"짐부터… 울 쿈장의 축하 말씀이 있겠습당. 모두 자리해주시기 바래영."

커다란 단상 위에 그만큼 커다란 자가 모습을 드러냈다.

"안냐세염!!!?? ㅋㅑㅎㅏ! 오늘처럼 오나전 화창한 날씨에… 제○○회 에너지체조경연대회에서 여러분들을 만나 뵙게 되다니여!!!!! >_< 방가방가! 아! 글구… 모쪼록 여러 창조자분들 멀리 오시는 길이 불편하지는 않으셨는쥐, ㅠ_ㅠ"

축사의 통신체에 당황한 오하나가 창조자에게 작게 말

했다.

"저, 버디버디 채팅처럼 들리는데, 이것도 제가 이해 못하는 범위라서 뭐 그런 건가요?"

"아니, 그 반대지. 우리의 존댓말이 잠시 그 채팅 프로그램에 쓰였던 거야."

계속되는 축사.

"특히!! 각자 계시던 세계를 대표하여… 오늘… 이 자리에 서신… 창조물들께도 깊은 감사의 말씀을 드립니당. 검…빠2!!!!"

문득 자신이 인류의 대표로서 이 이상한 곳에 와 있다는 생각에 아득해진 오하나였다.

5

대회의 예선전이 시작되었다. 수많은 관중 속에 섞여 오하나가 본 첫 번째 창조물 참가자는 잘못 잠긴 3천여 개의 단추가 있는 셔츠를 입고 나타났다. 그는 계속해서 셔츠 단추를 잘못 잠그다가 마침내 똑바로 잠그는 데 성공하는 것을 체조랍시고 보여줬는데 그 과정에서 그가 내쉬는 한숨이나 짜증 섞인 욕, 거친 움직임 등을 에너지로 측정해내고 있었다.

"잘못 잠긴 셔츠 단추 체조군용. 물론 3회 대회 때 준우승을 했던 동작이지만 이제는 식상한 면이 없지 않다는…. 좋은 점수를 기대하긴 어렵겠습니당."

대회의 해설자가 말했다. 오하나의 창조자도 동의하는 듯 고개를 끄덕였다. 오하나는 문득 궁금해져 물었다.

"혹시 이전에도 이 대회에 참가한 적이 있어요?"

"그럼. 거의 매번 참가했지. 저번 대회에 참가했을 때 데려왔던 창조물은 TV를 보며 골 세리머니를 따라 하던 축구팬이었는데. 어쩔 수 없었어. 대회는 가까워지는데 쓸 만한 체조는 없고 그나마 비슷해서 데려왔지. 예선에서 탈락했지만. 물론 가장 좋은 성적을 거뒀던 건 13회 대회 때 출전했던 고양이였어! 계속 점프하는 동작이었는데 7위까지 했으니까. 그래서 그 이후로 만든 지구부터는 고양이 수를 좀 늘렸는데도 그 이상은 잘 안 나오더라고."

✳

그 이후로도 예선전은 계속되었다. 각양각색의 창조물만큼이나 다양한 방식이었다. 그들은 물리적인 방식뿐만 아니라 열 에너지, 빛 에너지, 소리 에너지 등을 이용해 체조 동작들을 펼쳐 보였다. 오하나의 창조자는 어느새 자신도 참가자임을 잊었는지 대회를 즐기기에 바빴다. 관중들과 함께 동작에 따라 환호를 보내거나 야유를 하기도 하고 흥미로운 동작에 대해선 오하나에게 설명해주기도 하면서 말이다. 하지만 솔직히 오하나의 눈에는 모든 게 이상하게만 보였다. 아까 보았던 그 책상이 무대 위에서 휴지로 바뀌었다가 알파벳 B로 바뀌었다가 민트맛 콜라로 바뀌었다가 다시 책상으로 바뀌고 하는 걸 무한히 반복하는 체조는 그중에서도 가장 이해가 안 되는 체조였다.

　오하나는 문득 이 대회가 끝이 나면 수많은 창조물들이 어떻게 되는지 궁금해졌다. 그러자 머릿속에 답이 바로 떠올랐다. 소멸이었다. 원인과 결과처럼 단순한 답이었다. 옳고 그름의 문제가 아니었다. 오하나는 별달리 두렵지도 않았다. 그보다는 차라리 저 거대한 무대에 올라 팔다리를 휘저으며 순이체조를 해야 한다는 '쪽팔림'이 먼저였다.

✳

　마침내 오하나의 차례였다. 무대에 올라야 했다. 무대에 올라 순이체조를 해야 했다. 거대한 원형 무대 위에 올라서자 수많은 존재의 시선이 오직 오하나에게로만 쏟아졌다. 46억 년간 지구상의 모든 생명체와 동시대 70억 인구를 대표해서, 오하나는 마침내 체조를 시작했다.

　앉았다 일어났다, 팔을 빙빙 돌리기도 하고, 옆구리를 펴 주기도 하고…. 오하나는 문득 울고 싶어졌다.

　대회 해설자의 해설에 따르면 오하나의 체조는 비록 운동 에너지를 기본으로 한 구식 방식이긴 했지만, 묘하게 그들이 원하는 에너지 변화 값을 잘 맞힌 체조였다. 다시 말해 기본기가 충실하다는 평가였다. 오하나가 자기도 모르게 속으로 속삭이고 있는 "하나둘셋넷, 둘둘셋넷…" 하는 박자도 관중과 심사위원들의 흥미를 끌고 있었다. 자세히 들어야 겨우 들릴 정도였지만 오히려 그렇기 때문에 더 집중해서 보게 만들기도 했다.

그중에도 특히 많은 이들이 감탄했던 것은 오하나가 목을 돌리는 동작을 할 때 나는 소리였는데.

'뚜둑, 뚝. 두둑.'

어딘가 위험한 것도 같으면서 청량감이 느껴지는 이 뚜둑 소리에 어느 심사위원은 연신 세 팔을 흔들며 찬사를 보냈다. 그랬다. 이 모든 게 창조자의 세심한 세팅이라고 생각하면 괜스레 놀랍기도 할 정도로, 알고 보면 순이체조는 디테일한 면까지 그들의 흥미를 끌 만한 요소가 많았다.

＊

훌륭하게 진행되는 것 같던 오하나의 체조에 이상이 발생한 것은, 양팔을 땅에 가깝게 댄 뒤 일어나 고개를 젖히는 다섯 번째 동작부터였다. 미묘하게 밸런스가 깨어지기 시작한 것이었다. 일전에 톨게이트에서 보였던 동작과는 어딘가 달랐다. 정확히 어떤 게 다른지는 알 수 없었고 오히려 더욱 정확한 느낌이었지만 이들이 원하는 체조와는 오히려 멀어진 에너지 변화 값이 나타났다.

작은 차이는 이후 다른 동작들에서도 나타났고 마침내 열 번째 동작을 마칠 때쯤엔 흥미롭게 바라보던 심사위원들도 고개를 내저을 수밖에 없었다.

이를 알 리 없는 오하나는 무대를 마치고 그저 내려오기 바빴지만, 창조자는 지금까지와는 달리 좋지 않은 표정으로 오하나를 맞이했다. 무언가 잘못된 것이 분명했다.

6

"대체 뭐가 달라진 거지?!"

창조자는 불만을 토했다. 오하나의 예선점수는 통과 기준점을 가까스로 넘긴 했지만 이대로라면 얼마 뒤 펼쳐질 본선에서는 탈락이 유력했다. 처음으로 우승까지 생각했던 창조자는 여느 때보다 심하게 다리를 떨며 고민하기 시작했다. 긴장이 풀린 탓에 바닥에 주저앉아 있던 오하나가 말했다.

"제가 뭔가 잘못 한 게 아닐까요? 동작이 좀 작았다던가…."

아니, 잘못된 것은 없었다. 오히려 완벽한 동작이었다.

"이건 계산의 문제야. 실수는 있을 수 없어."

"계산의 문제… 실수…."

오하나는 문득 이곳으로 오기 전 톨게이트를 떠올렸다. 그리고 졸다가 실수하는 바람에 주지 못했던 잔돈을 생각했다. 분명 자동화시스템이었다면 틀리지 않았을 계산. 오하나가 한 실수. 그리고 100원.

"100원!"

둘은 동시에 외쳤다.

✳

창조자는 깨달았다. 어째서 지구에서의 마지막 순이체조만이 완벽한 값을 이루었는지 말이다. 그때처럼 오하나가 100원을 손에 쥔 채로 동작을 펼쳐야만 그야말로 완벽한 에너지 변화 값을 가진 위대한 체조가 되는 것이다.

"왜 그 생각을 못 했지? 그걸 손에 쥐어서 에너지 변화 값이 달라진 거였어."

"근데 그게 그렇게 큰 차이가 되나요. 동전 하나 쥐었다고요?"

"크고 작음은 인간들의 착각이야. 비어 있다고 해서 아무것도 없는 게 아닌 것처럼."

창조자는 또다시 다리를 떨기 시작했다. 물론 무형의 존재라 눈에 보이진 않았지만, 손톱도 물어뜯는 거 같아 보였다.

"좋아. 해보자."

창조자는 순식간에 100원짜리를 만들어냈다. 오하나가

손에 쥐어보자 생김새는 똑같아 보이지만 분명히 동전은 아니란 걸 느낄 수 있었다.

"이건… 100원짜리가 아닌데요? 뭐죠?"

"여긴 완벽한 세계야. 여기서 만들어진, 그것도 완벽한 100원짜리고. 오히려 네가 알고 있는 것이 불완전한 100원짜리인데…, 우리한테 필요한 게 바로 그거인 게 문제지."

"완벽한 게 꼭 좋은 건 아니네요."

"인간들은 꼭 좋고 나쁨을 따지더라. 의미도 없는 걸."

"그러게요. 누가 만들었나 몰라."

창조자는 의외라는 듯 돌아보며 물었다.

"정말 모른다는 거야? 아니면 만든 게 나인 걸 알면서 왜 그렇게 만들었느냐고 비난하는 의미로 모른다고 하는 거야?"

"아, 몰라요. 몰라. 비슷한 우주 많다면서요. 거기서 가져오면 되지 않아요?"

"비슷한 거지, 똑같은 건 아니야. 다른 게 어떻게 같겠어."

"거참. 알다가도 모르겠네요."

"그건 안다는 거야? 모른다는 거야?"

"음….."

조급한 창조자는 왜인지 질문이 많았다. 그리고 그때 예선전이 모두 끝나 곧 본선을 시작하겠다는 장내 방송이 들려왔고, 창조자는 이럴 때가 아님을 깨달았다.

7

창조자는 오하나와 함께 급히 자신의 우주발생 자동화 시스템에 도착했다. 그 웅장하고 신묘한 풍경의 묘사는… 상황이 상황인 만큼 생략하고. 창조자는 문을 벌컥 열고 들어가며 외쳤다.

"시스템!"

"벌써 오셨어요? 또 예선 탈락인가요?"

알록달록한 다섯 개의 점 모양인 자동화시스템이 창조자를 돌아보며 말했다. 그 너머에는 셀 수 없이 많은 우주가 만들어져 있었다. 오하나는 그것들이 우주라는 걸 한눈에 알아보진 못했지만 가까이서 보니 네임펜으로 꼬불꼬불하게 '우주들'이라고 라벨이 붙었기 때문에 금방 알아볼 수 있었다. 그중에는 이제 막 빅뱅을 통해 만들어진 우주도 있었고 오래되어 생명체라고는 찾아볼 수 없는 폐기 수준의 우주도 있었다.

"여기 이 오하나가 있었던 우주, 없어진 거. 다시 되돌리려면 어떻게 해야 돼?"

"소멸의 절차를 거쳤긴 했지만 아직 가능성 안에는 남아있으니. '컨트롤+Z'를 누르시면 되돌릴 수는 있습니다."

"좋아. 아직 방법이 있었군!"

오하나가 모르긴 몰라도 '컨트롤+Z'만은 알아들었다. 실행했던 것을 되돌린다는 것이었다. 무엇보다 그렇게 되면 혹시 자신도 이전으로 돌아갈 수 있다는 걸지 궁금해졌다.

"컨트롤+Z라고요? 그럼 저는 어떻게 되는 건데요?"

"저 우주에 포함된 모든 게 마지막 저장된 때로 돌아가니까 너도 돌아갈 거야."

"마지막 저장된 때가 언제인데요?"

"어? 그러고 보니 저장을 언제 했더라."

창조자는 '컨트롤+Z'로 우주를 돌려놓을 경우 어느 시점부터 재실행될지 확인했다. 다행히도 1795년에 오토 세이브가 되어 있었다.

"1795년이면 나는 아직… 아니 우리 부모님, 할머니… 조상님?"

"금방이야. 빠르게 돌리면 되니까."

"그럼 저는 아무것도 기억을⋯ 못하겠군요. 아예 태어나지도 않았을 테니까."

"그렇겠지. 하지만 걱정하지 마. 다시 돌아오면 지금 이 상황까지 포함해서 답을 알려줄 테니까."

왠지 서운한 기분이 드는 오하나였지만 좀 더 생각해보니 서운하다기보다는 피곤한 기분이 들었다. 다시 태어나서 온갖 걱정과 불확실힘 속에서 또 살아나갈 생각을 하니 말이다. 여덟 살 때 절친하던 친구는 아빠가 보증을 잘못 서는 바람에 집안이 망해 또다시 갑자기 전학을 갈 테고, 키우던 고양이는 새로 바뀐 화장실이 마음에 들지 않아 자신에게 몸을 비비며 불만을 표시할 것이다. 무엇보다 인류의 진화와 UFO도 또⋯.

"자! 설명할 테니 잘 들어봐!"

마음이 급한 창조자가 소리치듯 말하며 자동화시스템을 불러 세웠다. 오하나도 창조자의 다음과 같은 계획에 귀를 기울였다.

첫째, 컨트롤+Z로 오하나를 오토 세이브 지점인 1795년으로 돌아가게 한다.

둘째, 그리고 오하나가 결정적인 순이체조를 하던 때까지 빠르게 재실행을 돌린다.

셋째, 이게 가장 중요한데 이전과는 달리 위대한 체조를 완성하는 순간에 오하나가 손에 쥐고 있던 100원까지 함께 이리로 데려오고, 남은 우주를 소멸시킨다.

✳

그렇게 다시 오하나를 불러오면 본선이 열리는 때까지 얼추 맞추어 오하나와 100원짜리를 무대에 올릴 수 있을 것 같았다. 자동화시스템이 말했다.

"그럼 자동소멸 시 안전범위에 저 창조물과 손에 쥔 100원짜리까지 포함시키도록 설정하겠습니다. 버튼을 눌러주십시오."

모든 준비가 끝나고 오하나가 물었다.

"혹시, 이전으로 돌아가면… 무언가 달라질 가능성은 없나요?"

창조자는 컨트롤과 Z 버튼에 손을 올린 채로 대답했다.

"없어. 자동화시스템은 완벽하니까. 한 치의 오차도 용납하지 않거든. 그저 입력된 값을 똑같이 재실행할 뿐이야."

그랬다. 한 치의 오차도 없이 재실행될 것이었다. 이 우주가 1795년으로 돌아가면 오하나는 여러 조상을 거쳐 비로소 태어날 것이며 또다시 성인으로 자라고 톨게이트에서 근무하다가 순이 언니에게 체조를 배우고 톨게이트 자동화시스템으로 인해 해고의 불안에 떨다가 충북 단양으로 발령받게 될 것이다. 그리고 식후에 졸다가 실수로 얻게 된 잔돈 100원을 손에 쥐고 마침내 체조를 하게 될 것이었다.

아무것도 달라질 건 없었다.

컨트롤+Z가 눌렸다. 그리고 그 순간 왜인지 모르게 창조자는 뒷목부터 싸함을 느꼈다. 그건 우주가 소멸되는 찰나에 느낀다는 싸함은 아니었다. 가스 불을 안 잠그고 나왔다거나 핸드폰을 두고 나왔다는 걸 뒤늦게 깨달았을 때 느끼는 그런 싸함이었다.

1-1

"우리한테 미래가 있을까?"

톨게이트 요금수납원 오하나에게 몸풀기 체조를 가르쳐 줬던 순이 언니는 이 말을 마지막으로 직장에 나오질 않았다. 맞는 말이었다. 고속도로 자동화시스템이 자리를 잡으면서 직접 요금을 받던 비정규직 수납원들은 대량 해고를 당했다. 약속되었던 정규직 전환은 없었다. 오하나는 운이 좋게도 아직 직접 요금을 받는 충북 단양 외곽의 인적 드문 톨게이트로 옮겨 왔지만, 자동화 시대에 그가 만나는 손님은 하루 평균 겨우 네다섯 명 정도뿐이었다.

지루한 직업이었다. 특히 이런 식후 시간에는 라디오 프로그램 속 청취자 사연들이 마치 자장가처럼 들렸다.

"이번에는요, 경기도 고양시에서 남소라 님이 보내주신 사연입니다. 제목은 '세상에 완벽한 사람은 없잖아요'. 안녕하세요! 아침에 늦잠을 자서 정신없이 씻고 출근하러 나왔는데 기분이 싸한 거예요. 그럴 때 있잖아요. 뭔지 기억나진 않지만 무언가 잘못되었다는 확신이 드는…. 가스 불을 안 잠갔다거나 핸드폰을 두고 나왔을 때 뒷목부터 싸한 그 기분요…."

✳

정신없이 졸고 있던 오하나는 자동화 차선으로 들어가려던 차량 한 대가 차선을 바꿔 자신의 요금 부스로 다가오고 있는 것을 눈치채지 못했다. 그런 요금수납원의 모습을 본 차량 운전자는 버럭 짜증을 냈다. 그래 봤자 몇 초 기다린 것뿐이었지만 클랙슨보다 더 큰 목소리였다.

"여기! 여기요! 돈 안 받아요?"

"앗, 죄송합니다."

그제야 눈을 뜬 오하나는 3천 원을 받아들고 급한 마음에 톨게이트 차단기부터 올렸다. 그러곤 뒤늦게 모니터를 확인하는데…, 아차! 요금이 2,900원이다.

"잠깐만요!"

오하나는 잔돈 100원을 거슬러주었다.

별일도 아니었다.

백승화

계원예대에서 애니메이션을 공부했고 인디밴드 드러머로도 활동했다.
영화감독으로서는 2009년 다큐멘터리 〈반드시 크게 들을 것〉으로 부천
국제판타스틱영화제 후지필름상과 서울독립영화제 관객상을 수상하며
데뷔하였으며 2012년엔 속편인 〈반드시 크게 들을 것 2: WILD DAYS〉
를 연출하기도 했다. 2016년 영화 〈걷기왕〉부터 주로 극영화를 연출해오
고 있으며 2018년 웹드라마로 제작한 〈오목소녀〉는 영화로도 작게 개봉
하였다.

동료 작가님들, 환영합니다

저는 제 직업이 무엇이냐에 대한 질문을 받을 때마다 항상 SF 작가라고 대답하고는 했습니다. SF 소설을 쓰는 사람이니 이 표현이 틀렸다고는 할 수 없겠습니다만, 여기에는 사실 생략된 단어가 하나 더 있었습니다. 그것은 바로 '전업'이라는 단어입니다. 실제로 저는 2018년까지 전업 SF 작가였습니다. 칼럼이나 강연 등의 부가적인 활동을 하기도 했습니다만 기본적으로는 소설을 쓰고 그에 대한 고료로 생활하는 사람이었습니다. 2019년이 되면서는 이런저런 기회를 받은 덕에 4대 보험을 받을 수 있는 일자리를 얻게 되었습니다만, 이 기회를 받지 못했다면 저는 지금도 전업 SF 작가로 활동하고 있었을 것입니다.

작가라는 타이틀만으로도 위태로운 면이 있는데 하물며 전업작가라면 얼마나 아슬아슬한 느낌인지 다들 짐작하시리라 믿습니다. 저를 처음 만나신 분들 중 상당수가 전업작가로 어떻게 생활이 가능하냐고 묻고는 하셨는데요. 저는 그때마다 그냥 생활을 하지 않는다고 대답하고는 했습니다. 사실이 그렇기도 했고요. 조금 더 솔직하게 말해 전업 SF 작가 앞에는 하나 더 삭제된 단어가 있었거든요. 그것은 바로 '비인기'입니다. 인기 전업 SF 작가라면 모를까, 비인기 전업 SF 작가로서 지속적인 활동을 하기 위해서는 인간다운 생활의 상당수를 포기해야만 했습니다. 외출도 하지 않고 지출도 최소한으로 줄이고 인간관계의 폭도 좁히고 하여튼 남들이 보기에는 왜 저러나 싶게 살았습니다. 무척이나 행복하게요.

오래도록 '비인기 전업 SF 작가'라는 타이틀을 달고 살았던 입장에서 2010년대 후반의 SF 판이 확장되는 이 상황이 어찌나 반가운지 형언하기 어려울 정도입니다. 아마 제가 '인기 전업 SF 작가'거나 '비인기 부업 SF 작가'거나 '인기 부업 비SF 작가'였다면 이만큼이나 간절하게 기뻐하긴 어렵지 않았을까, 제가 가장 기뻐하는 사람이 아닐까 자뻑도 부려보고 싶네요. 많은 창작물에서 묘사되는 것과는 달리, 혹은 적잖은 숫자의 지망생들이 착각하는 것과 달리 인기작가는 비인기작가의(그러니까, 저 말이에요) 장애물이 아니거든요. 그분들이 사라진다고 그분들의 자리가 제자리가 되지도 않고요. 오히려 그런 분들이 시장을 유지하고 확장하면서 판의 버팀목이 되어주시기에 저에게도 생존의 공간이 생긴다고 할 수 있겠지요. 이건 정말로 제가 비인기 전업 SF 작가로 활동하면서 몸과 통장으로 체감한 진리이니 믿어주셔야 합니다.

혹여나 제가 지금까지 쓴 내용 때문에 제가 자기비하를 하고 있다거나 자존감이 낮다고 파악하실까 염려가 되기도 하네요. 하지만 그렇지는 않아요. 사람이 인기가 없을 수도 있잖습니까. 어떻게 모두가 다 인기가 있을 수 있겠어요. 음. 인기라는 단어는 너무 공격적으로 읽히기 때문일까요? 그렇다면 주류와 비주류 정도로 순화를 해서 글을 이어 나가보도록 할게요. 의외라고 여기실 분들이 계실지도 모르겠으나 사실 비주류 시장이 주류 시장에 빚을 진만큼이나 주류 시장도 역시 비주류 시장에 빚을 지고 있지요. 야구팀에 소속된 모든 투수가 선발일 수는 없지만 그래야만 할 필요도 없는 것처럼요. 저는 야구에 비유하자면 중간계투에 가까운 작가거든요. 저를 아시는 분들은 이미 아시겠지만 저는 게임의 판을 좌우하는, 선발 유형의 작가는 아니지요. 확실하고 안정적으로 수작들을 뽑아내는 마무리 유형의 작가도 아니고요. 하지만 그 작가들 사이의 빈틈을 채워야 할 필요가 있을 때 불려 나가기 좋은, 이닝이터의 중간계투 유형의 작가로는 분류될 만하지요. 경기의 주역이라고 하기는 어렵더라도 경기의 재미와 중간층을 유지하는 역할이기에 저 나름의 자부심도 있습니다.

아니면 코스 요리에 비교를 해볼까요? 어떤 작가님은 묵직한 고기 요리와 같은 작품을 만드시기도 할 테고, 어떤 작가님은 상큼한 디저트와도 같은 작품을 쓰실지도 모르겠어요. 또 어떤 작가님은 다른 작품들의 소화를 돕도록 위장을 깨우는 애피타이저 같은 작품을 쓰시기도 하겠지요. 저는 여기서 어떤 요리가 다른 요리보다 우월하거나 열등하다는 식으로 접근하고 싶지 않아요. 오히려 그런 접근법에 경도된 분들에게 깊은 피로감을 느낄 뿐이지요. 물론 수프보다 스테이크를 좋아하는 사람도 있고 디저트를 기준으로 식사를 평가하는 사람도 있을 거예요. 하지만 그렇다고 스테이크만 나오거나 디저트만 나오면 그건 고기 뷔페 혹은 디저트 카페로 분류되지 코스 요리가 되지는 않겠지요. 하나의 시장이 형성될 때도 마찬가지라고 봐요. 보세요. 지금 이 비유도 비건들을 배제하는 비유잖아요. 어떤 하나의 단정적인 기준이나 형식을 고집하면 이렇게 "전체적인 시장의 균형과 생태계를 설명할 수 없다"는 것에 대해 적절하지 못한 나머지 적절해버린 예시를 들고 말았네요.

저는 저라는 비인기 전업 SF 작가의 존재는 그 자체로 시장의 생명력에 대한 증거라고도 생각합니다. 우열이나 등

수 매기기로는 설명할 수 없는 영역이 분명하게 존재해요. 그럼에도 불구하고 하나의 단정적인 기준을 갖고서, 혹은 여러 단정적인 기준이 서로의 각축장을 벌이면서 자신들의 기준에 부합하는 작가들을 모아 줄 세우기 식으로 판을 형성했다가 이제는 따분해지고만 시장에 비해서 저와 같은 비인기 전업 SF 작가조차 생존할 수 있었던 SF 시장은 비교적 건강하고 건전한 판을 구성했다고 할 수 있겠지요. 물론 아직 더 나아가야만 할, 수정하고 보완하고 성장해야만 할 여지도 한가득 남았겠지만 제 동료 작가님들을 보면 큰 우려는 들지 않습니다.

이 생명력에 대한 또 다른 증거로는 대다수의 SF 작가들이 서로에 관해 이야기할 때 선배니 후배니 하는 표현보다는 동료라는 표현을 즐겨 쓴다는 점도 있겠군요. 동료나 동지, 같은 사람들이자 같은 뜻을 가진 사람들. 수직이 아닌 수평의 관계를 지향하는. 우열의 문제가 아닌 다양성과 관계성의 문제인. 물론 이렇게 주로 쓰는 호칭 하나로 SF 작가들 사이의 관계가 유클리드 기하학적 세계관으로만 이루어졌다고 단언해서도 안 되겠지만 그래도 긍정적인 신호 중 하나로는 언급할 수 있겠지요.

그런 점에서 이번 제1회 폴라리스 워크숍에서 〈위대한 체조〉의 등장은, 그리고 백승화 작가의 합류는 무척이나 반갑고도 또 기쁜 경사였습니다. 도대체 구속이나 코스를 짐작하기 어려우면서도 또 기가 막히게 스트라이크 존에 공을 꽂아놓는 투수를 보는 느낌이랄까요? 〈위대한 체조〉에서 자동화가 예정된 직장, 기계로 대체될 수밖에 없는 노동자인 오하나는 우연히, 우주가 설계해놓은 우연으로 신을 만나 자신의 가치를 증명하고 지구인들을 구해야 할 시련의 주인공이 됩니다. 이야기는 일종의 부조리극이나 다름없게 진행이 되면서 주인공과 독자들의 상식을 배신하고 기대를 무너뜨리는 방향으로 흘러가고요. SF에 기대하고는 하는 이성적인, 합리적인 사고는 조롱의 대상으로 전락하는 셈이죠. 하지만 우리는 무언가의 극단에서 언제나 회의주의와 직면하지 않던가요? 〈위대한 체조〉 역시 그러한 작품입니다.

폴라리스 워크숍은 이렇게 독특한 작가님이 등판하실 기회가 되었다는 점에서 특히 흥미로운 기획이었습니다. 판을 형성하고 확장하기 위해 어떻게 다양성을 확보하고 동력을 유지할 것인가에 대해 계획을 세울 때 이러한 멘토링 프로그램은 필수적으로 수반되어야만 할 테니까요. 그리고 이곳에 모인 멘티님들은 이 야망으로 가득한 기획에 걸맞게도 하나같지가 않고 자신만의 영역에 대한 확신과 그를 달성하기 위한 열정을 갖고 계셨습니다. 제가 감히 이분들의 투수 보직이나 코스 요리로 보면 어떤 유형이다 평가를 할 수는 없겠지요. 하지만 이분들의 등장과 존재는 그 자체로 두터운 선수층 혹은 다양한 메뉴에 대한 확보라 장담할 수는 있겠습니다. 이는 산술적인 차원의, 누구도 부정하지 못할 사실이니까요. 동료 작가님들, 환영합니다. 앞으로도 잘 부탁드립니다.

홍지운

영화배우 김꽃비의 팬. SF 작가. 오랫동안 필명 dcdc로 활동해왔다. 《무
안만용 가르바니온》으로 제2회 SF어워드 장편 부문 대상을 수상하였으
며, 《구미베어 살인사건》과 《월간주폭초인전》 등의 단편집을 여러 권 냈
다. '텐마 어나더 에피소드 시리즈' 《물리적 오류 발생 보고서》, 《별을 수
확하는 자들》, 《무간도 가이아의 성소》를 쓰기도 했다. 《근방에 히어로가
너무 많사오니》, 《우리가 먼저 가볼게요》, 《이웃집 슈퍼히어로》, 《냉면》
등 다수의 앤솔로지에 작품을 실었다. 현재 청강문화산업대학교에서 만
화컨텐츠스쿨 교수로 재직 중이다.

너무 똑똑한 돼지들의 도시

지현상

"전 사실 어떻게 해야 할지 잘 모르겠어요."

이정원이 난감한 표정으로 동료들을 바라봤다. 동료들은 모두 서로의 눈치만 보고 있었다. 대답은 없었다. 덕분에 널찍한 회의실에는 묘한 적막만이 감돌았다.

결국, 부선장 김의성이 입을 열었다. "어떻게 하긴. 우린 그냥 맡은 임무에 충실하면 되는 거야. 고민하고 말고 할 문제가 아니라고. 잘 조사하고, 보고하고. 간단하잖아?"

"정말 그렇게 생각하세요?" 이정원이 되물었다.

"그래. 우주는 넓고, 개중에는 '돼지'처럼 생긴 놈들이 차지한 행성이 있을 수도 있는 거지. 잊지 마. 다양한 종족을 확인하고, 그 다양성을 인정하는 게 우리 임무라고." 부선장이 당연한 것 아니냐는 듯 선원들을 바라봤다.

동료들은 여전히 말을 아꼈다. 이정원은 대답 없는 동료들 대신 창밖으로 눈을 돌렸다. 관측용 창문 너머로 푸른 행성 하나가 천천히 몸을 굴리고 있었다. 녹색과 파란색이 어우러진 행성의 표면 위로 구름이 느릿느릿 흘러갔다. 그곳은 여태껏 탐사한 그 어떤 행성보다도 고향 환경과 유사한, 아니 거의 완벽히 일치하는 꿈의 행성이었다.

'정말, 딱 하나만 제외한다면 말이지.'

이정원은 차분히 입술을 깨물었다. 일이 어쩌다 이 지경이 되었는지 알 수가 없었다. 그리고 왜 하필 그들에게 이런 일이 벌어졌는지도 너무나 의문이었다.

우주선이 자기 폭풍에 휩쓸려 항로를 이탈한 것은 불과 며칠 전이었다. 배정된 탐사를 마치고 고향으로 돌아가던 중 예상치 못했던 봉변을 당한 것이다. 초광속으로 이동 중이던 그들은 정말 순식간에 벼락이라도 맞은 듯 항로에서 튕겨나갔다.

상황은 좋지 않았다. 선체는 가까스로 안정시켰지만 자기 폭풍 탓인지 통신이 끊어졌다. 초광속 운행 장치도 손볼 수 없을 정도로 고장 나 있었다. 심지어 여기가 어디쯤인지 위치조차 특정할 수 없었는데, 위치 좌표가 불통인 것도 모자라 사방의 풍경마저 자꾸만 뒤틀리고 뒤집히는 탓이었다. 농담이 아니라, 말 그대로 우주의 별들이 춤을 추듯 위치를 바꿔대고 있었다. 그래서 그들은 여기가 대충 어디쯤 이겠거니 짐작할 수밖에 없었고, 사실 우주의 천문학적인 숫자 단위를 생각하면 그 대충이란 일개 생명체가 감당할 수 있는 범위가 아니었다.

그들은 정말 이상한 공간을 헤매고 있었다. 극심한 자기 장에 의한 빛의 굴절 때문이라느니, 공간 자체의 휘어짐 때 문이니, 아르파르스의 4차원 이론을 고려해봐야 한다느니, 정말 여러 가지 이야기가 나왔지만 현 상황에 콕 들어맞는 설명은 그 누구도 찾을 수 없었다. 그나마 확실한 건 그들 이 밖을 제대로 볼 수 없듯 밖에서도 안을 제대로 볼 수 없 으리란 정도였다. 빤히 눈앞에, 여태 발견조차 못했던 행성 들이 자리하고 있었으니 말이다.

그리고 그 당황스럽고 놀라운 상황의 대미를 장식한 것 이 바로 눈앞의 녹색 행성이었다.

이정원이 입을 열었다. "사실 여기서 중요한 건 지배종 이 아니에요. 다 알고 있잖아요? 돼지처럼 생겼건 고양이 처럼 생겼건, 우주엔 이미 별의별 종족이 다 있으니까 문제 될 게 없어요. 진짜 중요한 건 여기 피식종 중에 우리와 거 의 똑같이 생긴 종족이 있다는 거예요."

이정원이 말을 멈추고 동료들을 바라봤다. 그녀는 그 검 은 눈동자들을 하나하나 바라보다가, 잠시 뜸을 들인 뒤 힘 을 주어 다시 말했다.

"돼지가 인간을 키우고 잡아먹는다, 이게 문제인 거죠."

＊

행성의 첫 탐사지는 남반구에 위치한 넓은 밀림지대였
다. 이 행성의 가장 발달한 문명이 그곳에 자리하고 있기
때문이었다. 더 정확히 말하자면, 그곳엔 나름 그럴싸한 피
라미드를 중심으로 이루어진 기대한 석재 도시가 있었다.

선발대는 이정원과 조하림이었다. 둘은 밀림 속에 비행
선을 착륙시킨 뒤, 조심스레 도시를 향해 나아갔다. 하늘을
찌를 듯 우뚝 솟은 나무와 사방을 얽으며 칭칭 감긴 덩굴
식물들, 크고 작은 동물과 벌레들. 늘 그렇듯 어려울 것 없
는 순조로운 탐사였다.

그러나 마침내 도시에 도달했을 때, 둘은 뜻밖의 모습을
마주했다. 셀 수 없이 많은 수의 돼지들이 도시를 통째로 장
악하고 있었던 것이다.

아니, 이정원은 짧은 사고 끝에 '장악'이라는 단어는 적절
치 않다는 걸 깨달았다. 누가 봐도 그 도시는 돼지들이 직
접 만들어낸 곳이었다. 도시엔 돌로 만든 돼지의 조각상과
예술품이 가득했으며, 심지어 피라미드 옆에는 돼지의 얼
굴을 한 스핑크스 같은 것이 자리하고 있었다.

이정원은 그 귀여운 모습에 저도 모르게 피식 웃음이 났
다. 수많은 외계 종족들을 만나봤지만 이런 느낌은 또 처음

이었다. 두 발로 일어선 돼지들이 마치 '인간'처럼 옷을 입고, 도구를 사용하고, 가정을 꾸리고 있었다. 까만 머리카락을 예쁘게 땋아 올린 돼지들도 있었다.

거기까지는 정말 괜찮았다. 정말 거기까지는.

아무것도 모른 채 마치 영화나 만화 속에 들어온 기분이었으니 말이다.

정육점으로 보이는 곳에, 인간의 시체가 거꾸로 매달려 있는 모습을 보기 전까지는.

토막 난 팔과 다리, 부위별로 도축된 몸통, 꼬치에 꿰어져 불에 구워지는 머리통들을 보기 전까지는.

✳

"정원 씨." 부선장이 말했다. "단지 생긴 게 비슷하다는 이유만으로 그것들을 인간으로 분류해줄 수는 없는 거야. 알잖아? 이 돼지들은 우리가 아는 그 돼지가 아니고, 놈들이 키우는 동물도 인간이라고 할 수는 없는 거라고. 난 우리 선원들이 그 정도도 모를 리는 없다고 생각했는데."

"몰라서 그러는 게 아니에요." 이정원이 얼른 대답했다. "하지만 인간이 항상 이성적으로 움직일 수 없잖아요? 전 지금 굉장히 불쾌해요. 그리고 저만 그러리라 생각지도 않고요."

부선장이 무어라 대답하려는 찰나 회의실의 문이 열렸

다. 분석가 정하남이 막 도착했다. 그는 짧게 목례한 뒤 제자리를 찾아 앉았다.

선장 강진주가 가운데에서 그들을 빤히 바라보다가, 이내 한숨을 쉬며 입을 열었다.

"뭐, 어쨌거나 정원 씨 발언이 아주 이해하기 힘든 건 아냐. 안건 회의까지 요청할 정도라니 한번 들어보자고. 이제 올 사람은 다 온 것 같으니 본격적으로 시작해봐. 그래서 다들 뭘 어떻게 하고 싶은데?"

"저는 솔직히 여기 돼지들, 싹 한번 갈아엎어야 한다고 생각해요." 이정원은 숨을 흡 들이마시고, 진저리를 치며 말했다. "이대로 둘 순 없어요."

"갈아엎자니?" 부선장이 되물었다. "멸종이라도 시키자는 거야?"

"네. 이 문제를 해결할 방법이 그것뿐이라면요."

"절대 안 돼. 무슨 소릴 하는 거야?"

"안 된다고요? 어떻게 그렇게 칼같이 대답하실 수 있죠? 잠시 생각이라도 해보시고 말씀하셔야 하는 것 아닌가요?"

"상식을 벗어난 이야기니까." 부선장이 이정원을 똑바로 바라보며 당황스럽다는 듯 대답했다. "본인이 무슨 말을 하는지는 알고 있는 거야? 지금까지 배워온 생명 존중과 윤리, 도덕은 다 어디에 갖다 버린 거야? 맘에 안 든다고 한 종족 자체를 멸종시키겠다고? 그리고 그만한 일이라면 우리끼리 결정하고 행동할 권리도 없어. 애초에 너무 극단적이라고."

"극단적이라고요? 부선장님은 직접 보지 않았으니 그렇게 말씀하실 수 있겠죠. 직접 보고도, 그 모든 걸 직접 보고도 마냥 이성을 내세울 수 있다고 자신하세요?"

"저는 정원 씨 말이 맞다고 생각해요. 어떻게 이런 일이 벌어질 수 있죠?" 수석 연구원 조하림이 말을 거들었다.

"저도 의견을 얘기해도 되겠습니까." 정하남이 손을 들었다.

선장이 고개를 끄덕이며 정하남을 향해 손바닥을 내어 보였다. 정하남은 선장을 향해 정중히 인사한 뒤, 차분히 말을 이었다.

"지금 우리가 모여앉아 왜 이런 논의를 하는지 저는 이해가 가질 않습니다. 지금 안건이 저희끼리 논의하기에 적절한 문제입니까? 부선장님 말씀대로예요. 한 종족의 운명을 결정하는 일입니다. 언제부터 저희에게 그런 큰 권한이 있었던 겁니까?"

부선장이 반색하며 긍정했다. "말 잘했네. 다들 기억해. 다시 말하지만, 우리 임무는 조사와 보고라고. 멋대로 판단하고 힘을 휘두르는 게 아니란 말이야."

"알고 있어요, 부선장님. 알고 있다고요." 이정원이 인상을 찡그렸다. "하지만 이번이, 우리가 이곳에 손을 쓸 수 있

는 처음이자 마지막 기회라면요? 솔직히, 말하지 않을 뿐
다들 알고 있잖아요."

이정원이 입술을 깨물며 창밖을 가리켰다. 손끝은 정확
히 춤추듯 흔들리는 머나먼 별들을 향해 있었다.

"경계를 넘어 들어올 때, 우주선은 순간적으로 작동을 멈
췄어요. 하지만 이동속도가 워낙 엄청났기 때문에, 광속 엔
진이 꺼지고 일반 물리가 작용하는 영역으로 돌아왔음에도
우린 엄청난 속도로 계속 날아올 수 있었죠. 덕분에 자기폭
풍의 영향력에서 어느 정도 금세 벗어날 수 있었던 거고요.
하지만 나갈 때도 그렇게 운이 좋을 수 있을까요?"

"여긴 우주입니다." 정하남이 대답했다. "한번 움직인 물
체는 방해를 받지 않는 한 영원히 힘과 속도를 유지하며 나
아간다, 그거야말로 모두가 아는 기초 아닙니까. 내부의 작
동이 멈추건 말건 우주선은 날아가던 속도 그대로 앞으로
나아갈 겁니다."

"맞아요. 어떻게든 언젠가는 이곳을 빠져나갈 수 있겠죠.
어느 방향이건, 우주선의 작동이 멈추건 말건. 하지만 얼마
나 걸릴지는 아무도 모르잖아요." 이정원이 동료들을 돌아
보며 잠시 숨을 가다듬었다. "우주선이 제 기능을 하지 않
으면, 우리는 일주일도 제대로 버틸 수 없어요."

선장이 침착하게 고개를 끄덕였다. "인정해. 일단 산소
농도부터 문제가 생기겠지. 다른 방법이 없어서 강행이야

하겠지만, 우리가 살아 나갈 확률이 높다곤 할 수 없어."

"맞아요." 이정원이 얼른 말을 받았다. "그래서 이번이 돼지들을 처리할 수 있는 마지막 기회일지도 모른다는 말이에요. 결국 여기에 다시 돌아올 수 없을지도 모르니까, 우리가 이 참극을 고향에 전할 수 없을지도 모르니까요."

✳

돼지들의 도시는 한번 보면 뇌리에 박혀 떠나지 않을 듯한 끔찍함이 도처에 가득한 곳이었다.

인간의 잔해가 잘게 분해되어 식량과 퇴비로 사용되는 곳. 돼지들이 인간의 가죽을 벗겨 주머니를 만들고, 옷을 만들고, 마치 축구공처럼 보이는 장난감을 만드는 곳.

이정원은 주변을 둘러보다 저도 모르게 눈을 질끈 감았다. 돼지들의 이빨 사이에 끼어 있는 작은 고기 조각들이, 그들이 걸치고 있는 너저분한 가죽들이 모두 인간의 일부였다고 생각하니 가슴을 진정시키기가 쉽지 않았다. 하지만 탐사는 이제 시작일 뿐이었다. 이정원과 조하림은 자신들의 임무를 완수하기 위해 촬영 장비를 조작하며 터벅터벅 걸음을 옮겼다.

그들은 슈트의 투명 기능을 이용해 정말 많은 곳을 돌아다녔다. 이곳의 지배종, 즉 돼지들의 사회 수준이나 문화 기술 수준이 얼마나 되는지를 알아내는 게 주목적이었다. 하지만 막상 눈에 들어오는 것은 그들이 인간을 얼마나 끔찍하게 다루느냐일 뿐. 도저히 임무에 집중할 수가 없었다. 눈과 코를 찡그리게 하는 끔찍함이 끝도 없이 이어졌다. 그리고 도시에 도착한 지 약 한 시간가량이 지났을 때, 이정원과 조하림은 마침내 진정한 지옥을 목격하고 말았다.

'지옥'은 도시의 외곽, 더 정확히는 외곽에서도 한참 떨어진 변두리에 있었다. 그러면서도 도시와는 공들여 닦은 넓은 도로로 연결된 곳이었다.

지옥은 그 냄새부터가 심상치 않았다. 코를 찌르는 피 냄새와 오물 냄새가 한참 멀리서부터 풍겨왔다. 도로를 따라 걷는 이정원과 조하림의 옆으로 수레 두 대가 지나갔다. 핏물을 뚝뚝 흘리는 그 수레는, 잘게 잘린 인간의 시체를 산더미만큼 싣고 있었다.

이정원과 조하림은 단박에 이 지옥이 무엇인지 알 수 있었다.

인간을 기르는 사육장. 닥치는 대로 인간을 몰아넣은 더러운 오물 구덩이.

그 내부를 실제로 마주했을 때, 이정원은 올라오는 구역질을 막기 위해 양손으로 입을 틀어막았다. 역하고 더러운 냄새 때문이 아니었다. 이미 마비된 코가 저 홀로 움찔거릴 정도의 악취가 공기를 지배했지만 정말 그 때문이 아니었다. 맨정신으로 보고 있기 힘들 정도의 참극이 그 넓은 공간에 한가득 들어차 있는 탓이었다.

바닥을 가득 메운 오물 더미 위에서 발가벗고 늘어져 있는 인간들. 초점 없이 잔뜩 풀린 채 끔벅이기만 하는 눈동자들. 여기저기서 쉼 없이 벌어지는 난잡한 성교와 강간. 홀로 자식을 쏟아내는 산모의 비명. 그 더러운 오물더미 위로, 돼지들이 사료를 뿌려줄 때마다 게걸스럽게 달려드는 모든 무리들.

그리고, 목에 올가미가 씌워져 돼지들에게 무작위로 끌려가는 인간들.

끌려가는 인간들이 어떻게 될지는 불 보듯 뻔한 일이었다. 사육장 한구석에는 도살장이 있었고, 그곳에는 번뜩이는 푸주 칼을 든 덩치 좋은 돼지 두 마리가 서 있었다.

이정원과 조하림은 숨을 죽인 채, 끌려가는 인간들을 가만히 바라봤다. 인간들은 지능도 없이 본능대로만 행동하는 것처럼 보였으나, 자기 죽음조차 알아차리지 못할 정도로 멍청하지는 않았다. 그들은 끌려가지 않기 위해 온갖 난리를 피우며 발버둥 쳤다. 무서움에 떠는 신음과 비명이 온 사육장에 울려 퍼졌다. 글썽거리다 못해 줄줄 흐르는 눈물이 멀리서도 똑똑히 보였다.

하지만 칼을 든 돼지들은 그런 것 따위는 보이지 않는다는 듯, 혹은 아무 의미도 없다는 듯 인간 하나를 제 앞으로 끌어당겼다. 그러곤 아주 무미건조하게 칼을 번쩍 치켜들더니, '탁!' 인간의 목을 향해 칼을 내리찍었다.

피가 튀었다. 하지만 단박에 목이 잘리진 않았다.

인간은 발버둥 치며 비명을 질렀다. 목구멍으로 꿀렁거리며 피가 차오르는 통에 완벽한 비명을 지를 수는 없는 것 같았지만, 그 공포와 고통만은 귀에 똑똑히 전해지는 비명이었다. 돼지는 맘에 들지 않는다는 듯 인간의 얼굴을 바닥에 짓눌렀다. 그러곤 다시 칼을 들이, 그 목을 몇 번이고 연거푸 내려쳤다.

마침내 인간의 목이 툭 하고 잘려 바닥을 굴렀다. 돼지는 그제야 만족스럽다는 듯 미소를 지었다. 목을 잃은 몸뚱어리가 피를 흘리며 꿈틀거렸다.

그리고 이정원의 옆에선, 조하림이 끝내 버티지 못하고 토사물을 게워내고 있었다.

✳

"다들 저 행성 아래에서 벌어지는 일들을 어떻게 생각해요?" 이정원이 물었다. "보기에 좋았나요? 우리는 지금 돼지들이 그래도 아주 원시적인 수준이라는 걸 기억해야 해요. 문명이 발달하고 시스템이 잡힐수록 사태는 더 끔찍해질 거라고요. 멀리 볼 것도 없어요. 우리의 과거를 생각해봐요. 우리가 동물들을 어떻게 다뤄왔었는지를."

이정원이 덜컥 말을 멈췄다. 소름 돋는 장면들이 그녀의 머릿속을 지나갔다. 그녀는 잠깐 숨을 몰아쉬어 스스로를 진정시킨 뒤에야, 동료들의 눈을 하나하나 바라보며 천천히 다시 말을 이었다.

"돼지들은 이미 인간들을 몰아넣고 계획적으로 사육장을 운영하고 있어요. 이미 음식물 쓰레기를 먹이면서 오물 밭을 구르게 하고 있죠. 하지만 이건 다 시작에 불과해요. 과학이 발달하면 뭐가 등장할지 생각해보라고요. 살찌우는 약물들, 근육 감퇴제, 유전자 조작까지, 우리가 저질렀던 잘못의 수순이 그대로 적용된다면, 언젠가 이 행성에는 인간의 살을 산 채로 발라내는 기계도 등장하고 말 거예요. 포동포동한 인간을 집어넣으면 부위별로 잘라 진공포장을 해주거나 소시지로 만들어주는 기계가 등장할 거라고요! 지금 왜 망설이고 있는 거죠? 문제를 발견했으면 해결해야 하는 거잖아요. 그저 이 문제가, 우리끼리 논의하기엔 너무 거대한 사안이라서요?"

"아주 1차원적으로는 그렇지." 부선장이 대답했다. "그것 말고도 안 되는 이유가 아주 수두룩하지만 말이야."

"그럼 고향에 보고했을 때, 어떤 대답이 나올지 아주 뻔하다면 어때요? 돌아올 수 있을지 없을지도 모르고, 고향 행성이 내릴 정답도 알고 있다면, 지금 행동하는 것이 옳은 일 아닌가요?"

"정답이라니?" 부선장이 반문했다. "우리 행성의 모두가 이곳의 돼지들을 멸종시키려 들 거라는 얘기인가? 그래, 가능성이 없다고는 볼 수 없어. 하지만 어떻게 그렇게 확신하지? 너무 오만한 것 아닌가?"

선장도 수긍하며 고개를 끄덕였다. "정원 씨, 아무리 그럴싸해 보여도 한 사람의 의견이 만인의 동조 없이 만인을 대표할 수는 없는 거야."

이정원은 고개를 저었다. "하지만 이미 사회가 만들어온 관습상 그게 너무나 당연한 일이라면요? 만약 길에서 누군가가 맞고 있다고 쳐봐요. 그걸 제지해야 할지 말지, 모두에게 물어봐야 하니까 그저 보고만 있을 건가요? 불의를 보고 참고만 있으라는 건가요?"

부선장이 펄쩍 뛰며 이정원을 바라보았다. "어떻게 이걸 불의라고 표현할 수 있지? 충격적인 상황이라는 건 이해하지만, 이 행성에선 이게 당연한 거야. 자연의 순리대로, 돼지들이 약육강식과 진화 경쟁에서 이겼을 뿐이라고."

"그렇다면 부선장님은 길에서 맞고 있는 누군가를 보았을 때, 그냥 대상이 약하니까, 약육강식의 경쟁에서 진 거니까, 당연히 맞고 있어도 된다고 생각하실 건가요?"

"궤변이야. 그 예시는 같은 논지로 둘 수가 없어. 결이 다른 문제라고."

"뭐가 어떻게 다르단 거죠?"

"하나는 사회 속의 문제고, 하나는 자연 속의 문제기 때문이지. 동족 내에서만 발생하는 특수성이란 게 있는 거야. 사회를 공유하니까. 정원 씨는 갑자기 우리가 잡아먹는 모든 동물의 생명권을 주장할 생각인가? 정원 씨도 고기 좋아하는 줄 아는데?"

"그러는 부선장님이야말로 지금 돼지들의 생명권을 주장하는 것 아닌가요?"

"글쎄. 필요와 수요에 의해 잡아먹는 것과 한 생물 종 전체를 멸종시키는 것에는 큰 차이가 있다고 생각하기 때문이지."

조하림이 손을 들었다. "다른 종과도 사회를 공유할 수는 있어요. 많은 외계 종족들도 딱 보기에는 우리와 전혀 다른 종족이지만, 서로 대화하고 지식을 공유하고 있잖아요."

"그건 그들이 지적 생명체이기 때문이야." 부선장이 뭐 그런 당연한 얘기를 하느냐는 표정으로 대답했다. "그런 논리로 간다면 오히려 돼지들의 입장을 존중해줘야지. 이곳의 지적 생명체는 그들이니까. 생긴 게 다가 아니라고. 대화라도 시도해보고 얘기해야지."

"시도해봤죠." 조하림이 대답했다. "얘기했잖아요. 발견됐다가 죽을 뻔했다고. 정원 씨가 아니었으면 전 벌써 꼬치구이가 됐을 수도 있어요. 지적 생명체라도 명백히 우리에게 적의를 가지고 있다면 함께 나아갈 수 없는 것 아닌가요?"

"적의를 가지고 있었다기보단 그냥 먹을 거로 봤었겠지." 부선장이 어깨를 으쓱했다. "장소가 장소였던만큼 말이야. 그리고 죽을 뻔했다고 말은 하지만, 돼지들과 우리의 무장 차이를 생각하면 그랬을 리가 있나. 물론 놀랐으리란 건 이해해. 애석하게 생각하는 일이기도 하고."

정하남이 손을 들었다. "제가 보기엔 지금 너무 극단적이고 감정적인 분석이 오가는 것 같습니다. 이 상황들이 솔직히 저도 썩 보기 좋았던 건 아니었습니다만, 정원 씨나 하림 씨는 지금 너무 보이는 것에만 치중하는 것 아닙니까? 문제가 되는 두 생물 종은 돼지와 인간을 닮았다뿐이지 실제로 돼지와 인간인 건 아니지 않습니까?"

"그래, 좋은 지적이야." 부선장이 손뼉을 '탁!' 쳤다. "나는 사실 그것들한테 '인간'이란 호칭을 써도 되는지부터가 의문이라고. 생긴 게 많이 닮았다고는 하지만 같은 종이라고는 전혀 생각되지 않는단 말이야. 몸집도 우리보다 훨씬 작고, 손이랑 발은 아예 다르게 생겼잖아. 되레 같은 취급을 하면 불쾌할 정도인데."

그리고 부선장은 턱을 쓰다듬으며 생각에 잠긴 듯 잠시 눈을 감았다. 이윽고 눈을 뜬 그는 천천히 정하남에게 물었다.

"그것들, 우리랑 유전자는 얼마나 비슷하지?"

"97.8퍼센트입니다." 정하남이 대답했다.

"뭐야, 그럼 완전 다른 종이지." 부선장은 그럴 줄 알았다는 듯 무릎을 내리쳤다. "정원 씨, 고향에서 우리랑 가장 비슷한 유인원이 우리랑 유전자가 몇 퍼센트 일치하는지 알아?"

"98.4퍼센트죠." 이정원이 부선장을 바라보며 대답했다.

"그걸 우리랑 같은 종이라고 볼 수 있나?"

"아니요. 하지만 약 98퍼센트면 돼지들보다는 확실히 우리랑 가깝다고 할 수 있죠."

"글쎄요. 마냥 그렇다고 볼 수는 없습니다." 정하남이 말했다. "고향의 돼지들도 유전자만 따지면 우리랑 거의 비슷합니다. 털이 거의 없는 살구색 피부, 얼굴의 솜털, 두꺼운 피하지방, 튀어나온 코, 속눈썹의 유무… 그 외의 무수한 포유류의 특성들까지, 알게 모르게 공통점이 많죠. 유전자 구성만 따지면 오히려 유인원보다 돼지들이 우리와 더 비슷할지도 모릅니다. 돼지들은 그저 유인원들보다 발현된 뉴클레오타이드(DNA를 구성하는 구조적 단위) 서열이 우리랑 조금 덜 비슷할 뿐이에요."

"맞아, 과거에는 돼지 몸에서 키운 장기를 인간에게 이식하던 때도 있었잖아?" 부선장이 거들었다. "그리고 '비슷하다'와 '같다'는 완전히 다른 개념이라고."

"맞습니다." 정하남이 고개를 끄덕였다. "저 별의 인간들과 우리의 유전적 공통점을 내세우려 한다면 소용없는 일이라는 걸 알아두셨으면 합니다."

"좋아요. 잘 알아둘게요." 이정원이 차분히 대답했다. "하지만 유전자 얘기는 제가 먼저 꺼낸 게 아니에요. 지금 막 과학적인 공통점을 찾자는 게 아니라고요. 진짜 같은 종이고 말고가 문제가 아니라, 생긴 게 닮았잖아요. 그게 문제 아닌가요?"

"그게 무슨 논리야, 대체?" 부선장이 인상을 쓰며 물었다.

"의외로 보이는 게 다일 수도 있다는 거예요. 개나 고양이를 잡아먹는 것에 반감을 가지는 사람이 많은 이유죠. 솔직히 개나 고양이가 소나 돼지와 다를 게 뭐죠? 같은 동물 이잖아요."

"하지만 누가 개나 고양이를 잡아먹는다고 우리가 그 사람을 죽이지는 않잖아."

"그거야말로 부선장님이 말씀하신 동족 내의 특수성 때문이죠." 이정원이 의기양양하게 말했다. "상대가 같은 인간이니까요. 하지만 이번엔 여론의 반응이 어떨 것 같아요? 정육점에 걸린 그 고기들의 짧은 영상, 아니 사진 한 장이라도 공개된다면 다들 가만히 있을까요? 머리로 아는 것과 감정이 날뛰는 건 별개의 문제예요."

부선장이 눈을 가늘게 뜨고는, 코를 찡그린 채 천천히 입을 열었다. "하지만 이성이 뛰어나다면, 감정은 잘 조절할 수 있는 법이야."

"그래요. 부선장님은 그게 가능하실 수도 있겠죠. 하지만 다른 사람들은요? 우리 탐사대나 본부의 간부들은 그렇다고 쳐도 일반인들은 어떨까요. 여론도 잠잠하겠느냐 이거예요."

"여론이야 불쾌해할 수도 있지. 그건 인정해. 하지만 그게 뭐?"

"네?" 이정원이 어이가 없다는 듯 부선장을 바라보았다. "그게 뭐라뇨?"

*

문제란 늘 예상치 못하게 발생하기 마련이었다. 그리고 이번 문제의 발단은, 조하림이 오물 위로 흩뿌려놓은 연적색의 토사물이었다.

조하림의 입에서 구역질이 터져 나온 순간, 오물을 뒹굴던 인간들이 그녀를 향해 달려들기 시작했다. '토사물'을 사료로 착각한 듯싶었다. 인간들은 투명화된 이정원과 조하림을 보지 못한 채 토사물을 향해 손을 뻗었고, 이내 육중한 살덩이들의 몸싸움이 벌어졌다.

이정원과 조하림은 당연히 그 무리에 휩쓸려 부딪히고 넘어져 오물 위를 뒹굴었다.

이정원은 아차 싶었다. 뒤집어쓴 오물이 더러워서가 아니었다. 오물을 뒤집어쓴 순간 슈트가 가진 '투명화 기능'이

무용지물이 된 탓이었다. 슈트는 분명 착용자를 투명하게 만들어줄 수 있지만, 슈트 외부에 묻은 오물들까지 투명하게 만들지는 못했다. 즉 이정원과 조하림은 겉보기에 마치 귀신이나 괴물과 같은 형태로, 공중에 둥둥 떠서 인간 형태를 취한 오물 더미처럼 보이게 된 것이었다.

인간들이 그들의 존재를 눈치채자 상황은 더욱 악화되었다. 인간들이 비명을 지르며 도망치기 시작했다. 그러자 금세 사육장 한가운데에, 이정원과 조하림을 중심으로 크고 둥그런 원이 생겨났다.

그 텅 빈 공간 안에 우뚝 서 있는 두 개의 오물 더미.

그건 돼지들을 경악시키기에도 무척 충분한 장면이었다. 아니나 다를까, 좀 전까지만도 무미건조하게 인간을 토막 내던 돼지들이 비명을 지르며 밖으로 달려 나갔다. 느낌이 좋지 않았다. 이정원은 조하림을 데리고 서둘러 사육장을 벗어났다.

하지만 딱 그 오물 더미를 벗어났을 때, 어디서 달려왔는지 사육장 밖에는 벌써 한 무리의 돼지들이 창과 칼을 들고 서 있었다. 그리고 그들의 목표는, 당연히 오물을 뒤집어쓴 '초자연적 귀신' 이정원과 조하림이었다.

＊

"다수의 의견이 항상 옳은 건 아니니까. 다수가 불쾌하다는 이유만으로 한 행성의 미래를 좌지우지할 수는 없어."
선장이 이정원의 물음에 대신 대답했다.

조하림이 손을 들었다. "강자가 약자를 지배해온 역사는
아주 오래전부터 이어져왔잖아요. 우주의 역사를 보면 도
덕적인 옳고 그름의 문제가 아니라, 즉 강자나 다수의 의견
이 옳고 그름의 문제가 아니라, 그냥 힘에 의해서 온갖 사
건이 일어나고 격변해왔죠. 여태 그냥 그래왔어요. 부선장
님이 아까 자연의 약육강식을 언급하셨는데, 이런 일 또한
약육강식의 일부 아닌가요?"

"뭐, 인정해." 부선장이 순순히 고개를 끄덕였다. "그렇게
생각할 수도 있지. 하지만 지금의 우린 예전과는 다르잖아?
우린 지성과 이성이 있는 존재들이야. 욕망과 충동만으로
일을 해결할 수는 없다고. 맘에 안 든다고 폭력부터 행사하
고 본다면, 우리가 짐승하고 다를 게 뭐야?"

이정원이 의아하게 부선장을 바라보았다. "꼭 달라야 하
나요? 우리는 원래 짐승이에요. 단백질과 칼슘 따위로 이
루어진 유기체. 태어나고 죽고 피를 흘리는 생물일 뿐이죠.
동족의 안위와 행복을 걱정하고, 또 그를 위해 행동하는 게
당연하지 않나요? 짐승과 격을 나누고 이성을 내세우는 건
같은 동족 내에서만 적용해도 충분하니까요."

부선장이 고개를 저었다. "그러니까, 우리가 돼지들보다
강하니까, 뭐든 우리 뜻대로 해도 된다는 건가?"

"사실 역사적으로 약자의 편을 들어주는 강자는 많지 않았어요. 아예 없는 건 아니었지만, 그마저도 보통 모종의 이유가 있기 마련이었죠. 일단 약자라면 어느 시대고 강자의 눈 밖에 나지 않게 조심해야 했어요."

"좋습니다." 정하남이 고개를 끄덕였다. "우리는 분명 강자인 데다, 눈에 거슬리는 돼지들을 처분할 힘도 있습니다. 인정합니다. 고향의 여론이나 본부가 돼지들의 죽음을 원한다면, 모두의 뜻이 정 그렇다면 기꺼이 제 손으로 일을 치를 수도 있습니다. 하지만 여러분은 자꾸 본부의 결정이 뻔하다는 듯 얘기하시는데, 어떻게 그렇게 확신할 수 있습니까? 세상에 100퍼센트 예측 가능한 미래란 없습니다. 우린 아직 보고도 못 했고, 대중의 반응도 보지 못했습니다."

이정원이 고개를 끄덕였다. "지능이 있는 생명체의 이점이란, 과거를 보고 뭔가를 배울 수 있다는 거죠. 수많은 과거의 표본과 사례들. 예전에도 비슷한 적이 있었죠. 그것도 아주 많이. 혹시 지배종과 피식종이 뒤바뀐 사례, 당장 생각나는 것 없나요?"

"아르코인들과 헬슨인들을 말하는 겁니까." 정하남이 되물었다.

"맞아요. 가장 최근의 경우가 그것이고, 또 그게 가장 대표적이죠."

이정원의 대답에 정하남은 살짝 입술을 깨물었다. 이 얘기가 언젠가는 나올 줄 알았다는 표정이었다.

아르코인과 헬슨인. 그 둘은 탐사대의 기준으로 보면 각각 '도마뱀'과 '타조'와 비슷하게 생긴 종족들이었다. 그리고 그들의 문제는, 이 두 지적 생명체들이 서로 '타조'와 '도마뱀'처럼 생긴 생물들을 주요 단백질 공급원으로 삼고 있었다는 점이었다. 마치 우리의 돼지처럼, 편하게 키울 수 있는 가장 애용하는 '고기'로써 말이다.

둘의 만남은 우주적 비극이었다. 서로의 음식문화를 알고 난 후, 둘은 원수를 보듯 서로를 향해 으르렁거리기 시작했다. 결국 전쟁이 벌어지고, 양 행성과 정치경제적 관계를 맺고 있던 여러 행성이 전쟁에 휘말렸다. 아르코인들의 승리로 전쟁이 마무리되기까지 정말 많은 수의 지적 생명체가 죽고 또 많은 수의 행성이 오염됐다. 아주 긴 전쟁이었다. 그리고 결론적으로, 기술의 발달이 약간 뒤처졌던 '타조'인들은 이제 거의 멸종되었다 봐도 무방했다.

"그들이 서로를 적대시했던 건 그저 서로의 '식량'이 자신들과 너무 닮았기 때문이었어요." 이정원이 다시 말을 이었다. "아르코인과 헬슨인들뿐만이 아니에요. 이 두 종족의 전쟁이 너무 거대했던 탓에 유독 기억에 남을 뿐이지만, 떠올려보면 이런 사례는 적지 않잖아요? 행성과 행성 사이의 문제가 아니라 각 행성 내부의 역사까지 따져본다면 훨씬 많아지겠죠."

조하림이 고개를 끄덕였다. "사실 그렇게 서로 뒤집힌 경우가 아니라 한쪽만 뒤집힌 경우, 그러니까 다른 종족이 자신들과 비슷한 동물을 잡아먹는 걸 보고 분개한 사례는 무수히 많아요. 그리고 그 끝이 좋았던 적은…."

"한 번도 없었죠." 이정원이 흥분해서 말했다. "이렇게 뒤집혀서 만난 이상 우리와 이 행성이 싸우는 건 거의 필연이라고요. 모르면 몰랐지, 알게 된 이상 피할 수 없어요."

부선장이 손을 들어 말을 끊었다. "여기 돼지들은 아직 그렇게 위협적이지 않아. 우리 다섯이 마음만 먹으면 한 달도 안 걸려서 다 죽여버릴 수 있을 정도라고."

"그러니까 더더욱 지금 처리해야죠. 전쟁은 최소한의 피해를 목표로 진행해야 해요."

"피해라니? 아직 우리가 입은 피해는 없어. 앞으로도 없을 거고."

"미래는 아무도 모르는 거죠." 이정원이 말했다. "이 행성의 존재가 알려지면, 분명 사회적 잡음과 균열이 생길 거에요. 죽여야 한다, 아니다 이렇게 해야 한다, 생명 존중을 외치면서 토론이 벌어질 수도 있겠죠. 꼭 물리적인 피해가 아니더라도 피해는 있을 거예요. 악영향이 없을 리가 없어요."

부선장이 혀를 내두르며 조하림을 바라보았다. "다들 왜 이렇게 신념이 확고한 거야?"

"그 참극을 직접 보고 왔으니까요." 이정원이 바로 대답했다.

"생명 존중 얘기가 나왔으니 말인데, 난 사실 그것 때문에도 더 석연치 않아." 부선장의 눈썹이 꿈틀거렸다. "어쨌든, 그들도 우주에 존재하는 한 종족이고 생명이라고. 우리는 지금도 무수한 멸종위기 동물을 지키고 보호하려고 노력하고 있어. 각 행성을 돌아다니며 위기종을 모으고, 그 맥을 보존하기 위해 고군분투 중이란 말이야. 그런데 심지어 지적 사유 능력이 있는 생명체를, 고작 다섯 명이 임의로 없애버린다는 게 말이나 되느냔 말이야. 이 얘기가 보고되면 비난을 피할 수 있을 것 같아? 난 우주 역사에 비도덕적인 학살자로 이름을 올리고 싶지 않다고."

"다른 종들이 보기엔 그렇게 기억될 수도 있겠죠." 조하림이 말했다. "하지만 우리 동족에게는 영웅으로 기억될 거예요."

"영웅이라고? 턱도 없는 소리지. 진심인가? 우릴 헐뜯고 비난하는 자들이 가득할 거야. 테러나 당하지 않으면 다행이겠지."

이정원이 차갑게 부선장을 바라봤다. "혹시 여태껏 부선장님의 가장 큰 반대 동기는, 그저 비난을 피하기 위함이었던 건가요?"

"대체 지금…, 뭐라고?" 부선장이 헛웃음을 내뱉었다. 그러곤 기가 막힌다는 표정으로 이정원을 바라보았다.

＊

이정원은 튀어 오르듯 침대에서 몸을 일으켰다. 식은땀
을 얼마나 흘린 건지 베개와 침대가 축축하게 젖어 있었다.
그녀는 놀란 가슴을 진정시키며 애써 이마의 땀을 닦았다.

창칼을 들고 달려들던 돼지들의 모습이, 툭 잘려 불에 구
워진 인간의 머리들이 여전히 그녀를 괴롭히고 있었다. 심
지어 이제는 자신과 친구들이, 또는 가족들이 난도질당해
돼지들에게 잡아먹히는 꿈까지 꿀 지경이었다.

자신의 머리가 친구들의 머리와 함께 꿰어져 구워지는
모습, 자신의 팔다리를 뜯어 베어 먹고 있는 돼지들의 모습
은 정말 끔찍하리만큼 잔인하고 선명했다.

이정원은 한숨을 쉬며 침대에 몸을 깊이 파묻었다.

'내가 너무 예민한 걸까? 정말 과민반응인가?'

그녀는 인상을 찌푸리며 깊게 고민했다. 그러곤 그날 내
내 이어진 회의를 생각하며 짓누르듯 자신의 얼굴을 쓸어
내렸다.

'뭐가 문제였던 걸까.'

그날의 회의는 결국 '기각'으로 마무리되었다. 당장은 아
무것도 하지 않기로, 본부에 가서 대중의 의견을 들어보기
로 말이다. 중반까지만 해도 거의 다 넘어왔다 싶은 분위기
였는데, 결과는 완전 허탕이었다.

"지금 의견 구도는 딱 2대 2인가. 그럼 결정권은 나한테 있다는 소리군." 선장은 그렇게 말했다. "나는 아무리 고민해봐도 이게 우리끼리 손댈 만한 문제가 아니라는 데에 동의해. 선장의 권한으로, 우리는 원 임무인 탐사와 보고에 충실하고, 돼지와 인간의 샘플을 채취해 고향에 돌아가는 것으로 회의를 마무리한다. 이상."

'겁쟁이들.' 이정원이 이를 갈았다. 그들은 끝까지 자신들에게 오명이 붙을까 봐, 힘을 남용하고 절차를 무시한 사람으로 낙인찍힐까 봐 겁먹고 있었다.

아무리 생각해도 그들의 결정은 잘못되었다. 뻔히 잘못되었다는 것을 알면서도 책임을 미루고 그냥 지나치려 하다니 인정할 수 없었다.

"어떻게 해야 할까."

이정원은 천장을 바라보며 작게 중얼거렸다. 그러다 문득, 그녀의 머릿속에 좋은 아이디어가 떠올랐다.

✳

다음 날 아침, 탐사대는 각자의 장비를 챙겨 우주선을 나섰다. 고향으로 돌아가기 전에 이 행성의 돼지와 인간들의 샘플을 잡아가기 위해서였다. 그들은 행성의 지역별로 특정 수의 이상의 샘플을 포획해 가기로 결정했고, 그를 위해 온몸을 무장한 채 푸른 행성 위에 발을 디뎠다.

이정원은 영 맘에 들지 않는다는 눈으로 동료들을 바라봤다. 모두가 특수 무장에 총과 포획 장치를 들고 정글을 바라보고 있었다. 선장이 정하남에게 물었다.

"분석 결과는? 외곽지역의 돼지나 인간들도 이곳과 같은 수준인가?"

"예, 문명 발전의 차이는 있지만 상황은 비슷합니다. 피식종과 지배종의 관계에 대한 질문이라면 똑같다고도 할 수 있죠." 정하남이 대답했다.

"좋아, 그럼 어제 말한 대로 지역별로 각 두 마리씩 쓸어오자고." 선장이 박수를 '딱!' 치며 모두에게 외쳤다. "사고 없이 마무리하고. 최대한 티 안 나게, 늘 하던 대로."

"늘 하던 대로!" 동료들이 일제히 대답했다.

그들은 일사불란하게 배분된 소형 비행선으로 다가갔다. 착륙선 부근의 비교적 적은 대륙을 맡은 선장이 단독으로 첫 번째 비행선에 탑승했다. 북쪽 대륙을 맡게 될 두 번째 비행선에는 부선장 김의성과 정하남이 팀을 이뤄 올라갔다. 북서쪽의 가장 거대한 대륙을 통째로 맡게 된 이정원과 조하림은 가장 마지막에 세 번째 비행선에 올랐다.

이내 선장으로부터 출발 신호가 떨어지고, 석 대의 비행선은 동시에 하늘로 날아올라 각자의 목적지를 향해 빠르게 흩어졌다.

그렇게 동료들과 거리가 멀어진 뒤에야, 이정원은 표정

을 풀고 조하림과 마주 보며 씩 웃었다.

'됐다! 성공이다.'

동료들은 엄청난 실수를 해놓고도 아무것도 모르고 있었다. '늘 하던 대로', 이정원과 조하림이 한 팀을 이루도록 한 것이다. 이 탐사대에서 가장 뛰어난 수색 요원과 연구개발 수석 요원이 만났을 때, 즉 이정원과 조하림이 만났을 때, 짧은 시간 안에 어떠한 일이 벌어질 수 있는지 동료들은 예상조차 안 하는 것 같았다.

물론 이정원과 조하림이 당장 극적인 일을 벌일 수는 없었다. 하지만 조용히, 미래의 씨앗을 뿌릴 수는 있었다. 그들의 묘책은… 바로 행성을 떠나기 전에 인간들에게 몇 가지 가능성을 선물하는 것이었다.

이정원은 엄청난 속도로 야생의 인간들을 잡아들였다. 그리고 조하림은, 개중 몇몇 인간을 선별해 유전자를 조작하기 시작했다.

작업은 빠르게 마무리되었다. 아주 순식간에, 약 50명 이상의 개체가 이정원와 조하림의 손을 거쳤다. 당장은 아무 변화도 없어 보였다. 하지만 이제 이 인간들의 후손은 더 똑똑하게 태어날 것이고, 바로 다음 세대만 되어도 도구를 사용하기 용이한 손을 가진 인간들이 나타날 터였다.

이정원과 조하림은 이 조작된 인간들을 야생에 돌려놓으며 그만하면 충분하다고 생각했다. 인간들은 풀어주자마

자 숲과 나무 사이로 도망치듯 달려갔다. 그 뒷모습을 바라
보며, 둘은 흐뭇하게 웃었다.

'그래, 무기는 쥐여줬다.'

앞으로는 전적으로 인간들이 하기 나름이었다. 하지만
특별한 이변이 없는 한 인간은 곧 돼지의 영향력을 뛰어넘
을 게 분명했다. 물론 적지 않은 시간이 필요한 일이었다.
하지만 결국에는, 이곳에서 인간이 돼지에게 도살되어 끔
찍하게 잡혀먹히는 불상사는 더 이상 일어나지 않을 것이
다. 이제 혹 탐사대가 이곳에 다시 돌아오지 못한다 해도,
세상은 본래의 이치에 맞게 문제없이 돌아갈 터였다.

이후 이정원과 조하림은 아무 일도 없었다는 듯 할당된
샘플을 가지고 함선으로 돌아왔다. 여전히 아무것도 모르
는 동료들 사이에서, 여전히 기분이 나쁘다는 듯 인상을 찌
푸리며 연기하는 것도 잊지 않았다. 이정원은 '샘플'들을 연
구소에 밀어 넣고는, 피곤하다는 말을 남긴 채 제 방으로
올라갔다.

✳

"후우."

방으로 돌아온 이정원은 한숨을 내쉬며 가슴부터 쓸어
내렸다. 그러곤 마치 나쁜 짓을 저지른 어린애처럼, 괜스레
주변을 살피며 손을 꼼지락거렸다. 뭔가 대단한 일을 했다

는 생각에 도통 흥분이 가라앉지 않았다. 온몸이 후끈후끈한 데다 얼굴은 너무 뜨거웠다. 문득 그녀의 얼굴이 거울에 비쳤는데, 정말 술이라도 먹은 듯 온통 발갛게 달아올라 있었다.

그녀는 얼굴을 매만지며 거울 앞에 다가섰다.

'이상해 보이진 않았겠지?'

그래, 그냥 화가 난 것처럼 보이지 않았을까. 뭐, 어쨌든 상관없었다. 이미 일은 벌여놓은 후니까.

이정원은 돼지들이 인간의 손에 맥없이 정복당하는 모습을, 오히려 인간이 돼지들을 잡아먹는 모습을 상상했다. 곧 모든 게 바로잡힐 터였다. 이제 고향으로 탈 없이 돌아가기만 하면, 모든 것이 완벽했다.

이정원은 일상으로 돌아온 자기 자신을 축복하며 제 얼굴 한가운데에 자리 잡은 동그랗고 예쁜 코를, 그 주변에 앙증맞게 자리 잡은 귀여운 주름들을, 보드라운 솜털을, 살구색 피부를 빤히 바라보았다.

그러고는 꿀꿀거리는 기분 좋은 미소를 지으며, 머리 위에 완벽하게 자리 잡은 뾰족한 두 귀를 만족스럽게 매만졌다.

지현상

1991년에 태어나 청주에서 자랐다. 책을 좋아해 서점에서 꽤 오래 근무했고, 뒤늦게 서울예대 극작과에서 공부 중이다. 2014년 제1회 황금가지 타임리프 공모전에서 〈그날의 꿈〉으로 우수상을 받으며 활동을 시작했고, 이후 공포와 SF 위주의 글을 쓰며 도서, 잡지, 웹진 등을 통해 이야기를 발표하고 있다.

열두 시간

───

윤주미

콧속으로 기분 나쁜 냄새가 파고들었다. 몇 년 전에 아버지가 죽었을 때 맡았던 그 기분 나쁜 냄새였다. 손가락 하나까딱할 수 없었다. 손을 들어 코를 막고 싶었지만, 그냥 냄새를 맡아야 했다. 어느 정도 지났을까, 더 이상 냄새는 나지 않았다. 대신 일정한 간격으로 기계음이 들렸다. 일어나서 저 귀찮은 소리를 꺼버리고 싶었다. 웅얼거리는 말소리가 점점 가까워졌다. 무슨 소리인지는 알아들을 수 없었지만 소리를 내는 것이 무엇이든 밖으로 내보내고 싶었다. '대체 무슨 일이 생긴 걸까. 여기는 어디인가?' 하는 생각이 들었을 때였다. 갑자기 누군가가 눈꺼풀을 밀어 올려 빛을 비췄다. 안태용은 인상을 쓰며 눈을 꼭 감았다. 이내 눈부심이 진정되자 눈을 떴다. 하얀 천장과 형광등이 보였다. 말소리의 주인을 찾으려고 눈동자를 움직였다. 반백의 머리에 금테 안경을 쓴 남자와 의사가 보였다. 금테 안경을 쓴 남자는 안태용의 지도교수인 김재호였다. 그가 걱정스러운 목소리로 안태용에게 말을 걸었다.

"태용아! 안 박사! 정신이 들어?"

목이 말라 말이 제대로 나오지 않았다. 몇 개의 중요한 단어가 떠올랐다.

"교수님, 실험은…?"

"안 박사, 기억나? 자네 쓰러졌어!"

뭔가 중요한 것을 하고 있었다는 생각이 들었다. 하지만 기절한 것도, 기절하기 전에 무엇을 했는지도 기억나지 않았다. 의사가 안태용의 눈앞에 손가락 두 개를 펴 보였다.

"이거 몇 개죠?"

"두 개요…. 얼마나… 제가…."

몇 시간이나 이러고 있었는지 궁금했지만 의사의 대답을 듣지는 못했다. 다시 블랙아웃이 찾아왔다.

✳

김재호 교수의 생화학 수업을 들었던 것은 안태용이 학부 3학년 때였다. 안태용에게 지난 학기까지 학교란 그저 놀러 다니는 곳이었다. 하지만 3학년이 되면서 미친 듯이 공부하기 시작했다. 김 교수가 제일 앞자리에 앉아 있는 그를 보며 인자하게 웃었다.

"그래, 방법은 찾았나?"

태용은 그저 교수에게 고개를 숙여 인사를 했을 뿐, 대답하지 않았다. 지난주 강의가 끝난 후 김 교수를 찾아가 죽어가는 뇌세포를 살릴 방법에 대해 질문했다. 불쑥 찾아와 그런 질문을 하는 학생은 그리 많지 않았고, 김 교수는 그 이유를 물었지만 안태용은 차마 대답할 수 없었다.

칠판 가득 커다란 원이 그려지고 알록달록하게 표시된 그림이 완성되자 강의실의 모든 학생이 작게 한숨을 내쉬었다. 매년 중간과 기말고사에 단골로 나오는 내용이었다.

"우리가 전자제품이라고 생각해봐. 그럼 우리는 전기로 작동이 될 거야. 그럼 그 전기는 사람 몸속에서 어떻게 만들어질까?"

김 교수가 칠판으로 돌아서서 '미토콘드리아'라고 적었다.

"미토콘드리아에서는 우리가 먹는 밥을 분해해서 세포가 쓸 수 있는 에너지를 만들어. 그래서 미토콘드리아는 발전소라고도 불리지. 전기와 같은 거라고 생각하면 돼. 그게 ATP고, 그걸 만들려면 TCA 회로와 전자전달계를 거쳐야 하지. 이게 모든 진핵생물들이 사용하는 에너지인 ATP를 만들어내는 과정이야. 그래서 우리는 미토콘드리아가 만들어내는 ATP 없이는 움직일 수도, 말할 수도, 숨을 쉴 수도 없어. 정전된 것처럼 말이지."

"미토콘드리아를 조절하면 죽어가는 뇌세포도 되살릴 수 있습니까?"

안태용의 뜬금없는 질문에 김 교수가 안경을 고쳐 쓰며 대답했다.

"나도 뇌 질환을 치료하는 나노봇을 생각하고 있어. 그게 방법이 될 수 있겠지."

안태용은 뭔가 확실한 방법을 찾은 것처럼 머릿속이 환해졌다. 김 교수는 혈당조절 나노봇으로 유명한 과학자였다. 그런 김 교수가 뇌 질환을 치료할 연구를 생각하고 있는 것이 분명했다.

✳

수업이 끝나고 아무도 없는 강의실에 안태용 혼자 남았다. 눈을 감고 책상에 엎드린 그의 어깨가 들썩였다.

지난 겨울방학이 끝날 때쯤의 어느 일요일 오전이었다. 밥상에는 큼지막한 계란말이가 있었다.

"엄마! 반찬이 계란말이밖에 없어? 이거 비려."

태용의 아버지가 웃으며 그에게 꿀밤을 먹였다.

"투정하지 마. 맛있기만 하고만."

그 계란말이를 아버지는 맛있다며 한입에 털어 넣었다. 어머니는 투덜거리는 태용의 옆에 앉아 계란말이가 담긴

접시를 그의 앞에 놓아주었다. 태용은 작은 계란말이 조각을 집어 입에 넣고 몇 번 씹지도 않고 삼켰다.

"아들, 많이 먹어."

어머니가 태용의 등을 찰싹 때렸다. 태용은 아픈 티를 팍팍 내며 몸을 배배 꼬았다. 아버지는 그런 태용의 밥 위에 제일 큰 계란말이를 올려주었다.

"태용아, 엄마랑 아빠 좀 이따 영화 보러 갈 건데, 너도 갈래?"

태용은 억울한 표정으로 아버지를 보며 고개를 세게 저었다.

아버지는 오랜만의 데이트라며 휘파람까지 불며 욕실로 들어갔다. 얼마 되지 않아 욕실에서 크게 뭔가 부딪히는 소리가 났다. 어머니와 태용이 달려갔을 때 아버지는 이마에 큰 혹이 솟아오른 채 바닥에 주저앉아 있었다. 멍하게 앉아 있는 아버지의 모습에 어머니와 태용은 웃음이 터졌다.

"모자라도 써야겠네."

이마의 혹을 만져보던 아버지가 한 말이었다. 그게 마지막이었다. 아버지는 신발을 신다가 그 자리에 쓰러졌고, 그대로 병원으로 실려 갔다. 안태용은 어떻게 병원까지 갔는지 기억이 나지 않았다. 병원 특유의 소독약과 알코올이 뒤섞인 냄새가 기분 나쁘게 느껴졌다. 수술실 앞에서 태용과 어머니는 서로의 손을 꽉 잡고 멍하니 기다렸다. 아무 생각도 할 수 없었다. 시간이 참을 수 없을 만큼 더디게 흘러갔다. 수술 중을 알리는 표시등이 꺼지고 수술실에서 나온 의사가 말했다.

"수술 중에 뇌사가…. 더 이상 방법이 없습니다. 죄송합니다."

의사의 목소리는 차분했다. 어머니는 의사의 말을 듣고 바닥에 힘없이 주저앉아 끅끅 소리를 내며 울었다.

덮여·있던 흰 천을 걷어내자 아버지의 얼굴이 보였다. 아침까지 함께 밥을 먹던 모습이 떠올랐다. 누워 있는 아버지는 편안하게 잠이 든 모습이었다. 당장에라도 일어나서 태용의 이름을 부를 것 같았다.

"태용이 아빠. 태용이 아빠…."

어머니는 이미 죽은 사람을 향해 끝없이 이름을 불렀다. 아버지의 얼굴을 보며 태용은 인간의 약해빠진 뇌를 되살릴 방법을 반드시 찾아내고 싶었다.

＊

8개월 전, 토요일 저녁이었다. 안태용이 모니터로 여러 개의 좁은 포물선이 겹쳐 그려진 그래프를 보는 중이었다. 갑자기 강재원 박사의 목소리가 들려왔다. 그는 실험실에서 안태용과 제일 친한 선배이자, 김재호 교수가 가장 아끼는 제자 중 한 명이기도 했다.

"시퀀싱 결과 잘 나왔네."

"어? 형! 미국 갈 준비하느라 바쁠 텐데 웬일이에요?"

안태용은 반가운 얼굴로 강재원의 손을 마주 잡았다.

"야, 인마. 너는 오늘이 토요일인 건 알고 있냐?"

강재원이 안태용의 어깨에 팔을 둘렀다. 마지막으로 함께 저녁을 먹고 싶어서 왔다며 빨리 정리하라고 채근했다. 이제 미국에서 자리 잡을 생각에 신이 날 만도 할 텐데 강재원은 어딘지 불안해 보였다.

저녁을 먹으며 강재원은 굳이 이별주를 마셔야 한다고 술을 주문했다. 평소에는 실험실에서 맡는 알코올 냄새만으로도 충분하다며 술은 입에도 대지 않던 사람이었다. 술이 한두 잔 들어가자, 강재원은 그새 취기가 오른 듯 말했다.

"김재호 교수 너무 믿지 마, 태용아."

"형, 무슨 말이에요?"

강재원은 술을 한 잔 들이켜고는 한숨을 길게 내쉬었다. 그리고 지나가듯 한마디 던졌다.

"너 특허 낸 거 있잖아. 어떻게 됐는지 다시 한 번 봐봐."

안태용이 무슨 뜻이냐고 묻고 싶었지만 강재원은 꾸벅꾸벅 졸기 시작했다. 계산을 마치고 밖으로 나왔을 때 강재원은 태용의 목에 팔을 감고 자기 쪽으로 끌어당겼다.

"그리고 말이야. 중요한 실험 결과는 오픈하지 마라."

＊

강재원을 마지막으로 만난 지 3주가 지났을 무렵이었다. 오후에 사용할 시약의 무게를 재던 안태용은 저울의 숫자가 표시되길 기다렸다. 복도 맞은편에 있는 김 교수의 연구실에서 화기애애한 웃음소리가 들려왔다. 김 교수는 특허 때문에 방문한 제약회사 사람들과 점심을 먹으러 나가며 저울 앞에 서 있는 안태용에게 한마디 건넸다.

"안 박사, 이분들하고 점심 먹고 퇴근할 거야. 수고해."

김 교수는 인자한 미소를 보여주는 것도 잊지 않았다. 실험실 밖의 사람들에게 교수는 항상 좋은 사람이었다. 제약회사 직원들이 이번 특허 건도 대단하다며 아부하는 말을 건넸다. 교수도 기분이 좋은지 큰 소리로 웃으며 즐거워했다. 안태용은 실험실 문을 열고 나가는 그들을 끝까지 보았다. 강 선배가 했던 말이 아침부터 머릿속에서 계속 맴돌았다.

'설마.'

안태용은 컴퓨터 앞에 앉아 특허검색 사이트에 접속해 '안태용'을 검색란에 입력했다. 등록된 특허들의 간략한 정보가 화면 가득 나열되었다. 안태용은 몇 번이나 다시 검색했지만 그가 고안한 실험방법을 등록한 특허가 없었다. 김재호 교수의 이름으로 검색했다. 스크롤을 내리자 안태용이 찾던 특허의 명칭이 보였다. 하지만 출원인에 안태용의 이름은 보이지 않았다.

강재원의 이름으로 검색했다. 오전에 왔던 직원들이 속해 있는 제약회사에서 눈독을 들이던 특허는 선배의 연구 내용을 등록한 것이었다. 강재원의 이름도 없었다. 그 외에도 상용화가 가능한 모든 특허에 김 교수 이외의 다른 연구자들은 없었다. 그 전에 상용화된 것은 물론이고, 오늘 계약한 특허로 생기는 이익은 오로지 김 교수가 독차지할 것이 분명했다. 그제야 강재원이 갑자기 미국으로 떠난 이유를 짐작할 수 있었다. 무슨 뜻으로 "실험 결과를 숨기라"고 했는지도. 안태용은 책꽂이에서 새 실험노트를 꺼내 한참 동안 바라보았다.

✳

두 달 후, 안태용은 며칠째 실험실에서 밤을 새우고 있었다. 오늘 할 실험을 처음부터 마지막 단계까지 꼼꼼히 점검했다. 인큐베이터에서 자라는 알츠하이머 뇌세포를 확인하고, 사용해야 할 기계들을 미리 예약했다. 실험실의 이쪽 끝에서 저쪽 끝까지 몇 번이나 바쁘게 돌아다녔다. 몇 달이나 실패를 반복하던 실험이었다. 전의 결과들은 깔끔하지 않아 논문에 쓸 수 없을 정도였다.

짧은 논문 하나가 외국학술지에 발표되었다. 안태용이

하던 연구와 거의 흡사한 내용이었지만 초기 단계에 불과했다. 뇌세포에 들어갈 방법을 찾은 것뿐, 안정적인 유전자 발현방법이 빠져 있었다. 김 교수가 그 논문을 안태용에게 건네며 미간을 좁히고 금테 안경 너머로 응시했다. 마음에 들지 않을 때 보이는 표정이었다. 안태용은 꼼꼼한 성격 탓에 실험결과가 깨끗하게 나올 때까지 몇 번이고 실험을 반복했다. 김 교수는 일의 진행 속도가 느리다며 재촉하기 일쑤였다. 안태용은 박사과정에 들어와서부터 교수의 그 표정을 지우려고 노력했지만 그 표정은 언제나 불안하게도 그를 따라다녔다. 논문을 낸 팀에서 1년 안에 연구가 마무리될지도 모른다며 김 교수가 안태용을 닦달하기 시작했다. 이번엔 이 실험이 꼭 성공해야 했다.

기계실로 들어가는 안태용을 뒤따라 후배 하나가 기계실로 들어왔다. 그는 안태용이 사용하려고 미리 예열시킨 기계 앞에 바퀴의자를 끌어다 앉고는, 예약표에 적혀 있는 안태용의 이름을 확인하지도 않고 기계를 작동시켰다. 순식간에 일어난 일이었다. 안태용의 눈에서 불똥이 튀었다.

"너 뭐야!"

후배가 얼떨떨한 표정으로 안태용을 돌아보았다. 평소의 안태용이라면 그냥 타이르고 넘어갔을 일이었다. 안태용이 기계를 다시 세팅해놓으라고 소리 지르며 기계실을 나왔다.

실험실 입구에 말끔한 회색 정장을 입은 남자가 서 있었다. 안태용은 그를 지나쳐 자리로 돌아가려 했지만, 그 남자가 물었다.

"김재호 교수님 연구실이 어디죠?"

어디선가 본 적이 있는 얼굴이었지만 기억이 나지 않았다.

✳

주머니 속의 타이머가 울리기 시작했을 때 안태용은 김 교수 연구실을 물어봤던 그 남자가 누구인지 떠올랐다. 작년에 나노봇 관련 인터뷰로 여러 매체에 얼굴이 실린 한민구 박사였다. 췌장에서 작용하는 나노봇을 개발한 연구자였고 효과에 대한 논란이 있었다. 하지만 그의 나노봇은 결국 상용화가 결정되었고 매스컴에서 당뇨 정복의 길이 열렸다며 떠들어댔다. 미국에서 잘나가던 그가 한국에 들어온 이유를 알 수 없었다.

안태용이 기계실로 돌아갔을 때, 기계에는 초록불이 깜빡였다. 안태용은 아까 허비한 시간을 만회하려고 바쁘게 손을 놀리기 시작했다. 실험대에 일렬로 있는 튜브를 집어들어 눈으로 샘플의 상태를 일일이 확인했다. 측정해야 할 샘플이 절반 정도 남았을 때 김 교수가 찾는다며 후배가 기계실로 들어왔다. 안태용은 어쩔 수 없이 하던 일을 멈추고 일어섰다.

안태용이 교수 연구실에 들어서자 김 교수가 안태용을 자신의 제자이며 일도 열심히 하는 친구라며 아까 만난 한민구에게 소개했다. 뇌 질환 치료용 나노봇 연구의 주 연구자라고 덧붙였다. 그는 안태용에게 손을 내밀었다.

"잘 부탁합니다. 안 박사님."

안태용은 어색하게 악수했다. 그가 이 실험실에 온 이유를 물어보고 싶었지만, 곧 그 답을 알 수 있었다.

"한 박사, 내가 보내준 자료는 받았지?"

김 교수가 한민구를 보며 말했다. 그 말을 듣자마자 안태용의 머릿속이 복잡해지기 시작했다. '자료를 보냈다고?' 안태용의 연구는 거의 마무리 단계였다. 실제 뇌 질환을 가지고 있는 환자들을 대상으로 효과를 입증하는 것만이 남아 있을 뿐이었다. '왜 이 사람에게 내 자료를 보낸 거지?' 안태용의 등줄기를 타고 식은땀이 흘렀다.

"안 박사님, 그동안 연구하신 결과 좀 봅시다."

한민구가 도와주겠다고는 했지만, 데이터를 하나씩 짚어가며 잘못된 점을 지적하기 시작했다. 마치 실험을 하나도 모르는 학부생을 데리고 가르치는 식이었다. 그는 자기 방식이 가장 효율적이라며 몇 개의 결과를 놓고 다시 실험해야 한다고 했다. 부탁도 아닌 명령이었다. 생각지도 못한 방법을 제시하는 그를 보며 안태용은 속이 울렁거렸다. 넋을 놓았다간 그대로 모든 결과를 그에게 빼앗길지도 몰랐다. 세계 최초라는 타이틀도, 돈도 모두. 안태용의 뱃속에서 뱀들이 우글거리기 시작했다. 그날 새벽, 안태용은 초저온 냉동고에 앞에 한참을 서 있었다. 떨리는 손으로 중요한 시료들을 뒤섞었다. 실험실을 나가던 안태용은 '교수 김재호'라고 적힌 명패에서 오랫동안 눈을 떼지 못했다.

＊

한민구와 함께 연구를 한 지 석 달이 지난 아침이었다. 김 교수의 고함이 터져 나왔다.

"한 박사! 대체 논문을 어떻게 쓴 거야!"

김 교수에게서 평소의 인자하고 신사적인 모습은 찾아볼 수 없었다. 그는 손에 잡히는 대로 물건을 바닥에 내던지기 시작했다. 책장에 정리되어 있던 제자들의 졸업논문이 나뒹굴었고, 먼지 하나 없는 상패들이 바닥에 처박혔다. 한민구는 고개를 숙이고 그의 화를 고스란히 받아냈다. 나노봇 연구소의 모든 사람들이 하던 일을 멈추고 김 교수의 연구실을 흘끗거렸다. 안태용은 김 교수의 고함을 못 들은 것처럼 교수 연구실 쪽으로 고개도 돌리지 않았다. 실험실을 빠져나와 한참을 서성이던 안태용의 눈에 차를 몰고 나가는 한민구가 보였다. 실험실은 여전히 어수선했다. 김 교수의 연구실은 굳게 닫혀 있었고, 연구원들은 삼삼오오 모여 수군댔다. 안태용은 조용히 자리에 앉아 연구원들이 자주 접속하는 커뮤니티에 접속했다. 그때 후배 한 명이 조용히 바퀴의자를 끌어다 안태용의 옆에 앉았다.

"형, 김 교수님 무슨 일이래요? 아까 장난 아니었어요. 처음 봤어. 그렇게 화내는 거."

후배는 작은 목소리로 안태용에게 물었지만, 그는 그런 후배를 보며 검지를 입술에 가져다 대고 입술을 오므렸다. 그러고는 모니터에 뜬 게시물을 가리켰다. 30분 전에 올라온 게시물에 '한○○ 박사 논문 조작 사실임?'이라는 제목이 붙어 있었다. 그 게시글에 달린 댓글이 벌써 5백 개를 넘어가고 있었다. 후배는 오른손으로 입을 막고 눈이 튀어나올 듯 크게 떴다. 후배가 안태용의 손에서 마우스를 뺏어 들고 스크롤을 내려 댓글을 읽기 시작했다. 안태용도 눈으로 따라 읽었다. 대부분 김 교수를 두둔하는 내용이었지만 "그럴 줄 알았다"는 댓글도 있었다. "김○○ 교수, 30년 전에도 그러더니만 아직도 그러네."라는 댓글도 보였다. 안태용은 얼굴을 가리고 싶었지만, 손이 떨려 하는 수 없이 주머니에 넣고 숨겼다.

결국, 한민구 박사의 논문은 철회가 결정되었다.

논문 철회 소식에 미국에 있는 강재원이 전화해서 교수의 과거를 알려주었다. 김재호 교수는 30년 전 이름만 대면 모두가 알 수 있는 학술지에 실린 논문으로 한국에서 교수 자리를 잡았다. 초빙된 지 반년이 지났을 때, 이상한 소문이 돌았다. 남의 연구를 가로채서 그 덕에 교수가 되었다는 것이었다. 학계에서는 암암리에 알려진 사실이었지만, 김 교수는 당당했다. 소문은 곧 잦아들었다. 공동연구를 할 욕심에 눈먼 교수들이 나서서 김 교수를 감싸주었기 때문이었다. 그 교수들은 김재호의 이름값을 등에 업고 유명저널에 논문을 게재했다. 그렇게 김 교수는 굳건히 자리를 잡아갔다. 30년이 지난 지금 김재호의 이름값은 의혹을 제기하기에는 너무도 높았다.

김 교수는 한민구의 논문 조작 사건이 있었던 후로 한동안 학교에 나오지 않았다. 일주일 만에 나타난 김 교수의 얼굴에는 보기 흉하게 수염이 자라 있었다. 한민구가 일어나서 들어오는 김 교수를 쳐다보았다. 김 교수의 탐탁지 않은 시선이 한민구에게 꽂혔다. 더 이상 한민구를 보기 싫다는 듯 고개를 저었다. 교수는 뒤에 서 있던 안태용을 교수 연구실로 불러 옆에 앉으라며 의자를 빼주었다.

"안 박사, 아니 태용아. 이제 믿을 건 너뿐이야."

두 손으로 안태용의 손을 꽉 잡고 몇 년은 늙어버린 모습으로 내뱉은 말이었다.

"특허는…."

안태용이 말끝을 흐리며 고개를 들었다.

"당연하지, 나만 믿어!"

고개를 끄덕이는 김 교수는 순한 할아버지가 되어 있었

다. 한민구는 문간에 서서 그들을 바라보았다. 김 교수는 그 후로 한민구를 없는 사람 취급했다. 결국 한민구는 미국으로 돌아갔다.

논문 조작은 어느 멍청한 연구자의 실수 때문에 벌어진 일이 되었다. 김 교수로서는 최선의 선택이었다. 하지만 그조차도 논문이 유수의 학술지에서 철회되는 것을 막을 수는 없었고 그의 인생에 유일한 오점이 되었다. 김 교수는 뇌 질환 치료용 나노봇의 성공만이 자신을 다시 최고의 자리에 올려줄 것이라고 믿었다. 안태용은 김 교수의 절박함에 안심했다. 이제 자신은 그에게 둘도 없는 소중한 제자가 되리라고 확신했다.

✳

"우리 연구는 중단될 거야. 방법이 없어."

김 교수가 힘들게 입을 열었다. 한 달 후, 김재호 교수의 연구실에 모여 앉은 안태용과 몇 명의 연구원이 넋을 잃고 앉아 있었다. 연구를 중단한다는 소문이 돌았지만 이렇게 빨리 결정이 날 줄은 생각도 못 한 일이었다.

얼마 전, 외국에서 유전자 맞춤 아기가 태어났다는 발표가 났다. 국내외 학계에서는 비윤리적이라며 성토했다. 때 맞춰 정부에서 '연구윤리준수'라는 기준을 들이대며 몇 개의 연구를 중단하라는 지시가 내려왔다. '생명윤리에 어긋

나는 유전자 조작'이라는 설명이 붙었고 이에 대부분의 교수들은 반발했다. 연구도 모르면서 막무가내로 결정이 이루어졌다는 반박성명을 냈다. 하지만 정부에서 연구비를 중단하는 것에는 어쩔 도리가 없었다. 그 일로 피해를 보게 될 줄은 김 교수도 예상하지 못했다. 그간의 연구 자료를 정리하는 데까지 두 달의 시간이 주어졌다. 이번 학기 말까지였다.

안태용이 붉어진 얼굴로 김 교수에게 물었다.

"정말 이대로 그만두실 겁니까?"

"난들 어쩌겠어, 안 박사. 확실한 결과가 한 달 안에 나오지 않고서는….."

김 교수가 안경을 벗고 마른세수를 하고는 꼼꼼하게 자료를 정리해달라고 부탁했다. 그리고 어쩔 수 없이 연구원 수를 줄인다며 일자리는 알아봐주겠다는 말도 했다. 연구원들이 항의 한마디 못 하고 교수 연구실을 나왔다. 나가려는 안태용을 김 교수가 불러 세웠다.

"안 박사, 포닥 자리 알아봐. 지금 주니어 포닥이니까 갈수 있는 데는 많을 거야."

안태용은 그러겠다고 대답하지 못했다. 아니, 할 수 없었다. 지금까지 한 노력을 고스란히 묻고 미국에서 새로운 프로젝트를 해야 한다는 막막함이 안태용을 짓눌렀다.

'뇌 질환 치료용 나노봇'을 개발하는 프로젝트는 몇 년째 진행 중이었고, 동물 실험과 뇌세포를 이용한 실험에서는 의미 있는 결과가 나온 상태였다. 이제 남은 것은 실제 뇌 질환자를 대상으로 하는 임상뿐이었다. 안태용은 이 프로 젝트의 주 연구자였고 성공을 확신하고 있었다. 조금만 더 하면 성공의 날개를 달고 날아갈 수 있었다. 그는 지쳐갈 때 면 부와 명예를 한꺼번에 손에 쥐는 상상으로 힘을 내곤 했 다. 어떻게든 임상에 들어갈 방법을 찾아야 했다.

✳

김 교수로부터 연구가 중단된다는 말을 들은 후, 안태용 은 잠을 잘 수도 밥을 먹을 수도 없었다. 어떻게든 임상 데 이터를 만들어야 한다는 생각이 안태용의 머릿속에서 맴돌 았다. 안태용은 바탕화면에 있던 '임상 참여자 파일'이라는 폴더를 보는 순간 눈을 번쩍 떴다. 그 폴더를 열었다. 안태 용의 나이와 비슷한 참여자가 몇 명 있었고 안태용은 머뭇 거리지 않고 파일들을 하나씩 열었다. 그중 젊은 나이에 알 츠하이머 초기 진단을 받은 회사원이 있었다. 그 남자의 사 진을 자신의 사진으로 바꾸는 건 채 몇 분도 걸리지 않았다. 안태용은 인쇄된 종이에 적혀 있는 남자의 이름을 몇 번이 고 되뇌었다. 김 교수가 연구실에 있었지만 알리지 않고 실 험실을 빠져나왔다. 안태용은 택시를 잡아타고 한국대학병 원으로 출발했다.

✳

주머니 안에서 진동이 울렸다. 휴대폰 화면에 '엄마'가
떠 있었다.

"태용아, 바쁘지?"

안태용의 어머니는 애써 밝은 목소리로 말했다. 안태용
은 휴대폰으로 날짜를 확인했다. 며칠 후가 어머니의 생일
이었다.

"이번 달은 바쁘고, 다음 달에 갈게요."

"그래. 밥 잘 먹고, 아들. 알았지?"

기운 없는 어머니의 목소리에 안태용은 갑자기 부아가
치밀었다. 어머니는 아버지가 죽은 이후로 실험실에 틀어
박혀 사는 안태용을 그저 옆에서 바라볼 뿐이었다. 자주 찾
아오지 않는 아들을 원망하지도 야단치지도 않았다. 마음
에도 없는 말이 튀어나왔다.

"맨날 할 말이 밥 잘 먹어라밖에 없어? 밥은 엄마나 잘
챙겨 먹어!"

✳

"천천히 읽어보시고 서명하시면 됩니다. 이제 임상 시
작인가요?"

처음 보는 연구원이 안태용에게 '임상 동의서'를 내밀었

다. 얼굴을 들키지 않으려고 최대한 모자를 눌러쓴 채 동의서를 받아 들었다. 처치실까지 오는 동안 그의 얼굴을 아는 연구원은 다행히 마주치지 않았다. 그런데도 지나가는 모든 사람이 알아보는 것 같았다. 어쩌면 김 교수가 몰래 임상에 참여하려는 안태용을 말릴 것이 분명했다. 불안해서 글자가 눈에 들어오지 않았지만, 종이를 넘기며 읽는 척 했다. 겨우 서명을 마치고는 동의서를 돌려주었다. 연구원은 이런저런 이야기를 건넸다. 연구가 중단되는 줄 알았는데 임상이 진행돼서 다행이라는 말에 어색하게 웃었다. 처치실로 안내받아 겉옷을 벗고 팔뚝까지 소매를 걷어 올리고 침대에 누웠다. 연구원이 트레이에 알코올 솜과 주사기 한 대를 가지고 돌아왔다. 양손에 라텍스 장갑을 끼면서 그가 다시 안태용에게 말을 걸었다.

"꼭 잘됐으면 좋겠어요. 우리 할아버지도 알츠하이머로 돌아가셨거든요."

안태용은 머리 꼭대기가 갑자기 화끈거리는 것 같았다. 누워 있어도 눈앞이 빙글빙글 돌아가며 어지러웠다. 이제 곧 자신의 몸에 나노봇이 들어온다는 생각에 긴장으로 온몸이 뻣뻣해졌다. 안태용은 눈을 질끈 감았다. 연구원이 안태용의 왼쪽 팔뚝을 알코올이 잔뜩 묻은 솜으로 문질렀다.

*

"접니다, 김재호."

김 교수가 나노봇 임상을 맡은 병원의 담당 교수에게 전화를 걸었다.

"임상 못 하게 돼서 아쉽네요. 거의 다 왔는데. 근데 어쩐 일이십니까? 혹시 상황이 변했나요?"

"아, 별건 아닙니다. 상황도 아직 그대로입니다. 우리 임상에 참여할 환자들은 그 이후로 모집 안 하시죠?"

담당 교수는 몇 년만 지나면 다시 해볼 수 있을 거라고 김 교수를 위로했다. 그도 아까운 기회가 날아갔다며 한숨을 내쉬었다.

"참, 우리 안 박사 거기 안 갔습니까?"

"내가 아까 병원 입구에서 보긴 했는데, 왜요?"

"아, 아무것도 아닙니다."

통화를 마친 김 교수가 의자 깊숙이 몸을 묻고 벽에 걸린 시계를 바라보았다. 시계의 초침이 가는 소리만 연구실에 울렸다. 그렇게 30분이 흘렀고 몸을 일으켰다. 책상 위에 놓여 있던 휴대폰을 들어 안태용에게 전화를 걸었다. 몇 번이나 전화를 걸었지만 안태용은 전화를 받지 않았다. 전화기를 들고 있던 김 교수의 손에 힘이 들어갔고 고개를 끄덕였다.

＊

안태용은 나노봇을 주입한 후로 매일 자신의 상태를 꼼꼼히 적는 것을 잊지 않았다. 처음 하루 이틀은 변화가 느껴지지 않았지만 사흘째부터 달라지기 시작했다. 눈에 보이는 것들이 선명해지고, 온몸의 감각이 예민해졌다. 후배들의 실험 결과들을 흘끗 한번 보기만 해도 고쳐야 할 부분을 알 수 있었다. 안태용이 논문을 모니터에 띄웠을 때 화면에 보이는 모든 내용이 한눈에 들어오기 시작했다. 점점 읽는 속도도 빨라졌다. 며칠 동안 안태용은 연구와 관련된 거의 모든 논문을 읽어나갔다. 스스로의 상태변화를 통해 나노봇이 몸에 어떤 영향을 미치는지 세심하게 관찰했다.

나노봇을 주입한 지 일주일이 지났을 때였다. 뇌 질환에 대한 논문을 읽고 있던 안태용의 시야가 캄캄해졌다. 정말 짧은 순간이었다. 모니터가 꺼졌다 켜졌다고 생각했다. 안태용은 갑자기 일어난 정전에 모니터가 고장 나지 않았을까 걱정하며 코를 킁킁거렸다. 지난번에 모니터가 나갔던 때처럼 기판이 타서 냄새가 나는 것 같았다. 하지만 실험실은 평소와 다르지 않았다. 정전이었다면 실험실에서 돌아가고 있는 많은 기계에서 요란한 소리가 울려야 했지만 조용했다.

다음 날에도, 그다음 날에도 안태용은 시야가 캄캄해지

는 것을 느꼈다.

'설마, 혹시?'

안태용은 직감할 수 있었다. 블랙아웃은 부작용이 분명
했다. 지금까지 나노봇 효과는 뇌 질환 치료에 집중되어 있
었다. 병증이 없는 자신의 뇌세포에서 어떤 증상이 나타날
지 알 수 없었다. 안태용이 머리가 좋아진 것 또한 부작용
일지도 몰랐다. 안태용은 보던 논문을 닫아버리고 새 키워
드로 논문을 검색하기 시작했다.

'뇌세포 사멸, 뇌사, 블랙아웃.'

수많은 논문이 화면 가득 펼쳐졌다. 안태용은 모든 논문
을 미친 듯이 읽기 시작했다. 중요하다고 생각되는 것을 실
험노트의 맨 뒷장에 적었다. 몇 개의 단어가 나열되었다.

'저체온, 브레인 리제너레이션, 케미칼 밸런스, 90일.'

＊

다시 블랙아웃이 찾아와 기절했다가 얼마의 시간이 지
난 후, 안태용은 크게 숨을 들이마시며 눈을 떴다. 침상 옆
에 서 있는 김재호 교수와 주치의가 보였다.

"저, 언제 퇴원할 수 있습니까?"

주치의는 이제 의식만 좀 더 선명해지면 퇴원해도 될 것
이라며 안태용에게 일어나는 블랙아웃은 약물로 조절 가능
하다는 말도 덧붙였다. 김 교수는 굳은 표정이었다. 언뜻

보기에는 걱정하는 듯 보였지만 안태용은 알 수 있었다. 깊어진 미간과 내려간 입꼬리는 뭔가 탐탁지 않다는 뜻이었다. 안태용을 10년 동안이나 불안하게 만들었던 그 표정이었다. 안태용의 나노봇을 한민구에게 넘길 때도 같은 얼굴이었다. 김 교수가 굳어진 입을 열었다.

"안 박사, 부작용 해결 방법은 찾은 거야?"

안태용은 침대에서 일어나 앉으며 주치의에게 자리를 비켜달라고 부탁했다. 그가 병실을 나간 후, 안태용은 김 교수를 빤히 쳐다보았다. 그동안 단 한 번도 지도교수인 김재호를 그렇게 바라본 적이 없었다. 김 교수는 당황한 기색을 감추려 안경을 고쳐 썼다.

"그 방법이 알고 싶으세요?"

"찾은 거지?"

"강 선배, 아니 강재원 박사는 왜 내쫓은 겁니까?"

"스스로 나간 거야."

"저도 스스로 나가게 하려고 하셨습니까?"

"자네 대신 한민구가 나갔지."

그 순간, 안태용의 입에 비릿한 것이 느껴졌다. 병실에 있던 간호사가 급하게 다가와서 알코올이 묻은 솜으로 코와 입 언저리를 닦아냈다. 안태용은 다시 피를 토해냈다. 한동안 기침이 멈추지 않았다.

"안 박사, 또 한 번 블랙아웃이 찾아오면…."

숨을 몰아쉬던 안태용이 허리를 바로 세웠다. 지금 일어난 출혈은 뇌압이 상승해서 일어나는 증상이었다. 출혈은 멎었지만 두통이 시작되었다.

"역시, 부작용을 예상하셨네요."

안태용도 시간이 많지 않다는 것은 알고 있었다. 나노봇의 부작용이 그의 뇌를 죽이고 있었다. 블랙아웃이 처음 일어난 순간부터 살아날 방법을 찾기 시작했다. 나노봇의 부작용이 그의 뇌를 극도로 활성화시켰고, 병원에 실려 오기 전에 결국 해결 방법을 찾아냈다.

"왜 안 말리셨습니까?"

"내가 하라고 한 건 아니지. 자네가 한 거야."

팔짱을 낀 김 교수는 당당했다. 그는 방해요소를 제거하고 모든 것을 독차지할 속셈이었다. 언제나처럼. 안태용은 억울했고, 배신감을 느꼈다. 어떻게든 김 교수의 진심을 알고 싶었다.

갑자기 안태용의 동공이 확장되며 눈동자가 이리저리 흔들렸다. 귓불이 빨개지고 이마에 핏줄이 도드라졌다. 머리카락 사이로 땀이 비 오듯 흘렀다. 눈에 핏줄이 서기 시작했다. 안태용의 눈동자가 뒤로 넘어갔다. 심하게 경련이 일어나며 몸이 뻣뻣해졌다. 의료진들이 당황한 김 교수를 옆으로 밀어냈다. 급히 병실에 돌아온 주치의가 진정제를 투여하고 얼마 지나지 않아 안태용의 상태는 진정되었다. 주치의가 보호자는 아직이냐며 간호사에게 물었다.

병실을 나온 김 교수는 어디론가 전화를 걸었다. 다급한 목소리가 복도에 울렸다.

"이 조교, 지금 당장 안 박사 책상과 컴퓨터를 뒤져봐! 뭔가 찾으면 전화해!"

✳

젊은 의사가 트레이를 들고 병실로 들어왔다. 투명한 액체가 안태용의 손등에 꽂힌 주사 튜브를 타고 들어갔다. 김 교수가 마른침을 몇 번이나 삼켰다. 의사도 안태용의 상태가 표시되는 모니터를 올려다보았다. 안태용의 심장박동이 약간 빨라지며 안색이 돌아왔고 호흡이 짧아지기 시작했다. 주치의는 고용량의 메스암페타민을 안태용에게 투여하는 것을 제안했다. 각성제 투여만이 안태용의 의식을 잡아둘 수 있는 유일한 방법이라고 했다.

"곧 의식이 돌아올 거야. 김 교수."

이마에 부착된 전극을 통해 안태용의 뇌파가 만들어낸 파동이 작은 모니터에 나타나기 시작했다.

안태용의 의식이 조금씩 돌아왔고, 잠꼬대처럼 두서없는 말을 뱉었다. 눈앞에 어머니가 있었다. 아버지와 마주 앉아 아침을 먹는 중이었다. 가장 행복했던 때로 돌아가 어머니가 해준 계란말이를 먹고 싶었다. 몇 분이 지나자 안태용이 눈을 천천히 떴다. 전화를 퉁명스럽게 끊어버린 마지막 통화가 떠올랐다. 지난 어머니의 생일에 드리지 못한 선물을 들고 어머니에게 가야 했다. 안태용은 느리지만 또박또박 말하기 시작했다.

"저체온 요법을 써주세요. 뇌세포가 죽어가는 것을 늦춰야 합니다. 제 머릿속에 있는 나노봇 안에 있는 유전자의 발현을 블락해야 합니다. 이건 김 교수님이 도와주실 겁니다. 그리고 뇌세포의 재생은 계속 일어납니다. 90일 정도면 뇌세포 숫자가 충분히 늘어날 겁니다. 그때 저를 깨워주세요."

주치의는 엉거주춤한 자세로 안태용의 입술에 귀를 바짝 대고는 한마디도 놓치지 않으려고 집중했다. 고개를 든 그의 얼굴엔 확신이 있었다. 안태용이 제안한 방법이라면 가능하다고 생각했다. 그가 저체온 처치실의 상황을 알아보기 위해 달려 나갔다. 병실에는 안태용과 김 교수만 남아 있었다.

"우리가 만든 나노봇은 뇌세포에 잘 안착했습니다. 문제가 되었던 BBB(Blood Brain Barrier, 혈뇌장벽)는 잘 통과한 것 같습니다. 하지만 부작용으로 저의 머리가 좋아졌습니다."

말을 하는 동안 안태용의 생각은 점점 더 선명해지고 있었다. 나노봇의 부작용으로 머리가 좋아졌을 때처럼 뇌세포도 다시 활발해졌다. 예민해졌던 감각도 회복되었다. 어디까지 설명해야 할까. 모든 것을 김 교수에게 말해도 좋을까. 안태용은 가늠할 수 없었다.

"안 박사, 거의 다 왔어. 말해봐."

김 교수가 재촉하고 있었다. 빤히 쳐다보던 안태용이 천천히 김 교수를 향해 물었다.

"살려주실 겁니까?"

김 교수는 눈을 크게 뜨며 한걸음 물러났다. 곧 그 인자한 표정을 지으며 대답했다.

"내가 할 수 있는 건 뭐든 할 거야."

안태용의 예민한 감각으로 김 교수의 말이 진실이 아니라는 것을 느낄 수 있었다. 하지만 아직은 자신의 지도교수를 믿고 싶었다.

"제가 쓰러진 지 얼마나 지났습니까?"

"일곱 시간쯤."

김 교수는 항상 가지고 다니는 수첩과 펜을 꺼냈다. 펜을 잡은 그의 손이 떨렸다. 기대감 때문이었다. 한 차원 높은 수준의 나노봇을 자기 손에 넣을 수 있다는 기대감. 연구가 중단되기 전에 성공시킬 수 있다는 기대감.

"태용아, 이제 완성할 때가 된 거야. 그렇지?"

안태용은 그를 믿을 수 있을지 확신이 없었다. 하지만 분명한 것 한 가지는 나노봇을 멈출 수 있는 건 김 교수뿐이라는 사실이었다.

"우리 나노봇의 타깃은 뇌세포 속에 있는 미토콘드리아였습니다. 미토콘드리아의 활성을 증가시켜 뇌 질환을 치료하려고 했습니다. 그래서 미토콘드리아의 숫자도 늘어났습니다."

김 교수가 열심히 안태용을 말을 받아 적기 시작했다.

"그런데 뇌세포가 수용할 수 있는 한계를 넘었고, 미토콘드리아가 파괴되기 시작했습니다. 그래서 세포가 사용할 에너지가 더 이상 만들어지지 않은 겁니다."

"그런데 왜 뇌세포가 죽는 거지?"

안태용은 김 교수의 질문에 대답하지 않았다. 김 교수는 너무 기초적인 질문을 안태용에게 하고 있었다. 사용할 에너지가 없으면 세포가 더 이상 기능을 할 수 없다는 것은 어쩌면 당연한 사실이었다. 그는 학생들에게 생각 없이 연구한다고 언제나 불만을 토로했지만, 김 교수야말로 지식의 발전 속도를 따라가지 못하고 있었다.

"미토콘드리아가 흡수되지 못하고 파괴되면 뇌세포 안의 온도가 올라갑니다. 그 열로 인해 저의 뇌세포 안의 단백질 구조가 파괴되었을 겁니다."

그 후로도 안태용의 설명은 계속되었지만 김 교수는 그의 말을 알아듣지 못했다.

"너무 빨라, 천천히, 천천히."

안태용의 몸에서 힘이 빠져나갔지만, 김 교수는 그에게

전혀 관심이 없었다. 병실의 문이 열리고 주치의가 돌아왔다.

"김 교수, 준비가 다 됐어. 지금 가면 가능성이 있어."

김 교수가 침상을 움직이려는 의료진의 팔을 붙잡았다.

"아직이야. 조금만 기다려."

안태용은 자신의 말을 김 교수가 더 이상 이해할 수 없다고 생각했다.

"다음은 어떻게 해야지?"

"그다음은 제가 퇴원해서 말씀드리겠습니다."

김 교수가 수첩에서 눈을 떼고 안태용을 바라보았다. 수첩을 탁 소리 나게 닫고는 침상의 난간을 세게 잡았다. 미간의 주름이 더 깊어지고 얼굴이 붉어지기 시작했다. 그의 목소리가 다급해졌다.

"안 박사가 퇴원할 때까지 내가 준비를 해놓으려면 모두 알아야 해."

"제가 살아날 방법은 이미 말씀드렸습니다."

"아니, 아니야. 더 있을 텐데. 모두 말해! 모두….."

"이제 가야 해!"

의료진이 안태용에게 연결된 튜브를 정리하기 시작했다. 김 교수는 침상을 꽉 잡고는 놓지 않았다. 안태용의 숨이 점점 가빠지기 시작했다. 온몸이 뻣뻣해지며 경련이 일어나기 시작했다. 주치의가 안태용의 동공반응을 확인했

다. 심장도 아직 뛰고 있었다. 뇌사상태가 되면 모든 활력징
후들이 사라져야 했다. 하지만 안태용은 아직도 반응을 하
고 있었다.

"김 교수, 이 손 놔! 사람부터 살려야지!"

김 교수의 손을 침상에서 떼어놓으며 주치의가 소리쳤다.

"안태용, 나머지도 말해!"

김 교수는 자신을 가로막는 의료진들을 밀치며 안태용에
게 달려들었다. 주위에 서 있던 의료진들은 어찌할 바를 모
르고 서 있었다.

"김 교수, 왜 이래! 여기 좀 끌어내!"

주치의가 소리쳤다. 결국, 남자 간호사 두 명이 김 교수
의 팔을 옆구리에 하나씩 끼고 병실에서 나갔다. 의료진들
이 다시 분주하게 안태용을 옮길 준비를 시작했다. 병실 밖
에서 안태용을 노려보던 김 교수가 조교에게 문자 메시지를
보냈다. 안태용이 말하지 않고 숨겨놓은 실마리를 찾아야
했다.

'빨리 찾아!'

잠시 후, 안태용의 뇌파가 그려지던 모니터에 직선 한 개
가 그어졌다. 신체반응도 모두 멈췄다. 주치의가 벽에 걸린
시계를 보았다. 안태용의 몸에 붙어 있던 모든 것들이 하나
씩 제거되었다. 편한 얼굴로 자는 것처럼 누워 있는 그를 보
며 김 교수가 고개를 저었다. 흰 천이 안태용의 머리 위로 씌

워졌다. 안태용이 병원에 실려 온 지 열두 시간 만이었다.

의사가 벽에 걸린 디지털시계를 확인했다.

"2019년 6월 6일 오후 10시 25분. 안태용 씨 사망하셨습니다."

병실에서 나온 김 교수가 복도를 걸어가며 어디론가 전화를 걸었다.

"아, 한민구 박사, 잘 지냈나? 나 김재호 교수야."

윤주미

1973년 서울 출생으로 경희대학교 유전공학과를 졸업하고, 동 대학원에서 식물생화학으로 박사 학위를 받았다. 2016년까지 연구교수로 재직했다. 한국적 SF와 판타지에 관심을 가지고 있으며, 우리 주변에서 쉽게 접할 수 있는 것들을 소재로 생명공학을 접목한 SF를 쓰려고 계획하고 있다.

멈추지 말고 이 일에 인생을 낭비하기를

작년 가을, 아작에서 전화를 받고 "창작 강의……"라는 서두를 듣자마자 나는 거절할 말을 궁리하고 있었다. 그때 까지만 해도 내가 제대로 창작 강연을 해본 것은 한 번뿐이 었고, 지금까지도 두 번뿐이다. 나는 가르치는 일을 즐기지 않고, 대부분의 강연제의에서 도망치며 창작 강의는 그중 에서도 가장 전속력으로 도망치는 분야다. 작가란 각자 다 른 곳에서 출발해서 각자 다른 목적지를 향해 가는 사람이 아닌가. 그런데 어떻게 일괄적으로 가르치고 또 배우는가. 물론 창작 교육은 광범위하게 존재하고 또 많은 사람에게 도움도 된다는 걸 알면서도, 나는 여전히 약간 삐딱하게 그 리 생각하는 편이다.

하지만 이 기획은 강연이 아니라 워크숍이며, 네 명의 작가가 소수의 인원을 상대로 개별적으로 멘토링을 하는 기획이라는 말에 마음이 동했다. 그러면 각기 다른 길을 가는 작가들을 방해하지 않고, 그 사람 개개인에 맞추어 보조해 줄 수 있을 듯했다.

SF 창작 워크숍에 대한 논의는 이전에도 간혹 있었다. SF 공모전은 최근 의미 있게 늘어나고 있지만, 결국 공모전은 완성된 작가가 하늘에서 뚝 떨어지기를 기대하는 일이다. 경력사원 같은 신입사원을 바라는 회사와 좀 비슷한 점이 있다. 그야 하늘에서 떨어지는 작가도 있기는 하겠지만, 소수라는 걸 생각하면, 슬슬 선발에만 주력하는 것이 아니라 양성이 필요한 때가 오기도 했다. 그리고 그 방식은 일괄이 아니라 개별인 편이 좋을 것이다. 글 쓰는 사람들은 누구나 갖고 있는 것이 다르고 필요한 것이 다르다.

예전에 한 작법서에서 이런 내용을 본 적이 있다. 바둑을 배우려면 기초와 기보를 배워야 한다. 하지만 바둑 기사가 되려면 그 기보를 잊고 자기만의 길을 가야 한다. 그러기 위해서는 배워야 한다. 기초를 모르고 시작할 수는 없다. 그리고 배운 다음 잊어야 한다. 창작도 그와 같다고 한다.

소설은 사실 은근히 사람들이 쉽게 넘보는 분야다. 많은 사람들이 자신이 말을 할 수 있으므로 소설도 쓸 수 있다고 믿는다. 자신이 훈련 없이 작곡가나 화가가 될 수 있다고 믿는 사람은 거의 없건만, 꽤 많은 사람들이 자신이 마음만 먹으면 숨겨왔던 재능이 꽃을 피워 세상을 깜짝 놀라게 한 뒤 첫 소설의 완성과 함께 넷플릭스와 영화사에서 다투어 연락이 올 것이라 기대한다.

그런 생각은 창작에 별로 도움이 되지 않는다. 그런 생각을 하는 사람들은 첫 소설에서 넷플릭스는커녕 주변 사람과 출판사까지도 시큰둥하면 단박에 소설 쓰기를 중단한다. 그때 "나를 알아주는 시대가 아니다"라는 말도 잊지 않는다. 행복한 인생일 수는 있으나 좋은 소설이 나오기는 어렵다.

나는 글쓰기에 막대한 시간을 쓰지 않은 사람이 좋은 소설을 쓸 수 있다는 사실을 믿지 않는다. 어떤 작가는 첫 소설부터 두각을 나타냈다고? 그 사람은 아마도 글을 배우기 전부터, 말을 배우기 시작했을 때부터 일상적으로 이야기를 만들며 놀았을 것이다. 창작이 그의 놀이며 취미였을 것이다. 그것을 재능이라고 부른다면 불러도 좋을 것이다.

재능은 믿지 않으면서도, 적어도 스토리텔링 분야에서는 나는 한 가지 종류의 재능은 믿는 편이다. 스토리텔링이란 "세상에 존재한 적도 없고 내가 체험한 적도 없는 세계가 문장 단위로 일관성이 있으며, 수십 페이지, 때로는 수천, 수만 페이지에 걸쳐 일관성이 있어야 한다." 어찌나 일관성이 있는지 독자들이 그 세계가 존재한다고까지 믿어 의심

치 않을 만큼. 더불어 "세상에 존재한 적도 없으며 나와 성
격도 가치관도 체험도 인생도, 때로는 갖고 있는 지식마저
완전히 다른 인물이 문장 단위로 일관성 있게 행동해야 한
다." 그런 인물이 하나도 아니고 여럿이 상호작용을 하는데
어찌나 일관성이 있는지 독자들이 그 인물들이 실제 존재
한다고까지 믿어 의심치 않아야 한다.

나는 이 '가상의 세계와 인물의 일관성'을 만들어내는 일
이 지능이나 배움으로 가능한 일로 보지 않는다. 몇 가지
요소만 상호작용해도 복잡성이 기하급수로 늘어나기 때문
이다. 삼체문제(세 개의 물체 간의 상호작용과 움직임을 다루
는 문제)만 해도 아직 인류가 풀지 못한 수수께끼다. 그런
데 창작자는 이 고도의 수학적 수수께끼를 본능적으로 해
결하는 사람들이다.

어떤 사람들은 그 작업을 숨 쉬듯 한다. 어떤 사람들은
힘겨운 노력과 퇴고 끝에 한다. 어떤 사람들은 아예 불가능
하다. 불가능한 사람들은 설령 칼럼이나 비소설을 훌륭하
게 써낸다 해도 창작으로 넘어오지 못한다.

하지만 거꾸로 말하면, 세상에서 가장 못 쓰는 작가들이
라 해도 저 '상상의 일관성'을 만드는 능력은 모두 갖추고
있는 셈이다. 창작자라면 누구나 가진 재능이기에 창작자
들조차도 이 일이 어떤 사람에게는 불가능하다는 점을 깨
닫지 못하기도 하다.

그러니 일단 당신이 가장 형편없는 창작이라도 할 수 있다면 일단 기본적인 재능은 갖춘 것이다. 다음은 들인 시간의 문제다. 물론 막대한 시간을 썼다 해서 들인 만큼의 보상이 있을지 없을지 알 수 없는 일이 또한 창작이다. 그래도 내가 할 수 있는 말은, 인생을 이 보장 없는 일에 낭비하기로 결심한 사람만이 작가가 되리라는 것이다.

당신이 아직 소설을 한 번도 써 본 적이 없는 사람이라면 소설 한 편을 쓰기 위해 두 달은 짧고도 짧은 시간이다. 직장이나 학업을 병행하고 있다면 더욱 짧다.

글쓰기에는 모든 단계에 고비가 있다. 처음에 괜찮은 구상을 해야 하고, 이것으로 말이 되는 줄거리를 만들어야 하며, 그 줄거리가 소설의 구조를 갖추어야 하고, 전개에 일관성과 논리가 있어야 하고, 묘사를 하고 자연스러운 대화를 할 수 있어야 하며, 일반인이 이해할 수 있는 문장을 만들어야 한다. 훌륭한 소설을 쓰는 것은 나중 일이고, 소설의 형태를 갖추기도 어렵다. 글을 처음 쓰는 사람이 두 달 만에 출간 가능한 소설을 썼다면 하나의 기적을 이룬 셈이다.

그리고 다들 그 기적을 이루어내 주었다. 나는 누구의 작품이 출간되어도 이상하지 않을 때까지 같이 갔다고 생각한다. 선정되신 분들은 당연히 모두 축하드리고, 선정되지 않은 분들의 작품들도 내게는 다 좋았다.

지현상 작가는 이미 다양한 분야에서 성취를 이룬 작가

였기에 크게 도울 점이 없었다. 오히려 보조사회자로 워크숍 내내 많은 도움을 주었다. 윤주미 작가는 시놉시스에서부터 소설 구조까지 내내 여러 번 뒤집었다. 나는 시간이 한정된 워크숍에서 그게 좋은 전략이 아니라 생각했지만, 결국 윤 작가는 열정적으로 고친 끝에 가장 훌륭한 버전을 찾아내었다. 속단하지 말고 작가마다 다양한 전략이 있음을 나 역시 인정하게 되었다.

사실 무엇보다 내가 즐거웠을 때는 처음부터 잘 쓰는 사람이 잘 썼을 때보다도, 훌륭한 작품이 나왔을 때보다도, 기본기가 거의 없던 작가가 폭풍처럼 성장하여 하나의 소설을 완성했을 때였다. 그때만큼 기쁠 때가 없었다.

일단 소설 하나를 완성했다면 앞으로 몇 개든 더 만들 수 있다. 멈추지 말고 이 일에 인생을 낭비하기를 바란다. 건필을 기원한다.

김보영

가장 SF다운 SF를 쓰는 작가이자, 한국 SF 팬덤의 절대적인 지지를 받는 작가로 알려져 있다. 게임 개발자 겸 시나리오 작가로 활동하다가 2004년 제1회 과학기술창작문예 공모전에서 〈촉각의 경험〉으로 중편 부문에 당선되면서 본격적으로 작품 활동을 시작했다.

한국과학문학상 심사위원을 역임했고, 영화 〈설국열차〉의 시나리오 작업에 참여했으며, 폴라리스 워크숍에서 SF 소설 쓰기 지도를 하거나, 다양한 SF 단편집을 기획하는 등 SF 생태계 전반에서 활발한 활동을 하고 있다. 소설과 소설집으로《저 이승의 선지자》,《멀리 가는 이야기》,《진화신화》,《당신을 기다리고 있어》등이 있다.

우리의 오리와 그를 찾는 모험

———

손소남

나는 오늘 여러분에게 오리 한 마리에 대한 이야기를 들려주고자 한다. 그 오리는 한때 우리 모두의 오리였으며, 그리하여 "우리의 오리"라고 불렸다. 그 오리의 끝은 얼마나 창대하였던가. 우리의 오리가 가졌던 그 많은 재산과 권력, 유명세를 생각하면 인생, 아니 오리 생의 기기묘묘함에 대해 놀라지 않을 수 없다. 자, 그럼 어디에서 시작해볼까? 아마도 그 해의 어느 봄날이 좋으리라. 석촌 호수 옆 석촌호수가든의 뜰에서 어미 오리를 쏙 빼닮은 모양의 커다란 부화기계가 오리 알을 품고 있었을 그 어느 봄날 말이다. 우리의 오리가 오리 알로 아직 잠들어 있었을 봄날, 부화기계가 내놓는 따뜻한 온기와 그 기계 어미 오리의 심장박동 소리에 우리의 오리 알이 행복했을 그 봄날.

부화기계는 유리로 되어서, 밖에서 오리 알을 들여다볼 수 있었다. 기계에는 커다랗게 '자식처럼 키운 유기농 행복한 오리, 행복한 오리가 맛있습니다'라고 쓰여 있었다. 오리 고기를 먹으러 온 가족이 식당의 홀로 들어가기 전에 부화기계를 구경했다. 석촌호수가든의 개 두 마리는 기계 안에서 회전하는 오리 알을 보며 넝날아 신이 나 이리저리 뛰었다. 석촌호수가든의 사장이 나오자 개들은 달려가 뛰어오르며 오리 알을 졸랐다. 젊은 사장은 개의 머리를 긁어주며 "이따가 하나 줄게." 하고 약속했다. 하지만 오리 알들은 눈도 귀도 없었기에 아무것도 보지도 듣지도 못했다. 그저 행복하게 떠돌고 있었다. 부화기계라는 작은 우주를. 천 년 전 어미 오리 품에서 잠들었던 오리 알들처럼. 천 년 뒤 더 나은 부화기계 속을 떠돌 오리 알들처럼. 부디 천 년 뒤에도 오리가 있기를! 만약에 그때도 오리 고기가 맛이 있다면 가능한 일일 것이다.

그러니 지금, 우리의 오리가 아직 그저 한 개의 오리 알일 뿐인 지금, 착한 부화기계가 오리 알들을 나른하게 재우고 있는 지금, 우리는 잠시 물러나자. 오리 알들이 평화롭게 한나절 더 잠들 수 있도록. 이들에게 생은 잔인하고 평화는 짧을 테니까.

＊

　세월은 쏜살같이 흘러 반년이 지나, 우리의 오리 알은 우리의 오리가 되었다. 우리의 오리는 석촌호수가든의 오리들 중 처음으로 살아서 홀을 밟는 새로운 역사의 장을 열었다. 오리의 역사에서 오리가 홀에 가기 위해서는 보통 탕이나 구이로 나갔기 때문이다. 오리들이 자신들의 역사에 관심을 가졌다면, 이것은 오리사에 길이 남을 순간이 되었을 것이다. 그러나 오리들은 역사에는 큰 관심이 없었다. 사실 관심이 있었다 해도 오늘 우리의 오리가 겪은 고통을 상쇄해줄 수 있었을지 의심스럽다. 지난 2주간 우리의 오리는 태어난 이후 가장 비통하고 괴로운 시간을 보냈다. 갑자기 흰 가운을 입은 사람들이 오리장에 불쑥 나타나 목을 낚아채서 낯선 곳으로 데려갔고, 그곳에서 연거푸 괴로운 경험을 해야 했다. 온몸이 뒤틀릴 만큼 뜨거운 상자 속에 갇히기도 했고, 갖가지 구역질 나는 것도 억지로 먹었다. 몇 시간 동안이나 몸에 전기가 흐르기도 했고 몹시 차가운 뭔가가 온몸에 처덕처덕 발렸을 때는 눈도 따갑고 피부 전체가 쓰렸다. 그곳에서 우리의 오리는 주변에 한 마리의 오리도 없이 사람들에 둘러싸여서 지내야 했다. 오늘 다시 석촌호수가든으로 돌아왔을 때 우리의 오리는 예전 오리장으로 돌아가기를 기대했지만 홀로 끌려 나왔다.

"왜 또 이래? 약 좀 먹여. 털도 엉망이군. 화장이라도 좀 시켜봐. 파우더 어디 있어?"

"행복하게 보이게! 기분 좋아 보이게!"

우리의 오리는 화려하게 장식된 테이블의 주빈 자리에 벨트로 단단히 묶였다. 홀은 인간으로 가득 차 있었고, 우리의 오리는 너무 많은 카메라 플래시와 인간들 사이에서 참으로 고독했다. 꿰엑꿰엑 소리를 질렀지만 진정제 탓에 천천히 감각이 사라져갔다.

하지만 나는 오리도 인간의 사정을 조금은 이해해주기를 바란다. 인간들도 제정신이 아니었다. 국내 역사상 최초로 과학적으로 검증된 환생자가 대중 앞에 나타나는 순간이었으니 말이다. 그 자랑스러운 환생자는 바로 우리의 오리였다. 우리의 오리는 대광보험회사 김민석 전 회장의 환생자였다. 다음 날부터 언론은 우리의 오리의 홀로그램 영상을 싣고 우리의 오리에게 사랑과 존경을 바칠 예정이었다. 홀에 가득 찬 사람들은 이미 오리를 바라보며 욕망과 호기심을 느끼고 있었다. 비록 우리의 오리에게는 그들이 그저 혐오스러울 뿐이었지만 말이다.

오리가 묶인 테이블은 잘 빼입은 사람들로 가득했다. 우선, 오리의 왼쪽에 앉은 건 김민석 전 회장의 딸이자 현 대광보험회사 대표인 김정란과 그의 양자인 권정현이었다. 열두 살인 정현은 얼굴을 찌푸리고 몸을 이리저리 비틀며 따분함을 억지로 참고 있었다. 오른쪽에는 대광보험회사 산하 연구기관인 대광환생연구소의 연구원인 손 박사와 김 박사, 박 박사가 나란히 앉아 있었다. 손 박사는 김민석 전 회장의 유언에 따라 우리의 오리의 법정 대리인 자격으로 자리했다.

"아버지를 이렇게 건강한 모습으로 다시 뵙게 되어서 얼마나 기쁜지 이루 다 말로 표현할 수가 없네요." 김정란 대표가 말했다.

"오리라고 해도 여전히 풍채가 좋으시고요. 박력 있는 표정이 회장님을 다시 뵙는 것 같습니다." 손 박사가 맞장구를 쳤다. "이게 다 사랑으로 오리를 거둬 키우신 석촌호수가든 사장님 덕분이지요."

이들은 석촌호수가든의 사장 부부를 치하했다. 사장 부부는 오리의 맞은편에 앉아 함박웃음을 지으며 고장 난 인형처럼 끝없이 고개를 끄덕였다. 느닷없이 닥친 행운에 웃음을 감추지 못하는 이 두 사람은 개에게 오리 알을 먹이던 바로 그 사장과 남편이다. 이들은 말하자면, 우리의 오리의 유사 부모 자격으로 앉아 있었다. 이게 무슨 얼토당토않은 족보인가, 하고 여러분이 불편해하는 건 나도 이해한다. 그러나 어쩌겠는가.

지금 불판 위에서 지글지글 익어가는 이 오리를 어미라고 사진 찍겠는가? (지금 오리 고기 5인분이 불판에서 익어가고 있고, 옆의 쟁반 위에는 3인분이 붉은 살점의 색깔을 드러내며 놓여 있었다. 지글거리는 소리를 들으며 손 박사는 몰래 침을 삼켰다.) 아니면 저 앞뜰의 부화기계를 어미라고 하겠는가? 또는 호수 위를 유유히 떠다니는 청둥오리를 초대해야 했는가? 사실 저 오리들은 우리의 오리와 아무런 유전적 상관관계가 없었다. 우리의 오리의 유전자가 온 곳은 아주 멀리 있는 축산업 연구소에서였다. 유전자 제공 오리에 대해 아는 이는 없었지만, 이들의 유전자가 육즙이 많고 맛이 좋은 오리를 낳는다는 건 누구나 인정하는 바였다.

이제 오늘 행사의 하이라이트가 시작되었다. 김정란 대표가 정중하게 일어나 사장 부부에게 작은 플라스틱 카드 세 장을 건네자 박수갈채가 터졌다. 주변에 둘러서 있던 대광보험회사와 대광환생연구소 직원들, 그리고 석촌호수가 든 직원들은 바로 이 순간을 위해 3시간 전부터 대기하고 있었다. 김 대표는 카드를 하나씩 건네기 전에, 카메라를 향해 들어 보였다. 황금이 그려져 있는 카드에는 괜찮은 아파트 한 채 값의 현금이 담겨 있었다. 몰약이 그려져 있는 카드는 대광보험회사와 대광환생연구소의 모든 서비스를 무료로 구입할 수 있는 상품권이었다. 유황이 그려진 카드는 말하자면 꽝이었다. 거기엔 대광보험회사와 연구소 소개 홀로그램이 들어 있었다. 이 카드는 동방박사의 황금과 몰약, 유황을 본뜬 것이었다. 환생이 불교 색채가 짙다는 오해를 불식하고, 기독교나 다른 여타 종교에도 열려 있다는 분위기를 주고자 마련된 이벤트였다. 물론 여전히 대다수 기독교인들이 환생 주장에 대해 따가운 시선을 보냈지만, "천국, 환생을 통해서 가는 것인가", "예수님의 다음 생" 등 젊은 신학자들은 기독교 이론 내에서 환생을 설명하고자 노력했다. 예수의 존재 자체가 환생에 대한 직접적인 실례라는 주장은 특히 흥미를 끌었다.

세 장의 카드를 건네고 김정란 대표는 연설을 시작했다. 김 대표의 눈은 눈물로 젖어 있었고 목소리는 떨렸다. 사람들은 미소를 지으며 고개를 끄덕였다. 김 대표가 비서에게 눈짓하자, 비서는 오리의 벨트를 풀고 김 대표에게 데려가려고 했다. 그러자 우리의 오리는 다시 한 번 꾸에에엑하고 소리를 질렀다. 진정제 약효가 슬슬 떨어지고 있었다. 우리의 오리를 묶은 벨트는 너무 꽉 죄었고, 그 아래에 깔린 강아지용 대변 패드는 아까 눈 오줌 때문에 축축했다. 오리 고기 냄새와 뒤집어쓴 파우더 냄새 역시 오리의 비위를 뒤집어놓았다. 분노한 오리가 비서를 향해 부리를 힘껏 열었다. 겁먹은 비서가 그를 김 대표에게 급히 던졌으나 김 대표는 비서보다 용감했다. 김 대표는 재빨리 오리의 목을 조르듯이 끌어안은 다음 정수리에 입을 맞추고 다시 비서에게 던졌다. 자기 전생의 딸에게로 날아가는 우리의 오리의 행복한 눈동자와 날갯짓, 그리고 딸의 사랑! 홀로그램 카메라가 바쁘게 돌아갔다.

"아버지가 돌아가신 지 이미 5년이 되었습니다. 그리고 드디어 아버지를 찾게 되었습니다."

김정란 대표의 연설은 늘 매우 길었다. 오늘은 더구나 길 조짐이 보였다. 김 대표는 김민석 전 회장의 환생에 대한 열광, 그의 사업 실적, 그의 사망 등 여기에 다다르기까지 벌어진 과정을 하나씩 읊었다. 정현은 어린 나이 덕에 김 대표의 얘기 중간에 자리를 떠날 수 있었다. 정현은 화장실에 가는 척하면서 일어난 다음, 우리의 오리를 세게 꼬집었다. 우리의 오리가 꿱꿱거리면서 펄쩍 뛰어오르려다 벨트 때문에 버둥거렸다. 다들 오리와 정현을 못 본 척하며 김 대표만을 바라보았다. 김 대표는 잠시 화난 표정으로 정현을 노려보고는 다시 연설에 몰두했다. 직원들은 김 대표가 얘기를 시작하기도 전부터 고개를 끄덕이며 감동한 표정을 짓고 있었지만, 이미 다른 생각 속으로 깊숙이 들어간 상태였다. 모두가 알다시피, 직장인이 상사의 연설을 듣는 척하면서 딴생각을 하는 기술은 한두 세기 동안 축적된 게 아니다. 성별과 인종을 넘어서는 이 인류 보편의 기술은 이제 놀라울만치 발전되었다. 그러나 그런 기술이 없는 우리는 연설을 요약하도록 하고, 우리끼리니까 좀 더 솔직하게 털어놓아보자.

김민석 전 회장은 5년 전인 2049년, 97세로 타계하였다.

대광보험회사는 김 회장 아래에서 급속도로 성장하여, 그 만그만한 작은 보험회사에서 국내 굴지의 대기업으로 자리잡았다. 그사이 평범한 기업인이었던 김 전 회장은 대중문화의 아이콘이 되어 국내 여론을 휘저었다. 이 모든 것은 다 환생 광풍 때문이었다. 모든 위대한 역사적 사건들처럼, 환생 광풍의 시작 또한 미미하였다. 그것은 짧은 광고 한 편에서 시작되었다.

누구나 알다시피, 증강현실 안경이나, 옷, 문신 등의 착용형 액세서리가 없다면, 사는 게 사는 게 아니다. 그건 끔찍하게 불편하고 세상과 단절된 우울한 인생일 수밖에 없다. 추위와 더위, 습도, 미세먼지 같은 원시적인 고통을 뒤집어쓰고, 취향에 맞는 아름다운 가상 풍경과 인테리어와 최신 쇼핑과 유행 정보도 없이 끝없이 지루한 세계에서 뒹굴려고 우리가 사는 건 아니지 않나. 그러나 지문과 홍채 따위 신체 정보가 쉽게 복사되자 해킹 범죄는 갈수록 늘어났고, 마치 구시대의 교통사고나 감기처럼 일상적인 위험이 되었다. 신기술일수록 해킹에 취약했기 때문에 신제품을 시도하는 건 사회적 위신을 걸고 하는 모험이었다. 파리와 런던의 최신 증강패션 패션쇼 직후에는 모델들이 해킹되어 그들의 모든 개인정보가 떠돌아다녔다는 소문도 흉흉했다. L씨의 성추행 홀로그램 영상이나, P씨가 쓴 유치한 투서 따위, 사람들의 치부가 휴지처럼 널브러져 뒹굴던 시절이었다.

그러니 12년 전 뇌파파동 분석을 통해, 정신 정보가 개인 인식 장치로 활용가능하다는 소식에 다들 얼마나 들떴는지 모른다. 물론 언젠가는 그 또한 해킹되리라. 하지만 어쨌든 다시 한 번 착용형 증강현실 액세서리의 봄이 돌아왔으니, 신제품은 쏟아졌고 사람들은 너도나도 할 것 없이 신용카드를 꺼내 들었다.

유니버스 AR사의 새 광고는 돌아온 증강현실 액세서리의 네오 르네상스의 정점이었다. 그 광고는 뇌파파동 잠금을 활용한 개인 맞춤형 액세서리를 광고하면서, 티베트 불교의 라마승 환생 제도를 끌어들였다.

광고는 이랬다. 티베트 불교의 어느 위대한 라마승이 유니버스 AR사의 개인 맞춤형 액세서리를 주문해서 사용했다. 그것은 목탁 형태였다. 물론 티베트 불교에서는 목탁을 사용하지 않는다. 우리의 세련되고 지적인 제작자들도 이 사실을 알고 있었지만, 그들은 소수 민족, 소수 종교의 사소한 리얼리티보다는 조형미를 추구하고 소통의 폭을 넓히기를 선택했을 뿐이었다. 광고 속에서 위대한 라마승은 목탁을 두드리며 깨달음을 얻었다. 그리고 그는 그 목탁에 자신이 목격한 깨달은 세계를 저장해두었다. 그가 목탁을 치면, 제자들은 그가 목도한 깨달음의 세계를 함께 볼 수 있었다. 그 라마승이 임종했을 때 그는 뇌파 파동 잠금을 그대로 남겨두고 떠났다. 그 목탁의 잠금장치는 세계 최고의 해커도 열 수 없었다. 절의 모든 승려는 절망하고 절은 서서히 쇠락해갔다. 인간의 힘으로는 어쩔 수 없었다. 왜냐하면 유니버스 AR사의 잠금장치는 그만큼 완벽한 것이었기 때문에. 그러나 젊은 승려들은 절망을 딛고 일어서, 결국 선대 라마승의 환생자를 찾아낸다. 나이 어린 환생자는 그윽한 미소와 함께 목탁을 손에 든다. 바로 그 순간 환생자의 뇌파 파동은 잠금장치를 풀고, 목탁 소리를 들으며 제자들은 다시 선대 라마의 깨달음의 경지를 향유한다. 뒤편에서 아름다운 아침 해가 떠올라 드넓은 바다를 배경으로 제자들과 깨달은 환생자의 얼굴을 비춘다….

이것은 실제 중국령 티베트 ○○○절에서 일어났던
철저한 실화입니다.
모델들이 재연하였습니다.
당신이 환생하지 않는다면 누구도 열 수 없는 당신만의 우주!
스마트 유니버스!
우주를 스마트하게!

이 광고는 세계를 열광시켰다. 광고를 찍은 광고모델은 당시 고작 7세의 어린이였다. 그러나 그가 광고에서 버건디색의 아름다운 승복을 입고 신비로운 미소를 지으며 목탁을 두들겼을 때, 온 세계는 두들겨 맞은 것 같은 충격을 맛보았다. 그의 팬들은 그의 미소와 목탁 소리에 생과 죽음의 비밀, 윤회의 신비가 깃들어 있고, 그 광고를 본 자신마저 깨달음의 세계를 엿봤다고 말했다. 그의 인기는 폭발적이었고, 뒤이어 출연한 영화 속에서 기독교 신비주의자, 미래를 읽는 초능력자 등 다양한 역할을 맡았다. 이 영화들은 모두 흥행에 성공했다. 그는 17세에 진짜 위대한 깨달음을 얻어 신흥종교의 창시자가 되어 윤회를 잘하는 법을 가르쳤다. 환생 완전 정복 1년 코스 비용은 꽤 비싸서 평범한 직장인의 1년치 연봉에 가까웠음에도, 대기자 명단이 끝없이 길었다.

당시에는 환경 문제와 에너지 문제, 핵전쟁에 대한 부담이 해소되면서, 우리가 인류의 운명에 대해 가장 낙관하던 때였다. 이제 세계가 좀 살 만하니 다들 오래 살고 싶어 했지만, 문제는 그게 생각만큼 쉽지 않다는 거였다. 의료 기술의 발전은 몹시 더뎠고, 기계신체, 인간 정신의 로봇 업로드나 가상세계 업로드, 인체 냉동기술 등 신기술의 완성은 멀기만 했다. 게다가 신기술은 이미 여러 새로운 질병을 만들어낸 바 있었다. 신체삽입용 신기술 액세서리들이 만들어낸 새로운 자가 면역성 질환, 장기 우주여행이 일으키는 이상 반응 등 말이다.

마음만 먹으면 달도 가고 화성도 가는 시기에 인간은 여전히 50살을 넘으면 늙고 100살을 넘으면 죽어야 했다. 곧 미래에 신기술이 발달해 과거에는 상상도 못 한 풍요롭고 즐거운 세계를 열어줄 것만 같은데! 헌신적이고 아름다운 섹스 로봇으로 가득 찬 나만의 스위트 홈! 아무것도 할 필요 없이 입만 열면 맛있는 음식이 들어오고, 눈만 감으면 어디서든 바로 내 침실이 생기는 편리한 문명의 이기가 하나하나 완성되고 있는데! 오감이 다 충족되는 각양각색의 가상 게임들! 이 모든 것이 곧 가능해질지도 모르는데, 죽어야 되다니! 바로 저 앞에 짜릿하고 즐겁기만 한 삶이 기다리고 있을지도 모르는데! 죽음은 역사적으로 어느 때보다 불쾌한 불청객 취급을 받았고, 그런데도 여전히 더딘 의료기술 발전은 최악의 역사적 아이러니이자 인류 지성에 대한 모욕이나 다름없었다.

물론 뇌파 파동 잠금장치로 환생자를 찾아낼 수는 없었다. 경쟁사는 유니버스 AR사를 과대광고로 고소했지만, 유니버스 AR사의 변호사들은 참으로 뛰어났다! 그들은 잠금장치로 환생자를 찾아낼 수 없다는 것은 인정했지만, 일단 환생자가 아니라면 자기네들의 뇌파 파동 잠금장치를 열수 없다고 주장했다. 그러니 적어도 뇌파 파동 잠금장치는 환생 실제 여부를 확인하는 기능을 할 수 있다는 것이 논지였다. 유니버스 AR사의 변호사들과 학자들은 정신병원과 다양한 종교사원에서 환생자임을 주장하던 사람들을 데리고 와 여러 실험을 했는데, 몇몇은 통과하였고 몇몇은 떨어졌다. 통과한 이들은 스타가 되었으며 생과 죽음을 설교하는 새로운 시대의 영적 구루가 되었다. 이들은 '유니버스 구루'라고 불렸는데, 좋은 곳에 환생하기 위한 기술을 가르치는 신흥종교와 명상단체를 이끌었다.

전 세계 인류가 광고와 법정, 연구소를 전전하며 벌어진 이 세기의 논쟁을 흥미롭게 지켜보았다. 많은 이들이 앞으로 과학 기술이 발달하면 사후 자신의 환생을 찾을 수 있을 거라는 희망을 가지게 되었다. 일단 환생자를 찾고 난 다음에는 뇌파 파동 실험을 통해 확인할 수 있다고 해도, 그 환생자를 어떻게 찾을 것인가 하는 문제는 풀리지 않은 수수께끼로 남아 있었다. 그런데도 환생자를 찾고 싶다는 사람들의 열망은 갈수록 강해졌다. 부유층이나 권력층들이 비밀리에 자기 가족의 환생자를 찾아내고 있다는 소문이 떠돌았다. 그러나 일반인들의 경우, 기술적인 문제 외에도 자기가 죽은 다음에 누가 자신의 환생자를 찾아줄 거라고 기대할 수 없었다.

바로 여기에서 김민석 회장의 재기가 빛을 발했다. 그는 환생자에게 유산을 전달해주는 보험 상품을 개발했다. 환생자를 찾을 때까지 재산을 기탁했다가 환생자를 찾아서 전달해주는 보험 상품을 만들어냈고, 관련 특허를 냈다. 그 때까지 대광보험회사는 국내 대기업 보험회사들과 경쟁에 뒤처져 있었으나, 바로 역전을 이루었다. 그해 대광보험회사의 주가는 1,800퍼센트 성장했다. 물론 자식들은 제 부모가 환생자를 찾을 때까지 보험회사에 재산을 맡기겠다는 결정에 불만스러워했지만, 결국 소소한 문제였다. 안 늙는 이도 안 죽는 이도 없으니까 말이다. 대광보험회사와 환생연구소는 '이기적인 자녀를 설득하기' 등 다양한 문화 사업과 출판사업을 진행했고《자녀 vs 나, 심리적 이분법을 넘어》같은 책은 대중적으로도 꽤 널리 읽혔다. 사람들은 자기가 환생 관련 보험을 들었다는 사실을 썩 자랑스러워하지는 않았지만, 적은 금액이라도 보험을 넣어서 남들이 전생에서 받은 돈으로 떵떵거리며 사는 동안 자신만 다음 생에 초라하고 힘든 삶을 사는 것은 피하고 싶어 했다.

아직도 자식에게 존재를 위탁하십니까?
생과 생을 넘어
진짜 자신을 찾으십시오!
저희가 도와드리겠습니다!
순간에서 영원까지 당신과 함께할
당신의 대광보험회사

광고에는 김민석 전 회장과 연구소 개발진이 등장해 함께 그윽한 미소를 짓고 있었다. 이 자애로워 보이는 미소를 위해, 대광보험회사 개발진은 머리를 싸매고 고민했고 그 결과는 수차례 성형수술을 마친 이들의 아름다운 미소로 결실을 맺었다.

그러나 언제나 선각자는 고통을 받는 법, 환생자를 찾는 방법이 아직 나오지 않은 상태에서 그 보험이 무슨 의미가 있는지 소비자 보호단체는 연구소를 끈질기게 괴롭혔다. 결국, 환생자를 못 찾으면 그 돈은 보험회사에서 먹겠다는 거 아닌가? 그러나 김민석 전 회장은 자신이 솔선수범해서 이러한 오해를 털었다. 그는 생전에 자신의 재산을 털어 대광환생연구소를 설립하였으며 관련 연구에 돈을 쏟아부었다. 관련 연구자들로는 국내외에서 가장 뛰어난 유전공학자와 생물학자, 종교학자, 심리학자들을 끌어모았다. 그들은 현재 환생자 탐색에서 가장 뛰어난 집단이 티베트 불교라는 데에 주목하였고 그들의 방법론을 과학적으로 발달시켰다. 예를 들어, 환생자가 전의 사람이 생전에 쓰던 물건을 알아보는가, 전의 사람의 지인들이 환생자를 보고 어디선가 본 듯한 느낌이 드는가, 등등 말이다. 모든 방법이 과학적으로 철저하게 검수되었다. 그리고 김민석 전 회장 자신도 자신의 환생자를 찾아서 그 환생자에게 재산을 상속하겠다는 유언장을 언론에 발표하였다. 그는 환생자에게 전 재산을 상속하겠다고 공언한 첫 번째 유명인사였다.

김민석 전 회장 사후, 그의 환생자를 찾는 과정은 세계적인 언론의 조명을 받았다. 김 전 회장의 환생자를 찾는 데에는 예상보다 오랜 시간이 걸렸지만 대광환생연구소는 마침내 엄정한 과학적 수사방법을 동원하여 환생자를 찾아냈다. 그 환생자가 바로 우리의 오리였다. 그러나 예견되었던 바대로, 이 발견은 수많은 논란을 낳았으니 무엇보다 환생자가 사람이 아니라 오리라는 게 문제였다. 왜 김 전 회장은 오리로 환생하였는가? 알고 보니, 김 전 회장은 우리의 오리가 발견되었던 석촌호수가든의 단골이었으며, 오리를, 정확히 말하자면 오리 고기를 끔찍하게 좋아했던 것이 밝혀졌다. 더구나 그는 석촌 호수의 풍경을 좋아해서, "이렇게 경치 좋은 곳에 살 수 있다면, 성공한 인생"이라고 석촌호수가든 사장에게 말한 적이 있다는 것이 드러났다. 게다가 대광환생연구소만이 아니라, 유니버스 스마트 두뇌 연구소까지도 이 오리와 김 전 회장의 파동 일치를 확인하면서, 환생자 진위를 둘러싼 논란은 종식되었다. 김 전 회장 주변의 지인들 또한 둘 사이에 외모와 거친 성격 등 여러 공통점이 있다고 했다.

※

나도 김 전 회장처럼 예전에는 오리 고기를 무척 좋아했다. 그러던 어느 날…, 눈물이 날 것 같아서 도저히 더는 말할 수가 없다. 나는 잠시 얘기를 쉬어야…. 흠, 흐음, 흠, 부디 여러분은 나의 이 눈물을 용서해달라. 지나치게 감상적이라고 해서 나를 너무 탓하지 마라, 제발…. 나도 알고 보면 좋은 사람이고 가여운 사람이다. 나의 이야기는 잠시 접어두고 우리는 석촌호수가든으로 돌아가기로 하자. 여러분도 이제 가여운 우리의 오리의 사연을 이해할 준비가 되었을 테니. 김정란 대표도 연설을 마무리하고 있다.

✳

"참으로 긴 세월이었습니다. 그동안 언론은 결코 우리에게 우호적이지 않았습니다. 아버지를 미쳤다, 그만큼 해 처먹었으면 됐지, 죽어서까지 얼마나 더 해 먹으려고 그러느냐 등의 흑색선전을 일삼았습니다. 꿋꿋이 그 시간을 버티고 이겨내 마침내 아버지를 찾아낸 대광환생연구소의 연구자분들께 이 자리를 빌려 진심으로 감사드립니다."

김정란 대표는 빙그레 미소를 지으며 주변을 둘러보았다. 사람들의 표정은 복잡 미묘해졌다. 김민석 전 회장 사후 유언장이 발표되자, "죽어서까지 얼마나 더 해 먹으려고!"라고 소리를 지르면서 길길이 날뛰었던 사람은 바로 김 대표였기 때문이다. 몇 번이고 연구소에 쳐들어가 집기를 때려 부수고 소리를 지르기도 했다. 김 대표만 오면 경보등이 울리고 경비원들이 모두 출동했다는 건 알 만한 사람은 다 아는 소문이었다. 김 대표는 환생연구가 주류 과학계에서 인정받지 못했다는 점을 파고들어 반대파 과학자들을 고용해 대광환생연구소와 법정 싸움을 벌이기도 했다. 그러나 결국 김 대표는 자신의 패배를 받아들였다. 김 전 회장이 자신의 환생자를 찾을 때까지 모든 재산을 대광환생연구소에 위탁했기 때문에, 환생자 없이는 대광환생연구소로부터 재산을 찾아올 길이 없었다. 게다가 대광보험회사의 주 상품이 환생보험이었기 때문에, 대광환생연구소의 연구결과를 부정해서는 보험회사도 굴러갈 수 없었던 것이다. 김 대표는 차라리 서둘러 환생자를 찾아 자기가 그 환생자의 보호자가 되기로 결심했다. 그러나 김 대표도 우리의 오리에 대해 예상하지는 못했다.

'오리라, 오리…. 오리….'

김 대표는 깊은 한숨을 쉬고는 비서에게 눈짓을 보냈다. 비서는 겁먹은 표정으로 조심스레 오리의 벨트를 풀었지만, 이미 우리의 오리는 기절한 상태였다. 비서는 오리를 김 대표에게 건넸다. 그사이 또 정현이 오리의 날개를 꼬집어 오리는 눈을 크게 뜨고 꾸에엑 소리를 질렀다. 김 대표는 사랑스럽다는 듯 미소를 지으며 오리를 끌어안았다. 기자들은 놀라고 겁먹은 우리의 오리의 표정을 "부녀 상봉의 기쁨"이라는 제호 아래 쓸 것이다. 오리를 비서에게 다시 넘긴 김 대표는 정현의 귀에 대고 뭔가를 속삭였고, 정현은 아랫입술을 깨물고 못내 억울한 표정을 지었다.

정현은 대광환생연구소의 첫 번째 작품으로, 15세에 자살했던 김정란 대표의 외동딸 김에리카의 환생자였다. 김에리카의 환생을 찾으라는 건 김민석 전 회장의 지시였지만, 정현은 공식적 환생자로 발표되지 않았다. 김 전 회장은 자신이 국내 첫 공식 환생자라는 영광을 누리고 싶어 했다. 연구소는 정현을 대상으로 다양한 실험을 했지만, 실험이 끝나자 정현의 처지는 애매해졌다. 친부모에게 막대한 돈을 주고 데려온 정현을 돌려보낸다면 언론에 어떤 정보가 노출될지 알 수 없었다. 결국 김정란 대표는 김 전 회장이 시키는 대로 정현을 입양했지만 둘의 관계는 좋지 않았다. 환생을 믿지 않는 김 대표는 정현을 김에리카의 환생자로 보지 않았고, 그렇다고 새로운 자식으로 받아들이지도 않았다. 그러나 정현은 김 대표처럼 쿨할 수가 없었으니, 그는 일곱 살에 가족에게서 연구소로 건네졌으며 김에리카의 환생자라는 것을 빼면 아무것도 남지 않은 사람이었다. 정현은 김 대표나 박사들을 미워하지 않았다. 제가 사랑받고 싶은 이들을 미워하기는 어려운 법. 그가 미워했던 건 이 모든 소동의 근원인 김 전 회장이었고, 그의 환생자인 우리의 오리였다. 정현은 다음 기회가 오면 또 우리의 오리를 꼬집을 계획이었다. 더, 더, 더 많이, 가능한 한 많이!

우리의 오리는 김정란 대표와의 포옹이 끝나자 비서에게로 전달되었다. 그러나 갑자기 우리의 오리를 낚아챈 이가 있었으니, 바로 손 박사였다. 김 대표의 눈이 휘둥그레졌다. 손 박사는 덩치가 좋은 40대 남자로 그 테이블에 둘러앉아 있던 이들 중에서 가장 완력이 센 사람이었다. 손 박사가 우리의 오리를 안은 팔에 너무 힘을 줬는지 우리의 오리는 부리로 손 박사의 얼굴을 쪼았다. 김 대표가 소리를 질렀다.

"손 박사님, 아버지가 불편하신 것 같아요. 그렇게 세게 안으면 안 되지."

김 대표는 손 박사에게 덤벼들어 그의 팔을 풀려고 했지만, 손 박사는 팔에 힘을 주고 버텼다. 김 대표가 손 박사의 정강이를 발로 차자 손 박사는 깜짝 놀라 팔에 힘을 풀었고, 바로 그 순간 우리의 오리는 푸덕거리며 날아올랐다. 그리고 정현의 품으로 내려앉았다. 정현은 놀라서 우리의 오리를 내던지려고 했지만 오리는 더 단단하게 정현의 품 안으로 파고들었다. 정현이 당황해서 오리를 뿌리치려고 하면 할수록 우리의 오리는 더 비집고 들어왔다. 오줌 냄새와 파우더가 뿌려진 털 냄새가 뒤섞인 기묘한 냄새가 콧속으로 들어왔고, 깃털로 덮인 뜨거운 몸통이 정현의 작은 가슴을 눌렀다. 정현이 다른 이와 포옹한 것은 너무나 오래전이었기에, 이것은 혼란스럽기 짝이 없는 체험이었다. 나란히 뛰는 두 개의 심장, 두려움으로 떠는 타자의 몸. 우리의 오리가 내뱉는 날숨이 정현의 얼굴을 간질였다. 꿰에에

에엑! 그 순간 우리의 오리는 다시 한 번 소리를 질렀다. 정현의 눈동자가 오리의 눈동자와 마주쳤고, 정현은 이제 울고 싶어졌고 어찌할 바를 알 수 없었다. 정현은 다시 한 번 오리를 뿌리치려고 했지만, 오리는 이제 제 부리를 정현의 어깨에 걸었고 떨어지지 않으려 했다. 김 대표가 정현의 어깨를 감싸 안았다.

"할아버지가 성현이 품이 좋으신가 보다. 편안하게 안아 드리렴. 손 박사님처럼 불편하시게 하면 안 돼."

"정현아, 할아버지가 무섭지 않니? 이리 박사님에게 돌려주지 않을래?"

정현은 김 대표에게 한쪽 팔이 잡히고, 다른 쪽 팔은 손 박사에게 잡힌 채 우리의 오리를 끌어안고서는 석촌호수가든을 나섰다. 직원들과 기자들이 그 뒤를 따랐다.

✳

차에는 김정란 대표, 정현, 손 박사의 순서대로 탔다. 각자의 증강현실 속에서 김 대표는 초고속 도로를 질주하는 첨단 사양의 스포츠카를 탔고, 손 박사는 아름다운 해변을 달리는 클래식카를 탔다. 하지만 두 사람은 오리를 안은 정현이라는 현실을 공유했다. 이 공유된 현실을 놓고 둘은 말싸움을 계속했다.

"아니, 이 차에는 도대체 왜 탄 거야? 김 박사랑 같이 연구소로 돌아가. 좀 전에 오리를 빼돌리려고 했지? 내가 다 봤어. 알고 있다고."

"어허, 대표님 왜 이러십니까? 제가 어떻게 혼자 돌아갑니까. 가려면 오리와 같이 가야지요. 환생자가 발견되면 연구소가 법정 후견인을 맡으라고 하신 걸 아시지 않습니까?"

"그렇게 몽니를 부리지 말라고. 그건 다 멀쩡하게 부모 있는 인간으로 태어날 줄 알고 한 얘기지, 오리? 하! 내가 어이가 없어서. 정현아, 오리 이리 내. 엄마 줘."

그러나 정현은 말없이 오리를 끌어안았다.

"이리 내, 너 아까 오리 꼬집는 거 다 봤어."

김 대표가 거칠게 정현의 팔을 잡아당기자 손 박사가 정현을 얼싸안았다.

"왜 정현이한테 그렇게 함부로 대하십니까?"

"얼씨구. 내가 내 새끼한테 어떻게 대하든 그게 당신이 무슨 상관이야?"

"정현이 어떻게 김 대표님 자녀입니까? 환생자라고 해도, 친자 관계가 그대로 성립되는 건 아니지요. 비공식이지만 정현이는 우리 연구소의 소중한 첫 번째 환생자입니다."

"낳은 자식만 자식이야? 실험 끝났다고 나한테 억지로 떠맡길 때는 언제고?"

정현은 귀를 틀어막고 소리를 지르며 발을 굴러 앞 좌석을 계속 찼다. 우리의 오리도 덩달아 꽥꽥거렸다. 그러자 김 대표와 손 박사는 동시에 착용하고 있는 착용형 AR 안경의 다이얼을 돌려 자신의 인지 범위에서 정현을 뺐다. 이제 둘에게 정현의 목소리는 들리지 않았고 정현의 모습도 보이지 않았다. 정현은 엎드려서 비통하게 울었다. 우리의 오리가 갑갑해하며 몸을 비틀자, 정현은 오리가 편하게 있을 수 있도록 일어나 앉았다. 눈물을 참으려 애쓰며 숨을 고르면서 우리의 오리를 쓰다듬었다. 김 대표와 손 박사는 계속 둘만의 심도 깊은 대화에 몰두했다. 두 사람은 서로 정현의 보호자를 자처하며 상대가 정현을 망쳤다고 비난했다. 김 대표는 손 박사의 머리카락을 쥐어뜯었고, 손 박사는 김 대표의 손목을 비틀었다. 둘은 비명을 참으며 서로 눈을 노려보았다. 정현은 우리의 오리를 안은 채 두 사람 사이를 기어서 빠져나가 앞 좌석으로 갔다. 정현이 차의 설정을 조작하자 차는 오픈카로 변환되었지만, 김 대표와 손 박사는 여전히 각자의 초고속 도로와 해변에 머물러 있었고 무엇보다 싸우느라 바빴다. 정현은 우리의 오리를 안고 일어나서 온 힘을 다해 비명을 질렀다. 도로 위에 아이의 가느다란 비명이 퍼졌지만, 아무도 듣지 못했다. 정현은 차를 세우고 차 밖으로 우리의 오리를 내보냈다. 우리의 오리는 날개를 퍼덕이며 높이 날아올랐다. 바닥에 떨어질 때는 잠시 비틀거렸으나, 용케 바로 섰다. 무서운 속도로 달리던 자동주행 차들이 경적을 요란하게 울리며 아슬아슬하게 오리를 피했고, 우리의 오리는 차선 사이를 달렸다.

　김 대표와 손 박사는 그제야 차에서 멀어져가는 우리의 오리를 알아차리고 소리를 질렀다.

　"안 돼! 추적해, 빨리."

　그러나 자동주행차는 점잖게 불법운전을 거부했다.

　"차라리 누가 차로 좀 치어. 제발…."

　손 박사는 손목을 비틀며 신음했다. 그러나 손 박사의 소망을 배신하며 우리의 오리는 뒤뚱거리며 6차선에서 5차선으로, 그리고 이어 4차선으로 잘도 뛰었다. 우리의 오리는 자동차 경적 소리에 놀라 비틀거리면서도 용기를 잃지 않고 차들을 피해 달리고 달렸으며, 마침내 아슬아슬하게 길 건너 잔디밭에 들어섰다. 푸른 잔디 위에 도착한 우리의 오리는 날개를 푸덕거리며 자유를 향유했다. 그리고 그는 뒤를 돌아 잠시 차 쪽을 바라보았다. 정현은 이제 울음을 그치고 끅끅거리며 우리의 오리를 바라보았다. 잠시 정현 쪽을 바라본 우리의 오리는 다시 한 번 날개를 푸덕거렸고, 이윽고 숲을 향해 달리기 시작했다. 정현의 시야에는 오직 흰 날개만 존재했다. 정현은 그가 어서 가버리기를 바라면서도, 그를 따라가서 껴안고 함께 가고 싶기도 했다. 그러나 정현은 우리의 오리의 자유를 방해해서는 안 된다는 걸 알아차렸다. 정현은 그를 안고 있던 가슴의 온기가 식어가자, 마치 그가 제 몸속에서 빠져나가 버린 것처럼 허전했다. 그

허전함은 곧 아린 통증으로 바뀌었고, 그래서 정현은 깜짝
놀라서 조금 울었다. 정현은 이런 통증은 오래 사라지지 않
는다는 걸 이미 경험을 통해 잘 알고 있었다. 우리의 오리는
이제 보이지 않았다. 오리는 자유를 향해 갔다.

손 박사는 신음 소리를 내며 머리카락을 쥐어뜯었다.

"그까짓 오리! 다른 오리를 가지고 데려와서 뇌파 실험
결과를 조절하면 어때?"

김 대표가 손 박사에게 말했다.

"조절이라니요! 앞으로 외부 연구소에서 줄줄이 올 텐
데, 그걸 어떻게 조작해요? 차라리 죽었으면 다음 환생자를
찾겠다고 하면 되는데…."

"그래, 그거면 되겠네. 오리가 죽었다고 하고 다음 환생
자를 찾겠다고 해. 죽은 뒤에 어떻게 뇌파 검사를 하겠어?
인간 시체면 몰라도, 오리 죽은 거 하나쯤이야 식은 죽 먹
기지."

김 대표는 차에 명령을 내렸다.

"제일 가까운 오리 농장으로."

"그러면 우리가 오리 관리를 어떻게 했길래 죽었냐고 하
지 않겠습니까?"

"보험회사 부도낼 일 있어? 정현이한테는 미안하지만,
정현이가 차에서 던져버렸다고 해야지."

"맞습니다. 그게 진실이지요. 국민들도 진실을 알 권리

가 있으니까요."

둘은 다시 동시에 정현을 인지 범위에 넣었다. 둘의 이
야기를 듣고 있던 정현은 그제야 상황을 알아차렸고, 차에
서 빠져나가려고 했지만 이미 늦었다. 두 사람은 정현의 양
팔을 각각 잡고 차 앞쪽에서 끌어왔다. 정현은 발버둥을 쳤
지만 뿌리칠 수 없었다.

＊

그날 저녁 대광환생연구소에서는 대규모 기자 회견이
열렸다. 손목이 결박된 정현과 오리 사체를 품에 안은 김정
란 대표는 옆에 나란히 앉아 있었다. 오리 농장에서 데려온
다른 오리를 차로 쳐 만든 오리 사체였다. 비통한 표정의
세 박사도 함께했다.

"이제야 만난 아버지를 다시 잃어버리게 되다니, 모든 것
이 다 저의 불찰입니다. 오늘 저는 아버지를 잃고, 이제 하
나 남은 자식마저 멀리 보내야 합니다."

김 대표가 흐트러진 머리를 숙이자, 옆에서 세 사람도 함
께 머리를 조아렸다.

"이것은 저희가 정현 군과 우리의 오리의 상태를 미리
헤아리지 못한 결과이기도 합니다. 환생 직후에 주변인들
이 받는 정신적 충격과 혼란이 특별히 예민하고 감수성이
여린 정현 군에게 극심한 고통이 되었을 것을 미처 헤아리

지 못했습니다. 정현 군은 정신적 문제를 오랫동안 앓아왔
는데, 할아버지와의 갑작스러운 만남이 큰 충격을 주고 말
았습니다."

"정현아!"

김정란 대표가 정현을 끌어안자, 정현은 헝겊 인형처럼
무게감 없이 좌우로 흔들거렸다. 홀로그램 영상 속에서 정
현의 눈은 더 덩 비어 보였다. 그 모습이 차에 치여 시체가
된 우리의 오리와 나란히 재생되자, 여론은 뜨겁게 타올랐
다. 사람들은 정현이 할아버지의 환생자가 발견되자마자
죽인 사이코패스라며 분노했다. 그러나 실정법상으로 오리
는 그저 오리일 뿐이었다. 우리의 오리는 국내 첫 공식 환
생자이자 첫 동물 환생자로서 이미 적지 않은 팬들을 거느
리고 있었는데, 정현을 향한 이 팬들의 분노는 대단했다. 정
현에게 그저 동물학대죄가 적용될 가능성이 크다고 언론이
보도하자, 팬들의 분노는 그야말로 들끓었다. 이들은 정현
을 존속살인범으로 강력히 처벌할 것을 탄원했다.

정현은 끝까지 무덤에 묻힌 오리는 진짜 우리의 오리가
아니라고 주장했으며, 우리의 오리는 어딘가에 살아 있고
또한 김민석 전 회장의 환생이 아니라고 주장했다. 우리의
오리의 팬들에게 이보다 더 뻔뻔한 언어도단은 없었다. 정
현에 대한 강력 처벌을 부르짖으며 온몸에 사슬을 걸고 단
식 투쟁을 하는 이도 있었다. 그러나 정현이 동물학대범인

지 존속살인범인지를 둘러싼 논쟁은 끝내 결론을 맺지 못했고, 정현이 정신병원에 수용되는 것으로 사건은 마무리되었다.

✳

10년이 지나자, 역시나 뇌파 파동도 해킹되기 시작했고 뇌파 파동 대신 다른 신기술이 착용형 개인 액세서리의 잠금장치로 활용되었다. 이와 함께 환생 광풍의 열기는 천천히 식어갔는데, 결정타는 엉뚱하게도 식품산업에서 왔다. 냉동식품 산업이 발달하면서, 채소와 고기를 장기냉동시키는 데 사용하는 신소재 Ki가 개발되었다. 이 Ki가 냉동질소 대신 인체 냉동 매질로 사용되자, 인체 냉동 비용은 혁신적으로 줄었다. 물론 인체를 냉동해서 생명연장기술이 발전한 미래까지 보관하자는 이 신비의 기술은 언제나 의심받아왔다. 냉동된 인체나 뇌가 과연 해동이 되어서 살아나거나, 또는 냉동된 뇌를 스캔해서 정신을 업로드할 수 있다는 보장이 없다는 것이 마음이 좁은 자들의 의심이었다. 그러나 이제 와서 더 비쌀 것도 없는데 굳이 땅에 묻거나 불에 태워야 하겠냐, 불황을 타개하고 사막화된 땅을 부흥시킬 새로운 아이템에 그렇게 재를 뿌리고 싶으냐는 반문에 논쟁은 일단락되었다. 냉동 인체와 뇌를 보관하는 냉동소가 세계 각지에 세워지기 시작했다. 사막화가 진행되어

땅값이 바닥으로 떨어졌던 지역이 냉동소가 설치되기 좋은 지대로 평가받으면서, 땅값은 놀랄 만큼 뛰었고 다시 한 번 활성화되기 시작했다. 대규모 냉동소가 들어선 지역에는 '영생 파크', '천국로' 등의 다양한 관광 상품도 개발되었다. 좋은 시절이 다시 한 번 온 것이다.

그러나 안타깝게도 이 새로운 흐름은 환생 광풍을 완전히 끝장내버렸다. 이제 환생할 사람이 없는 시대가 온 것이다. 환생에서 영생으로 넘어가는 과도기에 심야 토론과 SNS에서 "환생 vs 영생"은 인기 있는 토론거리였다. 토론은 항상 압도적인 영생의 우위로 끝났다. 이왕이면 환생보다는 영생이었다.

환생 광풍은 점점 더 낡고 유행에 뒤진 것으로 여겨졌을 뿐 아니라, 과학적으로도 도덕적으로도 의심스러운 것이 되었다. 심야 토론에서는 과학자들이 나와, 자기들은 일찌 감치 눈치챘으나, 상업주의에 결탁한 가짜 과학자들 탓에 진실을 말할 수 없었노라고 한탄했다. 비싼 수업료를 수수했던 구시대의 구루들은 환불 관련한 소송에 끌려나갔다. "유니버스 구루 같은 소리 하고 있네"라는 말은 시대에 맞지 않는 케케묵은 말을 하는 사람을 핀잔 줄 때 사용하는 말이 되었으나, 나중에는 말도 안 되는 소리로 남을 사기 치려고 하느냐는 비아냥이 되었다.

대광보험회사는 GL Co.로 이름을 바꿨고, 보험에서 냉동소 대여서비스로 핵심 사업을 이전했다. 김정란 대표는 아버지 못지않은 사업 감각의 소유자였다. 환생 광풍이 시들어가면서 대광보험회사는 엄청난 수의 계약 해지와 소송을 겪을 뻔했다. 그러나 김 대표는 이미 환생에서 영생으로 넘어가는 연구동향을 냉정하게 파악, 그간의 수익금을 국내 최대 사막기후 지역인 중부 화성 지역 부동산에 투자해둔 뒤였다. 그리하여 이전 환생보험계약자들에게 인체 냉동 서비스를 전격 할인하여 제공함으로써 위기를 돌파했다. 대광환생연구소 역시 GL영생연구소로 개명하였으며, 패러다임을 넘어서 권위를 이어가는 사후연구의 명가임을 자부하였다. GL영생연구소는 의학자, 기후학자 등의 다양한 연구자들을 모았을 뿐 아니라, 불교, 기독교, 풍수지리 전문가 등 여러 종교계와 정신계 기반의 전문가들까지 함께 모아 새로이 영생연구분야를 이끌었다.

바로 여기에서 당신을 지켜드리겠습니다.
영원한 당신의 벗!
Great Light, GL!

김정란 대표는 손, 김, 박 박사 세 사람과 함께 홀로그램 광고를 찍었다. 홀로그램 속에서 천사처럼 분장한 세 사람을 뒤로하고, 흰옷을 입고 우아하게 만 머리를 늘어트린 김 대표는 자애롭게 두 팔을 벌리고 있었다. 김 대표의 뒤에는 눈이 시리도록 푸른 하늘이 펼쳐졌고, 햇살을 닮은 금빛 광선이 층층이 쏟아졌다. 보는 이의 마음을 사로잡아 성스럽고 충만한 기분이 들게 하는 아름다운 모습이었다.

* * *

GL Co.의 새 광고가 사람들의 마음을 주물러 숭고한 기분을 느끼게 하는 동안 GL Co.의 주가는 가파른 상승세를 그렸다.

한 남자가 그 광고를 보고 깜짝 놀라 몸을 일으켰다. 대중에게서 잊혀진 또 한 명의 환생 광풍의 주인공, 라마승을 연기했던 그 어린 모델을 기억하는가? 7세에 미소로 대중에게 깨달음을 선사했고 17세에 진리를 깨우친 천재 선각자 말이다. 그는 지금 오후 2시, 술이 덜 깬 채로 몽롱한 상태에서 텔레비전을 보다가, 놀라 신음 소리를 내고 있다. 구루 K는 현재 일인 방송 '구루 K의 참을 수 없는 호기심'의 진행자이자 PD이자 CEO로, 갈수록 떨어져가는 시청률과 벗겨져가는 주변머리가 고민이었다. 한때 조건 없는 대중의 사랑을 누렸지만, 이제 그가 누리는 한 줌의 시청률은 연약하기가 몇 안 남은 그의 머리털과 같았다. 구루 K는 동성과 한 번, 이성과 두 번 결혼하고 세 번 이혼했으며, 그때마다 더 가난해졌다. 그러나 그는 이 광고를 보자 섬광 같은 가능성을 느꼈다. 저 고상하고 하느님 같으시고 무엇보다 통장 잔고도 두둑할 김정란 대표에게 가는 길을 어렴풋이 알 것 같았다.

✳

구루 K도 다른 유니버스 구루들처럼 가파르게 몰락했다. 그 역시 환불 소송에 휘말렸고 자신이 믿은 것만 가르쳤노라고 주장해보았지만 소용없었다. 구루 K 재단은 파산했고, 여론은 갈수록 나빠져 구루 K는 사기죄를 피하기 위해 감옥 대신 정신병원에 입원해야 했다.

그는 세속의 잔인함을 한탄하며 병원으로 갔으나, 그때까지도 스스로 깨달은 자라는 걸 의심하지는 않았다. 병원에서도 진리를 설파하려 했으나, 어느 환자나 의사도 그의 설교를 들으려 하지 않자 서서히 기가 꺾였다. 세계를 열광시킨 신비한 외모도 시들어갔다. 아침에 일어나 거울 속에 아름다운 선각자가 아니라, 궁색한 사기꾼이나 정신 나간 놈이 웃고 있을까 봐 두려웠다. 그는 밤에 잠을 잘 수 없어서 병원을 쏘다니곤 했다. 정현을 만난 날 밤, 구루 K는 병실을 빠져나와 실내 정원을 거닐고 있었다. 실내 정원은 병원 안에서 유일하게 증강현실이 허용된 곳이었다. 아프리카 초원의 밤을 옮겨놓은 증강현실 속에서 그는 초원 가운데에 자리한 커다란 나무 아래 기어들어갔다. 그러나 그 나무 아래에는 이미 비쩍 마른 한 소년이 쪼그려 앉아 있었다. 기다란 수풀 사이로 반쯤 가려진 그 얼굴은 미디어에서 많이 본 얼굴이었다.

"너는 혹시 그 오리 손자?"

"꺼져!"

오리 손자, 즉 정현은 구루 K를 바라보지도 않고 말했다. 그러나 구루 K는 그 옆에 비집고 들어가 앉았다. 밀리에서 코끼리 떼가 우는 소리가 들렸고, 보름달 위를 이국의 새 떼가 지나갔다. 둘은 밤새 나란히 앉아서 말없이 그 밤의 소리에 귀를 기울였다.

그 뒤로 구루 K는 잠들 수 없는 밤에는 실내 정원으로 갔고, 거기에는 늘 정현이 먼저 와 있었다. 정현은 구루 K가 앉을 수 있게 자리를 내주었고, 그러면 둘은 그저 나란히 말없이 앉아 있곤 했다. 그렇게 지나가던 어느 밤, 정현이 불쑥 물었다.

"금방 봤어?"

"뭘?"

"오리가 지나가는 걸 봤어?"

"어디에?"

"코끼리 사이에서, 저쪽으로 뛰어가지 않았어?"

구루 K는 정현을 물끄러미 바라보았다. 뭔가를 말하고 싶었으나, 무슨 말을 해야 할지 몰라 입을 다물었다. 그 뒤로도 정현은 여기저기에서 우리의 오리를 보곤 했고, 가끔 구루 K에게 그도 오리를 봤는지 물었다.

그때쯤엔 더 이상 누구도 환생을 진지하게 여기지 않았고 우리의 오리가 김 전 회장의 환생이라고 생각하는 사람도 없었다. 아니라는 반박도 없었다. 그저 모든 게 잊혔고, 진지하게 반론하기에는 낡고 우스꽝스러운 것이 되어버렸다. 그러나 의사들은 정현의 병이 치료되기는커녕, 더 깊어지고 있다고 입 모아 말했다. 물론 오리를 죽였다는 건 더 이상 문제가 아니었다. 문제는 정현이 오리에 대해 가지고 있는 지나친 애착이라고 그들은 말했다. 정현은 김정란 대표나 그를 헌신적으로 교육해온 손 박사 등 모두를 거부하고, 제 손으로 죽인 오리만이 유일하게 인생에 의미가 있는 존재인 양 굴었다. 이 무슨 징그럽고 불가해한 애착인가 말이다. 구루 K 역시 정현이 제 손으로 죽이고 나서 그것을 (그게 무엇이든) 사랑한다며 사방에서 다시 본다는 것이 불편했다. 결국 구루 K는 묻고 말았다.

"네가 본다는 오리 말이야, 혹시 피 흘리고 있어?"

구루 K는 '네가 죽였을 때처럼'이라는 말을 꿀꺽 삼키며 물었다. 그러자 정현은 벌컥 화를 냈다.

"걔가 왜 피를 흘려? 걔는 자유롭고 행복해."

구루 K는 정현이 혹시 자기에게 덤벼들까 걱정도 되었지만, 정현의 가느다란 팔뚝을 훔쳐보며 저 정도라면 감당할 수 있겠다고 생각하며 다시 한 번 물었다.

"네가 오리를 죽였잖아?"

그러나 정현은 날뛰는 대신, 고개를 숙이며 아니라고 자신은 죽이지 않았다고 중얼거렸다. 그리고 일어나서 제 병실로 가버렸고, 며칠 동안 실내 정원에 나타나지 않았다. 구루 K는 정현 없이 혼자 맞는 아프리카의 밤이 쓸쓸했다. 혼자라는 것도, 혼자 맞는 이 아프리카의 밤이 그저 가짜일 뿐이라는 것도 가슴에 사무쳤다. 구루 K는 제 인생 자체가 가짜일지도 모른다는 두려움에 고독하게 울었다. 그래서 다시 정현이 나무 그늘 아래 나타났을 때, 어찌나 반갑던지 정현을 끌어안을 뻔했다. 정현이 점잖게 피했지만 말이다. 정현이 "믿지 않아도 좋지만 말이야…." 하고 말을 꺼냈을 때, 구루 K는 격하게 고개를 끄덕였다. 정현은 구루 K를 돌아보지 않고 혼잣말을 하듯 제 얘기를 했다. 여러분은 이미 알고 있는 그 이야기 말이다.

"나는 퇴원을 해서 오리를 찾아보려고. 찾기 힘들다는 건 알고 있지만 그래도…. 아마 어머니와 손 박사를 만나서 내가 오리를 죽였다고 말하면 퇴원할 수 있을 것 같아."

구루 K는 정현이 왜 오리를 찾으려는지 물어보려다가 관뒀다. 정현은 오리가 무슨 구원의 동아줄이나 되는 양 움켜잡고 매달리고 있었고, 구루 K는 그 어리석고 가련한 모습이 스스로를 구루라고 믿는 제 자신과 그리 다르지 않은 것 같아 그저 아연했다. 둘이 처음으로 긴 이야기를 나눈 그날 밤 이후, 정현은 구루 K에게 한결 편하게 대했다. 정현은 웃기도 하고, 친근하게 이런저런 이야기를 하기도 했다. 김 대표에게 입양되기 전의 가족들이 원망스럽지만 그립다는 말도 했고, 입양된 이후 연구소에서만 지내서 친구가 아무도 없다는 얘기도 했다. 그런 이야기를 하면서 정현은 구루 K에게 너는 어땠냐고 묻기도 했지만, 구루 K는 입을 굳게 다물고 아무 말도 하지 않았다.

그리고 며칠 후, 구루 K는 자신이 미쳐가고 있다고 판단을 내렸다.

✳

"그러니까 저도 이제는 모르겠다는 생각이 자주 들어요. 내가 누구인지, 진짜 깨달은 자가 맞기는 한 건지…. 혹시 내가 사기를 친 건가? 나도 모르게 그런 생각이 들기 시작하는 겁니다. 물론 이게 말도 안 되는 소리이고 그동안 믿었던 제자들에게 뒤통수를 맞으면서 얻은 불안이라는 걸 알아요. 하지만 떨쳐버릴 수가 없는 거예요. 잠도 안 오고 밥맛도 없고…. 편집증이나 불안장애가 아닐까 싶군요. 물론 우울증도 있고요."

그날 오후 상담에서 그는 상담사에게 열심히 자신의 증상을 설명했다. 늘 그의 이야기를 심드렁하게 듣던 상담사가 그날만은 코를 씰룩거리며 진지하게 듣는 것을 구루 K는 알아차렸다. 상담사는 구루 K의 얼굴을 이리저리 살폈으며, 구루 K가 한 모든 말을 꼼꼼하게 기록했다. 구루 K는 뿌듯했다. 그는 치료가 시작되면 자신이 회복되어 예전의 자신감을 가지고 비록 병원 안에서나마 설교를 시작할 것을 믿어 의심치 않았다.

그러나 그 상담 후 며칠이 지나지 않아, 구루 K는 갑자기 강제 퇴원을 당했다. 완치되었다는 것이다. "병원 경영 정상화 조치"에 의해, 회복된 이후에도 병원에서 미그적거리는 환자들을 깡그리 퇴원시키겠다는 것이 병원 측의 설명이었다. 갑작스러운 강제 퇴원 명령에 웅성거리는 환자들 틈에서 구루 K는 정현을 얼핏 본 것도 같았다. 식은땀을 흘리며 창백하게 허공을 바라보는 정현을 뒤로하고 구루 K는 대기실을 나섰다. 다시 정현을 만날 일은 없을 거라고 생각했다.

✳

지금 소파에서 몸을 반쯤 일으키고 있는 구루 K는 곰곰이 이 모든 일들을 다시 한 번 생각했다. 실제로 오리를 죽이지 않은 정현에게 죄를 뒤집어씌워 정신병원에 가뒀다는 사실을 폭로하겠다고 하면 김정란 대표에게 돈을 울궈낼 수 있을 것 같았다. 구루 K는 정현을 찾아야겠다고 결심했다. 그러나 병원에서는 정현에 대한 어떤 정보도 알려주는 것을 거절했다. 구루 K는 자신의 방송에서 정현에 대한 제보를 기다린다고 홍보했지만 연락은 오지 않았다.

구루 K가 기대를 잃고 다음 방송 내용을 준비할 때쯤 기묘한 연락이 왔다. 홀로그램 지도 위에 그려진 여행 경로와 그 여행 경로 위에 덧붙여진 강연 일정이었다. 지도는 아이가 손으로 그린 듯이 서툴고 조잡한 그림을 입체화한 홀로그램이었다. 서해안의 파도는 뻐죽뻐죽한 파란 선으로 그려놓았고, 점점이 찍힌 노란 색은 근처 사막 지역이었다. 그 어설픈 지도 속 구불구불한 길 위를 차 한 대가 달려가고 있었다. 강연을 선택하면 강연의 소개를 들을 수 있게 되어 있었다. 강연자의 목소리는 울림이 좋았는데, 뻔뻔하고 변죽이 좋은 그 목소리는 변조된 인공 목소리였으나 떨리는 목소리 톤이 어딘가 익숙했다.

강연은 우주의 구조나 성모 마리아 환생설 따위를 다루고 있었다. 우주의 구조에 대해서는 블랙홀과 웜홀 안에 천국과 지옥이 있다고 했고, 성모 마리아의 환생을 발견했는데 서해안 어딘가 구멍가게에서 장을 보는 노파였다고 했다. 미친 사람이 다른 미친 사람을 위해서 말하는 것만 같았다. 구루 K는 코웃음을 치며 삭제하려고 했으나, 마지막 강연의 제목을 보고는 손을 멈췄다.

마지막 강연의 제목은 '우리의 오리와 그를 찾는 모험'이었다. 목소리는 지구의 모든 생명체는 우주 저편에서 추방된 외계인의 환생으로, 죽음은 환상일 뿐이라고 했다. 환생도 영생도 헛소리일 뿐, 우리는 이 염병할 지구에서 영원히 살아가야 하는 운명이라고도 말했다. 이 지겨운 생을 견디기 위한 비밀을 공유할 테니 오라는 것이 강연 소개의 전부였다. 그때쯤 목소리가 조금 웃었던 것도 같았다. 그리고 오리 손자가 오리를 찾고 있으니 우리의 오리의 행방을 아는 분들의 제보를 기다리겠다는 말을 끝으로 소개를 마쳤다. 강연 일정에서 마지막 강연만이 아직 남아 있었다. 바로 이틀 뒤였다.

✳

구루 K가 지도의 안내에 따라 도착한 곳은 서해안 쇠락한 관광지 근처의 식당가 주차장이었다. 주차장은 전혀 관리되지 않은 모양이었고, 언제 폐차되어도 이상하지 않을 싸구려 차 한 대만이 주차되어 있었다. 차에는 오리가 커다랗게 그려져 있었다. 구루 K가 다가가자, 차 문이 덜컹거리며 열렸다. 낡은 차 안은 생각보다 깨끗하게 정리가 되어 있었고, 그 안에는 나이를 짐작하기 힘든 남자가 운전대를 잡고 이쪽을 바라보고 있었다. 구루 K는 그가 정현이라는 것을 알아보았다. 퇴원한 지 8년 만에 정현은 많이 변했다. 인생이 정현에게 친절하게 굴지 않았던 흔적이 흐린 눈빛과 이른 새치에서 보였다. 구루 K는 망설이다가 차를 탔다.

"잘 지냈어?"

"그럼."

정현은 미소를 지었다. 정현이 미소를 짓자, 구루 K는 예전의 얼굴의 흔적을 알아볼 수 있었다. 외로워 보이는 앳된 얼굴로 퉁명스럽게 말하던 정현이 떠올라 구루 K는 마음이 아팠다. 그러나 마음을 다잡았다. 구루 K는 놀러 온 것이 아니었다. 그에게는 비즈니스가 있었다.

정현은 운전대를 잡고 차의 증강풍경을 틀었다. 예의 그 싸구려 증강현실 풍경 중 하나인 아프리카의 밤이었다. 붉은 보름달 아래 야생동물의 울음소리가 멀리에서 들려왔다. 정현은 요즘 재미 삼아 자동운전기능을 끄고 직접 운전을 하곤 한다며, 아프리카의 밤 속으로 천천히 들어갔다. 퇴원한 후 정현은 구형의 뇌파파동잠금형 액세서리를 들고 우리의 오리를 찾아다녔다고 했다. 그러나 아무리 오리농장을 찾으러 다녀도 우리의 오리를 찾을 수 없었다. 대부분의 농장주는 그런 오리는 없으며, 오리가 있었다고 해도 이미 오리고기가 되지 않았겠냐고 퉁명스럽게 대꾸하곤 했다. 그러다 최근에는 오리나 허공을 향해 설교를 시작했다. 가끔 가까운 도시에서 히피나 노인들이 설교를 들으러 오기도 한다고 했다. 사람들이 왔다가는 실소를 터트리고 가기도 했고, 한번은 건달들에게 걸려 두들겨 맞기도 했다는 얘기였다.

"설교라니?"

구루 K가 물었다.

"너도 설교 많이 했잖아. 내가 깨달은 진리를 나누는 거지."

"진리?"

"응, 진리."

"어쩌다가 그렇게?"

'깨달은 거야?'와 '그 꼴이 된 거야' 사이에서 구루 K는 말을 꾹 삼켰다.

"너도 깨달은 적이 있겠지만 말이야…"

정현은 앞을 유심히 살피며 차의 방향을 다시 돌렸다. 허기지고 외로운 육식동물들의 울음소리가 가까워졌다.

✳

정현이 입원한 지 7년이 되어갈 때쯤 새로운 담당의사가 배정되었다. 새로 온 그 의사는 다른 의사들과는 달랐다. 그는 지치기에는 너무 젊다는 듯이, 열정적으로 일했다. 환자들에게는 따뜻하고 친절하게 대하려고 애썼다. 몇몇 환자들은 그가 영화에 나오는 의사를 흉내 내고 있다고 비웃기도 했지만, 정현은 젊고 아름다운 그가 싫지 않았다. 정현은 몇년 만에 따스한 관심을 받아본다고 느꼈다.

그날 오후 이 새 의사와의 면담은 늘 그랬듯이 의례적으로 흘러가는 것 같았다. 최근의 기분은 어떤가? 컨디션은? 오리에 대해서 계속 생각하는가? 갑자기 의사는 말을 멈추고 정현을 빤히 바라보았다.

"정현 씨, 이제 어른이 되어야죠. 언제까지나 이렇게 병원에서 숨어 살 수는 없어요."

"숨어 산다고요?"

"지금 정현 씨는 현실을 회피하려고 기억을 왜곡시키고 있어요. 정현 씨는 이미 회복이 되었어요. 세계 속으로 다시 나아갈 수 있어요. 어머니와 손 박사님, 그리고 정현 씨의 회복을 간절히 기다리는 수많은 사람들을 기억해보세요. 정현 씨를 사랑하는 수많은 사람들을요."

정현은 가슴에 날카로운 통증을 느꼈다. 항상 들어온 얘기였으나, 그 의사의 입에서 나오자 완전히 다른 새로운 얘기처럼 들렸다. 정현은 의사의 눈을 바라보았다. 의사의 눈빛은 선하고 따스했다. 그 순간 정현은 자신이 아니라 의사의 말이 옳기를 간절하게 바랐다. 정현은 "네"라고 답하고 싶었다. 정현은 자신이 우리의 오리를 죽였다고 말해주고 김 대표나 손 박사와 화해를 하고 어른이 될 수도 있을 것만 같았다.

그때 창밖에서 수없이 많은 종이비행기와 개구리 따위가 날아올랐다가 떨어졌다. 그 사이에 하얀 종이 오리가 있었다. 다른 환자들이 하는 종이접기 놀이 활동이었다. 하얀 종이 오리 위로 빛이 반사되어 정현의 눈에 비쳤다. 정현은 순간 눈이 부셨다. 그 빛 속에서 정현은 깨달았다. 그 종이 오리가 우리의 오리에게서 온 자기를 향한 메시지라는 걸. 우리의 오리가 그를 기다리고 있었다. 그는 포기해서는 안 되었다. 달아나야 했다. 우리의 오리를 찾아야 했다. 그처럼 자유를 찾아 떠나야 했다.

그리하여 의사들과 김정란 대표, 손 박사 앞에서 거짓말을 하고 또 해서 간신히 병원에서는 풀려났다. 정현은 그 어색하고 곤혹스러웠던 김정란 대표와의 포옹 순간을 얘기하며 고개를 좌우로 흔들었다. 그러나 정현은 우리의 오리는 찾을 수 없었다. 우리의 오리는 어디에도 없었으니 길은 갈수록 오리무중이었다. 가련한 우리의 오리가 죽어버렸거나 존재한 적도 없었던 것만 같다고 느끼는 밤들이 지나갔다.

그러던 어느 날 정현은 아마도 다시는 만날 수 없을 우리의 오리를 사랑한다는 것을 깨달았다. 그 순간 자신의 사랑이 영원할 것이며 따라서 죽지도 않을 것이고, 그 사랑이 영원히 우주 저편에서 오고 또 오고 있다는 것을 느꼈다. 그리하여 우리의 오리는 이미 정현 옆에 있었던 것이다. 그 사랑 안에서 정현은 외롭지 않았다. 정현이 이 젠장할 인생에서 가질 수 있었던 것은 고작 오리 한 마리였을 뿐이지만, 누구나 자신이 가진 것을 가졌을 뿐 아닌가? 인간이든 오리든 우리 모두는 추방된 자이고 이 빌어먹을 유배지에서 영원히 헤맬 것이나, 사랑이 있다면 우리는 외롭지 않을 것이다.

"알겠어? 그게 바로 환생이자 영생의 비밀이라는 걸?"

정현은 말을 마치고 구루 K를 똑바로 바라보며 미소를 지었다. 이미 구루 K의 모든 사연과 생각들을 다 알고 있다는 듯한 미소였다. 정현은 완전히 미친 것처럼 보였고 또 완전히 제정신처럼 보이기도 했다. 구루 K는 자신이 알고 싶지 않은 뭔가를 깨달아버렸다는 걸 느꼈다. 그것을 알기 전으로 돌아갈 수 없을 것이다.

구루 K는 갑자기 차 안이 너무 덥다고 느꼈고 숨이 막혔다. 정현 뒤편 거울에서 정현과 쌍둥이처럼 닮은 자신이 보였다. 구루 K는 손에 땀이 나는 걸 느꼈다. 정현에게 차를 세워달라고 했다. 구루 K는 차에서 내려 비틀거렸다. 초원의 나무가 이제 뭔가 알게 되었다는 듯이 주억거렸다. 증강 세계 속, 가짜도 진짜도 아닌 나무가 떨면서 주억거렸다. 네 비밀을 알아차렸다는 듯이. 굶주린 눈동자들이 구루 K를 바라보았다. 구루 K의 그림자가 길게 울부짖기 시작했다.

그리하여 구루 K의 모험이 시작되었다.

✳

여러분들은 내가 누구인지 알겠는가? 오리냐고 하는 분들은 과학기술에 지나친 기대를 걸고 있거나, SF소설을 너무 많이 보신 것 같다. 그렇다. 나는 정현이다. 나는 오늘

내 가르침을 여기에서 끝내겠다. 내 이야기에 조금의 과장과 상상은 있었을지언정, 나는 진실이 아닌 것은 어느 것 하나 말하지 않았다. 구루 K가 내 옆에서 깨달은 깨달음을 여러분도 이 이야기를 통해 깨달았기를. 깨닫는다면 입금은 권정현(세계은행, xxx-xxxxxx-xxx)으로 부탁한다. 다음 내 설교 일정은 정해져 있지 않지만, 홈페이지에서 여행 경로를 볼 수 있을 테니, 궁금하나면 언제든지 나를 따라 잡아 가르침을 요청하라. 나는 언제든 기쁘게 당신과 우주의 비밀을 공유하겠다.

눈치챘는가? 우주가 지금도 째깍거리며 변화하고 있는 걸 말이다. 우리는 살아남을 것이다. 당신은 내 얘기를 듣고 있는가? 아니면 그저 못 들은 척하는 건가?

곧 당신의 차례가 올 것이다. 그때는 당신도 당신의 오리를 찾아 헤매야 할 것이다.

손소남

부산에서 태어났다. 1990년대 한국 순정만화를 통해 처음 SF를 만났다. 대학에서는 사학을, 대학원에서는 여성학을 공부했다. NGO와 연구소, 전시관 등에서 여성주의 교육 프로그램을 만들었다.

우리들의 영웅, 브이!

———

이규락

불굴의 사나이, 오늘의 남자, 정의의 사도, 선량한 시민의 슈퍼히어로 브이는 도시를 굽어보는 200층짜리 건물 한가운데서 곤히 잠들어 있었다. 사각형 벽돌이 점점 폭을 좁혀가며 지어진 듯한, 지구라트 형식의 이 거대한 건물은 폴리스의 공룡기업 '시티즌 플래닛' 소유였다. 달도 구름에 가려진 어두운 새벽, 한 그림자가 문을 조용히 열고 브이의 수면 캡슐로 다가갔다.

브이는 꿈에서 악당과 맞섰다. 머릿속으로 수없이 시뮬레이션하는 것이었다. 파우! 붐! 크래시! 악당들은 브이의 주먹에 맞고 기절했다…. 그리고 느닷없이 쏟아지는 빛에 브이는 눈을 떴다. 안경을 쓴 남자가 방 안의 불도 켜지 않고 손전등으로 브이를 비췄다.

"미스터 티처! 이 시간에 무슨 일이시죠?"

브이는 오랜만에 휴식을 취하고 있었다. 1년에 하루만 주어진 휴일로, 오로지 폴리스의 경찰관과 시민들에게 도시의 안전을 맡기는 날이었다. 갑자기 과학 악당들이 출현한 걸까? 그래서 비상출동이라도 해야 하는 걸까? 창밖으로 어둠 속에 깔린 건물들이 보였다. 비행 사고를 대비해 24시간 빛을 뿜어내는 시티즌 플래닛 타워만이 도시 중앙에서 번쩍였다.

미스터 티처라 불린 남자는 검지를 세운 채 입술에 갖다 대더니, 자신을 따라오라고 했다. "577 상황이야."

577! 다른 말로 설명하기 힘든 긴급 상황! 브이는 캡슐에서 벌떡 일어났다. 우람한 근육이 브이의 몸을 둘러싸고 있었다. 팔뚝에 튀어나온 알통은 볼링공보다 더 컸고, 등 근육은 완벽히 갈라졌으며, 뱃가죽의 식스팩 또한 입체감이 넘쳤다.

두 남자는 엘리베이터를 타고 메타휴먼 연구소 본부로 올라갔다. 본부로 향하는 내내 미스터 티처는 시계를 흘끔거리고 주위를 불안하게 훑었다. 놀랍게도 본부에는 아무도 없었다. 신체측정 기구를 조정할 조교도, 사건 사고가 일어난 장소를 모니터링하는 연구생도, 브이의 능력을 점검하는 박사들도 없었다. 당직은 3인 근무가 원칙인데, 오

직 이들을 이끌어가는 리더, 미스터 티처만이 서 있을 뿐
이었다.

"오늘은 나 혼자 당직을 맡겠다고 했네."

뭔가 수상했다. 미스터 티처 눈빛과 거동이 평소 같지 않
게 불안했다. 브이는 가시지 않은 잠결 속에서 겨우 기억
을 떠올렸다. 미스터 티처는 근 사흘간 본부에 나타난 적
이 없었다.

"박사님, 그러고 보니 출장은요?" 브이가 추궁했다.

"방금 돌아왔어."

브이는 박사의 멱살을 잡고 벽에 쿵, 밀어붙였다.

"넌 누구지? 체인지페이스? 워터맨? 아니면 새로운 악
당인가?"

박사는 숨 막히는 소리를 내며 브이의 팔을 두드렸다.

"암호코드와 내가 처음 실험을 당한 날, 그리고 내가 가
장 좋아하는 쿠키 상표는?" 브이가 물었다.

박사는 갈라진 음성으로 대답하고, 겨우 브이의 손에서
풀려났다.

"빌어먹을, 마지막은 자네 팬클럽 회원이라면 다 아는
거잖나."

브이는 고개 숙여 정중히 사과했다. 어쩔 수 없는 일이었
다. 히어로라면 신중해야 했다.

미스터 티처는 안경을 고쳐 쓰고 위치탐지용 컴퓨터에

앉았다. 컴퓨터에는 GPS와 레이더, 열 감지기 등 악당을 추적하기 위한 기술이 탑재되어 있었다.

"방금 행동은 잘한 거야. 아무도 믿지 마." 미스터 티처가 남쪽 E구역 해안 너머의 열도를 화면에 띄웠다. "쥐새끼 한 마리가 우리 연구소에 침입했어."

이럴 수가, 악당 무리가 여기까지 침투했단 말인가? 브이는 이제부터 만나는 연구원마다 암호코드를 물어야겠다고 결심했다. 당직을 혼자서 맡겠다고 한 미스터 티처가 이해되는 순간이었다.

미스터 티처는 검지처럼 생긴 은색 막대를 꺼내더니 브이의 손에 건넸다. 막대 끝의 버튼을 누르자 은구슬처럼 작고 동그란 알약이 굴러나왔다.

"인간의 몸속에 흐르는 미세한 전류를 감지하지 못하도록 차단막을 형성시켜주는 약이지." 미스터 티처가 말했다. 그리고 화면 지도에 아홉 개의 점처럼 그려진 열도 지대를 가리켰다. "아침이 되기 전까지 저기에 도착해야 해."

일명 'D구역'이라 불리는 장소였다. 남쪽 지역 해안을 따라 열을 이룬 공업지대에서 흘러나온 온갖 화학품과 폐기물로 바다가 오염되어, 아무도 건널 엄두를 내지 못하는 곳, 테러리스트들이 방사능 피폭 지역을 만들어버렸다는 저주의 땅이었다. 브이가 저기에 무엇이 있느냐고 물었다.

"닥터 넌센스." 박사는 대답했다. "드디어 녀석의 거처를 찾은 거야!"

갑자기 브이의 몸에 힘이 들어갔다. 닥터 넌센스! 희대의 악한! 브이가 임무 대기실로 뛰어들었다. 기계팔들이 가슴 팍에 날개처럼 V문양이 새겨진 빨간 코스튬을 착용시켰다. 몸에 딱 달라붙은 빨간 코스튬 위로 브이의 근육질 몸매가 고스란히 드러났다. 곧이어 본격적인 출동준비가 끝났다.

"'솔저보이'한테 오늘은 일찍 출발한다고 알려줘요."

브이가 윙크하며 엄지를 추켜세웠다. 미스터 티처는 고개를 끄덕였다. 브이는 귀에 통신기를 부착했다. 본부의 유리창이 두 갈래로 갈라지고, 브이는 저 암흑으로 휩싸인 도시의 상공으로 번개처럼 날아올랐다!

*

밤하늘을 가로지르는 브이는 마치 유성 같았다. 어둠을 비추는 한 줄기 희망의 빛. 브이는 시티즌 플래닛 타워를 돌아봤다. 타워는 도시의 한가운데 솟아난 기둥처럼 우뚝 서서 휘황찬란한 광채를 발했다. 브이는 수년 동안 시티즌 플래닛의 후원을 받으며 시민들을 도왔다. 닥터 넌센스는 브이가 히어로 일을 한 지 얼마 안 됐을 때부터 지금까지 수년간 계속 검은 그림자만 드리운, 아무도 정체를 모르는 악당이었다.

3년 전, 블루 토네이도라고 불리는 로봇이 폴리스의 동쪽 해안지대를 습격했을 때였다. 갑각류처럼 팔다리 마디마디가 각진 그 로봇이 팔을 번쩍 치켜들자 먹구름이 모여들었다. 먹구름은 돌개바람을 따라 소용돌이치더니 허리케인이 되어 도시를 습격했다. 차가 뒤집히고 가로수가 뽑혀나갔으며, 주택과 빌딩이 파괴되었다. 다행히 오늘의 남자, 붉은 망토 브이는 사망자가 발생하기 전에 재빨리 해안가에 도착했다. 브이의 주먹질 한 방에 블루 토네이도는 바다 한가운데로 나가떨어졌다. 브이가 다섯 번 연속으로 가슴팍에 주먹을 갈기자 가재의 껍질 같은 외피가 산산이 조각나고 코어와 전선이 엉켜 있는 내부가 드러났다.

브이가 마지막 한 방을 내지르려 할 때였다. 블루 토네이도는 항복을 선언하겠다며, 두 팔을 구부정하게 치켜들었다. 블루 토네이도는 그저 '박사'가 시키는 대로 했을 뿐이라고 했다. 파괴되지 않으려면 어쩔 수 없었다고, 지금 이 순간에도 생존의 위협을 느끼고 있다고. 브이는 잠시 이 인공지능이 이기적인 인간과 다를 바 없다고 느꼈다. 이번 기회에 인공지능에게 타인의 중요성에 대한 교훈을 심어줄 차례였다! 하지만 블루 토네이도가 고분고분한 것도 잠시, 자신의 가슴팍에 얽힌 전선에서 둥근 코어 하나를 끊어낸 뒤 바다 한가운데로 던져버렸다.

"브이! 너를 기어코 쓰러트리고 말겠다!"

브이는 속은 것이다. 거대한 해일이 일기 시작하더니 순식간에 어떤 섬도 집어삼킬 수 있을 만큼 거대한 폭풍이 솟아났다. 운명의 장난인지 그들이 대결을 벌이고 있던 좌표 상공에 여객기가 날고 있었다….

허리케인은 여객기를 파편으로 만들어버렸다. 그 안에 타고 있던 승객들과 함께. 분노한 브이는 고함을 지르며 블루 토네이도의 가슴팍을 주먹으로 꿰뚫었다.

사건을 조사한 메타휴먼연구팀은 블루 토네이도가 인공지능 로봇이 아니라고 했다. 블루 토네이도는 원격 조종된 로봇으로, 각 관절에서 통신제어장치가 발견됐다. 등판에는 붉은색 물음표 표식이 있었다. 연구팀은 이 표식으로 로봇이 생산된 공장을 찾으려 했지만 허사였다.

붉은 물음표 표식을 가진 메타휴먼과 로봇, 살인마들은 끊임없이 나타나 폴리스의 시민을 위협했다. 사람들은 그 표식의 배후를 조종하고 있는 사람을 '닥터 넌센스'라고 불렀다.

브이는 자신이 구하지 못한 여객기 안의 수많은 사람을 잊지 못했다. 그 안에 타고 있던 무고한 사람들을, 수많은 가능성을 가지고 있던 아이들을, 그들의 비명 소리를…. 물음표 표식을 가진 악당을 수없이 쓰러트렸으나, 악당들은 입을 다물고 근거지를 불지 않았다. 그럴 때마다 브이는 목을 젖혀 하늘을 향해 주먹질했다.

"용서치 않겠다! 닥터 넌센스!"

＊

하늘을 둘러싼 공기가 눈에 띄게 탁해졌다. 폴리스 남쪽 공업지대를 내려다보니 군부대 총열처럼 즐비한 공장 굴뚝에서 끊임없이 회색 연기가 흘러나왔다. 밤의 공장지대에 깔린 새빨간 불빛들은 공장이 쉬지 않고 돌아가고 있다는 증거였다. 해인가로 다가가사 저 아래에 댐처럼 해안선을 둘러싼 차단벽이 보였다.

"멈추지 말고 바다로 나가도록 해." 통신기로 미스터 티처의 음성이 들렸다.

폐기물이 둥둥 떠다니는 바다를 건너자 미스터 티처가 곧 목적지라고 말했다. 구름을 헤치고 브이는 D구역의 일곱 번째 섬에 도달했다. 브이는 한때 이 섬에 굳건히 서 있던 도시의 공장과 발전소의 잔해를 바라봤다. 마치 공군부대의 계속된 폭격을 맞은 듯, 한때 이곳을 채웠을 주택과 공장부지는 이제 벽만 겨우 남기거나 벽돌무덤이 된 지 오래였다.

D구역은 과거에 핵연료 공장과 공장의 인부들이 살아가는 마을로 유지되고 있었다. 분쟁국이자 독재국가인 아메리카나의 무장한 테러리스트들이 점거하기 전까지는 말이다. 그들은 폴리스 정부가 요구를 들어주지 않으면 원자로에 설치한 폭발물을 작동시키겠다고 협박했다. 강경히 대

응하지 못한 게 실책이었을까. 테러리스트들의 본래 목적은 원전을 터트리는 것이었음이 드러났다. 협상이 되어가는 와중 폭발물이 갑자기 가동되었다. 원자로는 폭파되고 섬은 불길에 휩싸였다. 이후 D구역 열도지대는 침입 불가능한 핵 피폭지대로 남았다.

끔찍한 방사능도 불굴의 사나이 브이의 무적면역을 뚫지는 못했다. 브이는 마침내 좌표가 일치하는 공간에 도달했다. 목적지에는 무너져 내린 건물뿐이었다.

"여기 어디에….'

벽돌무덤 사이에서 포탑이 벌컥 튀어나왔다. 여섯 발의 유탄이 쏟아졌다. 브이는 지그재그로 날아 유탄 다섯 발을 피했다. 나머지 한 발은 주먹으로 박살내버렸다. 코앞에서 신관이 터졌지만, 브이는 상처 하나 없었다.

"적에게 감지된 건가요? 박사님이 준 알약은 효과가 없는 거 같은데요."

"저건 아메리카나에서 도망친 난민들이 설치한 거야." 미스터 티처가 설명했다. "어떻게 자네를 감지한 것인지 의문이지만, 저 무기의 방식은 아메리카나 반군의 것과 유사하군."

말인즉슨, 독재에서 벗어났으나 폴리스에서는 받아주지 못하는 난민들이 여기 이 열도지대에서 살아가고 있다는 것이다. 그들은 어쩌면 D구역이 방사능 오염지대라는 사실을 모를 수도 있었다.

포탑이 유탄을 자동으로 장전하자, 브이는 재빨리 포탑
지지대를 부숴놓으려 달려들었다. 그런데 포탑이 작동을
중지하더니, 다시 벽돌 잔해로 기어들어 갔다.

"박사님이 해킹한 건가요?"

"아니, 저절로 멈췄어. 이상하군."

미스터 티처는 벽돌 더미에서 지하로 통하는 입구를 찾
아야 한다고 말했다. "이곳은 '프로젝트 미네르바'가 실시
된 곳이야!" 미스터 티처가 격정적으로 고함질렀다. 프로젝
트 미네르바? 브이는 처음 듣는 말이었다. "메타휴먼 연구
의 시초라고 할 수 있지. 여기서 닥터 넌센스가 뭔가를 꾸
미는 모양이야."

무너진 건물의 돌무더기 사이로 '메타휴먼 연구소'라는
허름한 간판이 보였다. 브이가 돌들을 한꺼번에 들어 올려
던져버리자, 지하로 통하는 계단이 나왔다.

"찾아냈습니다, 박사님!"

잠시 통신기에서는 노이즈가 반복되었다.

"잘해줬네." 미스터 티처가 말한다. "여기…부…자네…
혼자…."

"박사님?"

"그들… 왔…찾…꼭…닥터 넌센스를…."

그리고 전파가 완전히 차단됐다.

＊

브이는 통신기를 두들겼지만, 목소리는 다시 들려오지 않았다. 박사한테 돌아가기에는 이미 늦었다. 어떻게든 닥터 넌센스의 정체를 밝히고 정당한 죄의 심판대에 올려야 했다. 브이는 지하 계단을 따라 내려갔다. 지상과 가까운 층들은 연구원들의 생활공간이었던 것으로 짐작됐다. 병원 복도처럼 철제 침대가 들어찬 방들이 어둠 속에서 이어졌다. 벽지는 죄다 헐었고 가구들은 난장판으로 나뒹굴었다.

두 층쯤 내려왔을까, 복도 끝 편에서 작달막한 형체가 브이를 노려보고 있었다. 브이는 누구냐고 소리쳤지만, 형체는 재빨리 어디론가 뛰어갔다. 어린아이일까? 단지 작달막한 사람은 아닐까? 벽을 부수거나 한 번에 튀어 올라 상대를 잡을 수도 있었다. 브이는 섬에 아메리카나의 난민들이 살고 있다는 사실을 떠올렸다. 꼬마를 겁주는 일은 하고 싶지 않았다. 단지 여기서 이상한 걸 보지 못했는지 묻고 싶을 따름이었다.

아이를 따라갔지만 브이는 막다른 방에 다다랐다. 벽에는 먼지가 쌓인 거대한 화면과 계기판처럼 생긴 장치가 부착되어 있을 뿐 아이는 보이지 않았다. 기계장치 쪽으로 다가가 보니 버튼 하나하나에 '1-B' '3-K' 등과 같은 글자가 쓰여 있었다. 무언가를 감시하기 위해 지어진 방인 게 분명했다.

"이곳이 기억나나?"

뒤를 돌자 가면을 쓴 남자가 문가에 서 있었다. 아까 그 작은 형체의 주인은 아니었다. 훨씬 키가 크고 어깨도 넓었다. 이자는 누구고 뭔 소리를 하는 거지? 아메리카나 난민인가? 아니면 닥터 넌센스의 부하? 판단하기 힘들었다. 남자가 어둠 속에서 좀 더 가까이 다가왔다. 오른손에는 총이들렸고, 브이를 향해 정확히 겨눈 상태였다. 너무 가까운 거리라 피할 수는 없어 보였다. 하지만 상관없었다. 무적의 브이에게 총알 따위는….

"잘 가게."

총이 발사되었다. 특수한 설비를 해놓았는지 총알의 속도는 믿을 수 없을 정도로 빨랐다. 브이는 팔로 총알을 팅겨내려 했다. 그리고 남자를 제압해 닥터 넌센스의 행방을물을 것이다.

그런데 이럴 수가, 그대로 총알이 팔로 들어와 박혔다! 총알이 들어온 곳부터 고통이 핏줄을 따라 온몸으로 전염되는 듯했다. 브이는 바닥에 털썩 무릎 꿇었다. 이게 어떻게 된 거지?

"자네에 대해 정말 많은 걸 공부했지."

남자가 얼굴을 들이밀었다. 남자는 방독면을 뒤집어쓰고 있었다.

"자네가 그저 평범한 인간 남성에 불과하다면, 그땐 어떻게 할까, 브이."

이 남자는 닥터 넌센스다! 브이는 순간 자신에게 이상한 알약을 줬던 미스터 티처에게 생각이 미쳤다. 미스터 티처가 나를 속인 걸까? 코앞의 악당에게 손을 뻗지 못할 정도로 힘이 들어가지 않았다. 머리가 바닥에 내리박히고, 점점 시야가 희미해졌다.

✳

정신을 차리자 작은 스탠드 불을 켜놓고 책상에 앉아 있는 닥터 넌센스가 보였다. 브이는 철제 침대에 눕혀진 채였다. 팔다리가 침대에 고정된 쇠고랑에 묶여 움직일 수가 없었다. 평소였다면 이따위 허술한 속박을 깨부수고 일어났겠지만, 지금은 전혀 힘이 들어가지 않았다.

"앞으로 두 시간 동안은 힘이 돌아오지 않을 거야." 닥터 넌센스가 말했다. "평범한 남성의 완력밖에 못 낼 거라고."

닥터 넌센스는 품에 안은 얼룩무늬 고양이를 쓰다듬었다. 브이는 고양이가 귀엽다는 생각을 하다가 정신 차렸다.

"그 총알은 뭐였지?"

"자네의 약점이 되는 화합물을 총집합한, 일명 '차우립토나이트' 총알이지."

그런 게 존재하는 줄도 몰랐다. 브이는 미스터 티처를 의심한 자신을 반성했다. 하지만 다른 의문이 생겼다. 왜 박사님은 내 약점을 알려주지 않았을까?

"자네가 능력을 갖게 된 경위가 생각나나?"

당연히 기억했다. 브이는 경찰대를 수석으로 졸업한 뒤 강력범죄진압반에서 약 1년간 근무했다. 그러나 그가 구속한 범죄자들은 법의 허점을 이용해 빠져나가기가 일쑤였다. 더 큰 힘을 가지고 시민들을 보호하고 싶었다. 마침 시민친화 기업 시티즌 플래닛에서 시민을 위한 슈퍼히어로가 될 자를 선발하겠다는 공고를 냈다. 지원자는 백 명에 달했지만 약물 시험에 통과한 자는 브이밖에 없었다. 그렇게 평범했던 경찰은 위대한 히어로가 되었다.

"경험이란 기억에 따라 얼마든지 바뀔 수 있지."

닥터 넌센스가 말했다. 브이는 무슨 말이냐고 물었다.

"얘기해줄 게 있네."

닥터 넌센스가 책상의 버튼을 누르자 철제침대가 수평으로 세워졌다. 브이를 구속하고 있던 쇠고랑도 풀렸다. 브이는 경찰 수련 때 배웠던 태권도 동작을 빠르게 기억해냈다. 초인적인 힘이 사라졌다고 해서 쓸모없어진 게 아니다. 발차기로 악당의 머리를 박살내려고 자세를 잡는데, 닥터 넌센스에게 안겨 있던 고양이가 울음소리를 내며 브이에게 덤벼들었다. 믿을 수 없게도 고양이는 순식간에 치타만 한 크기로 커졌다. 고양이마저도 신종 무기란 말인가? 브이는 거대 고양이에게 덮쳐진 상태로 쓰러졌다.

"조용히 따라오길 바라네."

방독면 뒤의 표정은 알 수 없었다.

✳

넌센스와 브이는 통로를 지나쳤다.

"우리는 이곳의 역사를 알아야 해." 닥터 넌센스가 말했다. 브이는 얻어맞은 곳을 쓰다듬으며 닥터 넌센스의 뒤를 따랐다. 악당이 하는 말을 듣기는 싫었지만, 이대로 이 악당을 놓쳤다간 언제 마주할 수 있을지 몰랐다.

"사람들은 메타휴먼을 만들어내기 위해 많은 실험을 감행했지. 하지만 곧 연구원들은 깨닫기 시작했네. 인간의 육체는 어느 정도 선에서 더 버티지 못한다는 걸 말이야. 그래서 이 섬, 이곳에서 새로운 연구가 시작되었지."

그들은 옛 연구실로 쓰였던 역사의 공간을 거닐고 있었다. 닥터 넌센스가 벽 앞에 서더니 스위치를 누르자 문이 양옆으로 열렸다. 옛 시절 각종 표본이 담겼을 사람 크기의 통이 배치된 방이 나왔다.

"원자력에너지와 생체기술, 인공지능학자, 사회학자, 예술가 등 모든 지식인을 총동원해서 새로운 존재를, 살아 있는 인간과 거의 같은 생체로봇을 창조하기로 했지. 그게 바로 공룡기업 시티즌 플래닛이 실시한 가장 큰 연구, '프로젝트 미네르바'였네."

　미스터 티처는 프로젝트 미네르바가 그저 최초의 메타 휴먼 연구라고만 했다. 하지만 이제 또 생체로봇이라니. 브이는 머릿속이 복잡해졌다. 그렇다면 그 이후 자신과 같은 인간을 완벽한 메타휴먼으로 만들 수 있는 기술이라도 개발된 걸까?

　그들은 맞은편 문으로 걸음을 옮겼다. 이번엔 일직선 복도를 따라 투명한 유리벽이 배치된 공간이 보였다. 저만치 앞에 다른 공간으로 이어지는 입구에서 밝은 빛이 새어나왔다.

　"우린 원자력 에너지를 통해 작동하는 총 세 대의 로봇을 만들어냈지. 솔직히 말해, 다른 로봇들은 성격도 제멋대로였고 능력도 안정적이지 못했네. 이들이 시민을 돕는 히어로가 될 수 있을지도 불분명했어. 다행히 마지막 모델만은 그렇지 않았어. 인간의 선량한 행동 동기, 바로 선한 심성에 관한 데이터를 융합해 코드의 기반에 깔아둔 덕분이었지. 단점이 있다면 그만큼 사고체계가 단순하다는 거였어. 그래도 성공작임에는 분명했다네."

　갑자기 '우리'라니? 그렇다면 닥터 넌센스도 프로젝트 미네르바에 참여했단 말인가? 그들은 빛이 새어 나오는 입구 앞에 섰다.

　"그 모델의 이름은 V-0로, 일명 '브이'라고 했지." 닥터 넌센스는 브이를 똑바로 쳐다봤다. "자네 말이야."

✳

이건 거짓말이다. 말도 안 되는 소리다. 닥터 넌센스가 이번에는 무언가 음흉한 계획을 세운 게 분명했다. 여태 그에게 가담한 메타휴먼과 로봇이 실패하니 브이를 여기까지 끌어들인 것이다. 어쩌면 브이를 악당무리의 일부로 만들려는 속셈일지도 모른다. 하지만 이 거짓말은 너무도 허술해서 들어줄 수도 없다. 버젓이 살아 있는 사람보고 로봇이라니. 경찰 시절과 히어로로 활동한 시절이 머릿속을 스쳐 지나갔다. 심지어 브이를 주인공 삼은 만화책《브이 어드벤쳐》에도 그의 과거 행적이 실려 있었다. 브이는 입을 열었다.

"당신, 목적이 뭐지?"

닥터 넌센스는 어깨를 으쓱였다. 브이는 악당의 멱살을 잡고 싶었다.

"당신 때문에 무고한 시민들이 죽어갔어. 그거까지 부인할 생각은 아니겠지?"

닥터 넌센스는 웃음을 터트렸다.

"자넨 여전하군. 그 머리에는 언제나 악랄한 악당과 선량한 시민뿐이지. 자, 내가 뭘 하는지 궁금하다면 이쪽으로 들어가세."

품에 안긴 고양이가 훌쩍 뛰어내리더니 먼저 입구를 통과했다. 이제 닥터 넌센스를 지켜줄 물건은 없었다. 하지만 브이는 닥터 넌센스에게 달려들지 않았다. 대체 무슨 짓을 꾸미고 있는지 확인해야 했다. 아니, 이 사람이 닥터 넌센스가 맞긴 한 걸까? 브이는 미스터 티처도 믿기 힘들었다. 애초에 브이를 이곳으로 인도한 사람이 미스터 티처다.

브이는 입구 안으로 발을 내디뎠다. 탁 트인 원형공간이 펼쳐졌다. 공간은 두 개의 층으로 이루어졌지만, 중간을 가로막는 부분 없이 위아래가 훤히 보였다. 커다란 농구장을 두 배로 지어놓은 모양새였다. 헬스기구와 오락기, 한구석에는 서가까지 있었다. 2층에는 수십 개의 방의 문이 열리거나 닫힌 채였다. 아무런 무장도 하지 않은 사람들이 여기저기 삼삼오오 모여서 떠들었다. 중간중간 방독면을 쓴 사람들이 돌아다녔다. 아메리카나의 난민들을 닥터 넌센스가 포섭한 걸까?

"피폭 피해주민들이라네."

닥터 넌센스가 입구에서 나오자 몇몇 사람들이 아는 척을 했다. 빨간 쫄쫄이를 입은 브이를 가리켜 속닥거리기도 했다. 이들의 얼굴과 목에는 부스럼 같은 게 잔뜩 돋았다.

"D구역 열도지대의 원래 주민들이지. 원자로 폭파 이후에도 이 섬에 남아 있는 이들이야. 폴리스 정부는 주민들이 방사능에 피폭됐단 이유로 본토에 들여보내 주지 않았어."

브이는 또 무슨 소리냐는 얼굴을 했다.

"나는 이 연구소를 이끌어가는 주요 멤버 중 한 명이었어. 어느 날 열도를 둘러싼 원자로의 비상보조 동력제어장치가 불안정하다는 걸 눈치챘지. 꽤 늦게 안 거였어. 연구원 대부분이 설계에 참여한 과학자였거든. 오래전 과학자들은 시티즌 플래닛 측에 발전소 개방을 수년 뒤로 미루자고 제안했지만, 시티즌 플래닛은 듣지 않았네. 내가 원자로를 폐쇄해야 한다고 주장했을 때도 그들은 받아주지 않았어. 난 일부러 소문을 내기 시작했어. 그러자 누군가 청부업자들을 고용해 날 죽이려 하더군. 난 국경을 넘어 브라질리아로 도망쳤어. 거기서 뜻 있는 학자들과 반대서명을 계속 진행해온 거야."

닥터 넌센스는 한숨을 쉬었다.

"이후 원자로는 비상용 시험 발전 도중 제어에 오류가 났어. 연쇄폭발이 터지고 말았지. 시티즌 플래닛은 이를 테러범의 소행이라고 대대적으로 선전했어."

간이 놀이터 주위를 뛰어다니는 아이들이 눈에 들어왔다. 아이들은 시소와 미끄럼틀을 사이에 두고 해맑게 웃었다. 얼굴에는 크고 작은 수포 자국이 있었다.

"열도의 주민들은 전부 피폭에 휘말렸지. 연구소에서는 V-0 모델, 자네와 나의 오래된 동료 미스터 티처만이 살아남았다네. 미스터 티처는 그날 연구소에 없었거든."

브이는 눈을 크게 뜨고 닥터 넌센스를 쳐다봤다.

"난 브라질리아의 동료들과 되돌아와서 주민들을 치료할 방법을 찾고 있다네. 이들을 다른 데로 데려가고 싶지만, 어떤 국가도 받아주지 않고 있지."

진심으로 하는 말일까? 아니면 닥터 넌센스는 자신의 편이 되라고 설득하는 것일까? 여기에 모여 있는 수많은 사람과 아이를 직접 마주하니 전부 거짓 같지는 않았다. 그렇다면 미스터 티처도 이를 처음부터 알았다는 사실이 된다. 미스터 티처는 닥터 넌센스가 아닌 다른 걸 찾게 하고 싶었던 걸까. 아직도 이해가 되지 않는 점은 많았다. 그동안 시민의 안전을 위협해온 수많은 악당, 브이와 싸워왔던 초능력자들과 괴물들은 뭐란 말인가? 미스터 티처는 어쩌면 정치적인 목적을 가진 테러리스트일지도 몰랐다. 하지만 여객기를 부순 사건은 어떻게도 용서되지 않았다. 그 자신이 로봇이라는 사실도 전혀 믿을 수 없었다.

"아직도 시민을 위험에 빠트린 나를 질책하고 있겠지? 아까 내가 경험이란 기억에 따라 얼마든지 바뀔 수 있다고 말한 거 기억하나? 자네가 바로 여기서 탄생한 생체로봇이라는 사실은?"

닥터 넌센스는 브이의 코앞으로 다가섰다.

"자네의 기억은 모든 게 뒤틀려 있어. 놈들이 자네의 기억을 죄다 다르게 맞춰놨지. 이봐, 난 폴리스와 시티즌 플래닛의 정치적 공적 중 한 명이란 말일세. 자네가 나를 질책하도록 설계된 것도 당연한 일일지도 몰라. 자네의 데이터베이스를 다시 되돌려놓을 수 있어! 원래의 기억으로!"

그는 손목시계를 들여다봤다.

"이제 두 시간이 지났네. 자네의 능력은 되돌아왔어. 여기서부터는 순전히 자네의 선택일 뿐이야."

브이는 원주민들을 돌아봤다. 이 넓고 떠들썩한 공간에서 둘의 목소리는 아무에게도 들리지 않을 터였다. 사람들은 웃으며 떠들고 있지만, 얼굴을 뒤덮은 종기는 지울 수 없는 상처였다. 이 사람들을 못 믿는 건 아니었다. 하지만 브이는 스스로를 믿을 수가 없었다.

"하지만 《브이 어드벤처》에도 내 이야기가…."

"그 만화책은 어떤 회사 소유의 공장에서 생산되었지? 가족을 본 지는 몇 년이나 되었고? 경찰대를 졸업한 사진을 가지고 있나? 경찰대 졸업생 동기들과 연락은 하나?"

닥터 넌센스가 말할 때마다 망치로 뒤통수를 얻어맞는 듯한 통증이 밀려왔다. 내 과거는 도대체 어떻게 된 거지? 브이는 비틀거리며 걷다가 벽에 기댔다. 숨이 막혀오는 것 같았다. 아니, 사실 숨이 전혀 막히지 않았다. 뇌 속을 누군가가 숟가락으로 휘젓는 기분이었다. 브이는 어디론가 도망치고 싶었다. 혼자 있을 시간이 필요했다. 그렇지 않으면 가슴이 터져버릴 것 같았다.

브이는 바닥을 박차고 날아올랐다. 천장을 부수고, 또 다음 층 천장도 부수고, 그렇게 지상까지 솟구쳤다.

＊

수색형 드론 다섯 대가 섬을 훑고 있었다. 무너진 도시의 잔해 속에서는 종종 생체 반응이 감지되었지만 그들이 원하는 것은 아니었다. 그들은 상공에서 어떤 물체가 서서히 접근하는 걸 알아챘다. 레이더망에는 포착되지 않지만 그 물체는 원격 카메라에 잡혔다. 인간과 닮은 그 물체는 공중에서 비틀거리듯 비행 중이었다. 드론은 그 물체의 방향으로 일사불란하게 모여들었다.

머릿속에서 생각을 걷어내던 브이는 드론이 자신을 포위했다는 사실을 인지했다. 처음에는 닥터 넌센스가 보낸 것이라고 생각했다. 그러나 곧 드론이 시티즌 플래닛에서 작전을 벌일 때 가용하는 모델임을 알아봤다.

"브이, 자네인가?"

미스터 티처의 목소리가 드론에 내장된 스피커에서 흘러나왔다. 브이는 당황했다. 이제 미스터 티처와 말을 할 기회가 없을 거라 생각했다. 아니면 정말로 닥터 넌센스의 언변에 잠깐 속은 걸까.

"브이, 어떻게 된 건가?" 다시 스피커가 울렸다.

"저 음성에 속지 말게." 브이가 입을 떼려고 하는 순간 머릿속에서 어떤 목소리가 들렸다. 브이는 귀를 의심했다. 하지만 그 목소리, 닥터 넌센스의 목소리가 반복됐다.

"자네가 차우립토나이트를 맞고 기절해 있는 동안 내부에 잠금 처리된 장치 몇 개를 활성화했네."

갑자기 브이의 시야가 넓어졌다. 마치 사방의 전경을 보는 것 같았다. 아니, 실제로 브이는 앞뒤 좌우 전체를 한 번에 보고 있었다.

"이런 기능들은 처음이지? 이게 바로 프로젝트 미네르바 시절의 방식이지. 자네가 출동하면 본부에서 자네 몸에 내장된 통신기에 지시를 내려주었지. 이런 걸 죄다 숨겼다니."

드론은 왜 갑자기 말이 없느냐고 물었다. 브이는 시야가 넓어진 틈을 따라 후방을 훑었다. 브이는 소름이 돋았다. 브이의 뒤편으로 소형 유탄발사기를 부착한 전투형 드론이 소리 없이 하나둘씩 모여들고 있었다.

"미안하네. 자네가 잠들어 있는 동안 맘대로 건드려서. 하지만 자네가 믿어주지 않는다면 증명할 방법이 이것밖에 없었어."

브이는 속으로 그저 알겠다고 되뇌었다. 그러나 마음속의 목소리가 직접 전달되는 거 같진 않았다. 브이가 대답이 없자 전투형 드론들이 유탄발사기를 브이의 뒤통수에 조준했다. 미스터 티처의 목소리가 괜찮냐고 물었다. 브이는 괜찮다고 대답했다.

"갑자기 자네가 날뛰지는 않을까 두려웠네. 그래서 우리는 만반의 준비를 해야만 했어. 어쨌든 자네의 정신모형은 인간의 것을 본뜬 거니까. 프로젝트 미네르바의 목적은 단지 강인한 로봇을 만드는 게 아니라, 초인적인 인간을 새로 창조해내는 거였지. 하지만 인간은 자신이 수용할 수 없는 정보를 한꺼번에 받아들이면 미쳐버리고 말아. 아무리 선량한 인간이라도 말이야. 더구나 자네와 같은 힘의 소유자가 날뛰면 이곳은…."

닥터 넌센스는 화제를 돌려 방금 입수한 영상을 브이의 시야에 띄웠다. 넓은 시야 오른편 상단에 분리된 사각형 영상이 재생됐다.

"시티즌 플래닛에서 네 시간 전에 카메라를 해킹했어. 이 영상을 보여주는 게 가장 빠른 길이었을지도 몰라. 하지만 말했듯 난 자네가 두려웠어. 처음부터 모든 걸 말로 해결하고 싶었다고."

영상 속에는 시티즌 플래닛 타워의 메타휴먼연구소에 미스터 티처가 앉아 있었다. 브이가 출동했을 당시의 모습 그대로였다. 컴퓨터에서 튀어나온 마이크에 대고 뭐라고 중얼거렸다. 갑자기 연구실 벽이 벌컥 열리더니 검은 코트를 입은 남자가 권총을 쥔 채 나타났다. 박사는 빠르게 자리에서 일어났다. 남자가 바로 방아쇠를 당겼다. 벽에 피가 튀기고, 박사는 불안정하게 뒷걸음치다 의자에 고꾸라졌다. 검은 코트를 입은 남자는 D구역이 떠 있는 화면을 쳐다봤다….

전투형 드론들이 갑자기 유탄을 발사했다. 브이는 빠르게 상공으로 튀어 올라 유탄을 피한 뒤 공중제비하듯 한 바퀴 돌아 전투형 드론들에게 주먹을 내리꽂았다. 드론 세 대가 파괴되었다. 남은 두 대의 전투형 드론은 지그재그로 움직이며 양옆에 부착된 기관총을 발사했다. 총알은 브이의 살갗을 뚫지 못하고 사방팔방 튕겨 나갔다. 수색형 드론들은 하루살이 떼처럼 어지러운 원을 그리면서 퇴각했다. 빨간 형체는 자신에게 말을 건 드론을 향해 전투기처럼 날아가 붙잡았다. 미스터 티처는 연구실을 비운 사흘 동안 무엇을 보고 왔을까? "미스터 티처를 어떻게 한 거지?" 드론은 아무런 대답도 하지 않았다. 이미 전파가 비활성화된 채였다.

브이는 땅으로 천천히 하강했다. 브이는 숨을 헐떡이며 이 난장판 속에서 아직 건재한, 그러나 허름한 벽돌담에 기댔다. 그리고 닥터 넌센스에게 말을 걸었다.

"제 기억을 되찾아주세요."

✳

"사무국장님의 비행기로 돌아가!"

미스터 티처의 목소리가 귓전에서 메아리쳤다. 천둥과 번개가 내리치는 와중에도, 통신기의 전파는 멀쩡히 기능했다. 눈앞의 거대한 토네이도가 모든 걸 집어삼키고 있었다. 브이는 이 광경이 매우 익숙했다. 하지만 폭풍을 일으킨 존재는 보이지 않았다.

"블루 토네이도는요?"

"무슨 소리야? 토네이도는 눈앞에 있잖아. 당장 사무국장의 비행기로 날아가!"

사무국장이 탑승한 전용비행기는 아슬아슬한 위치에서 비틀댔다. 강풍이 하마터면 날개를 우그러트릴 뻔했다. 브이는 전용기 몸체를 두 팔로 지지하면서 바람을 타고 어느 것도 부서지지 않도록 유지하다가, 풍향이 바뀌는 한순간 힘을 최대화시켜 비행기를 최소안정권으로 몰아냈다. 그리고 블루 토네이도를 찾아 두리번거렸다. 하지만 아무 데도 없었다.

브이는 시야 속에서 또 다른 비행기를 감지했다. 승객을 태운 여객기가 허리케인 근처에서 제자리걸음 중이었다. 사무국장의 전용기는 풍향에 따라 허리케인의 영향권으로 돌아올 수도 있었다. 브이는 여객기부터 구해낼 작정이었다. 그때 조치를 취해도 늦지 않았다. 무엇보다 여객기 안에는 더 많은 사람이 탑승했다. 어른 27명, 아이 15명…. 승객 정보가 브이의 머릿속에 업데이트됐다.

"사무국장님이 먼저야. 여객기는 그다음에 구조해도 충분해."

브이는 자신의 귀를, 아니 통신기를 의심했다. 심지어 승객정보를 미스터 티처에게 전송한 뒤였다.

"하지만…." 하지만 미스터 티처에게는 어떤 이유가 있을 것이다. 브이는 계산을 다시 진행했다. 전용기를 저 멀리 떠나보낸 뒤, 최대한의 속력을 내면 가능성은 있었다.

브이는 전용기 꼬리의 무게중심을 힘껏 떠밀었다. 전용기 안의 인원은 격하게 높아진 속도에 구토를 뿜었을 터였다. 세세한 것까지 배려할 여력은 없었다. 전용기는 허리케인의 사거리에서 완전히 벗어났다. 하지만 아직 위험했다. 허리케인이 여객기를 수십 미터나 끌어당겼다.

"사무국장님은 무사한가?"

브이는 미스터 티처의 질문을 무시했다. 그리고 휘몰아치는 바람의 세기도 무시한 채, 허공을 일직선상으로 파고들었다. 여객기는 종이비행기처럼 금방 구겨질 것 같았다. 여객기 내부를 열 감지로 투시하니, 두려움에 빠진 사람들이 문을 열고 뛰어내리려 했다. 문을 이대로 열면, 만약에 뛰어내리기라도 한다면, 그 사람들은 자연의 희생양으로 삼켜질 게 분명했다. 브이는 더 빨리, 더 빠르게 날 수 있기를 바랐다. 사람들은 문을 열고 희생을 자초하려 했다. 어린아이들도 함께….

그리고 모든 게 멈췄다.

"자네는 결국 구하지 못했어." 닥터 넌센스의 목소리가 울렸다. "블루 토네이도는 처음부터 존재하지 않았지. 그건 그냥 자연재해였을 뿐이네. 어떤 악당도 허리케인을 계획적으로 만들어내지 않았어. 자네는 고통스러워했지. 그 모두를 구해내지 못한 자기 자신을 질책했네. 누군가를 죽게 만들었다는 생각이 자네를 지배하기 시작했어. 선량한 마음에 모든 데이터의 기반을 둔 자네에게는 당연한 결말이었지. 자네는 우울증과 무기력증으로 한동안 출동도 하지 못했어. 무엇을 하든 여객기의 사람들이 눈앞에 아른거렸으니까. 기업의 운영진은 자신들의 성공적인 창조물이 말을 듣지 않기 시작하자 당황했네. 그래서 기억을 교체하기로 한 거야. 탓할 사람을 부여하기로. 마침 그들에겐 타깃이 있었지. 자네가 그간 막아왔던 도시의 범죄자들, 그들을 조종한 배후에 바로 그 타깃이 있다고 착각하게 만들었고. 자네가 만들어진 존재라는 사실마저도 없애고 처음부터 인간이라고 생각하도록 설정한 것도 이때라네."

브이는 눈물을 흘리기 시작했다. 나는 얼마나 속아왔던 걸까, 얼마만큼이나 남 탓이나 하면서 살아왔던 걸까, 나는 왜 또다시, 이 기억 속에서 그들을 구해내지 못했을까.

"그렇다고 또 미스터 티처 탓만은 하지 말게나. 그도 상부의 지시를 받은 것이니까."

눈을 뜨니 브이는 의자에 앉아 전선 다발이 붙은 원형판을 머리에 부착하고 있었다. 전선은 대형 앰프 같은 모양새의 기기로 연결되었다. 닥터 넌센스는 수많은 화면으로 분할된 대형 스크린을 바라봤다. 스크린의 각 화면은 섬과 미네르바 프로젝트 연구소 주변의 여러 장소를 담아냈다.

"얼마 전에 비밀 통신웹으로 미스터 티처가 접선하고 싶다는 메시지를 보내왔네. 나는 함정이라고 생각했지만, 아니었어. 미스터 티처는 새로운 프로젝트에 참여하고 있었지. 시티즌 플래닛은 새로운 원자로를 설계하려 했다고 하네. D구역 열도에 설치했던 것보다 몇 배 더 큰 규모의 원자발전소를 말이야. 과학자들은 도면을 점검하면서 고개를 저었지만 누구도 이 프로젝트를 막을 생각이 없었다네. 내 최후를 지켜본 사람들이니까. 모두 현실을 피하고 있었어. 하지만 미스터 티처는 이 감당하기 어려운 현실을 직시하기로 했지. 더 이상 버텨내지 못한 걸지도 몰라."

닥터 넌센스는 대형 스크린 아래에 놓인 탁자를 짚은 채 고개를 숙였다.

"그래서 자네를 내게 보낸 거야. 자네는 이미 시민의 영웅이니까. 사람들에게 자네의 목소리만큼 호소력 있는 건 없으니까."

브이는 머리에 쓰고 있던 원형판을 내려놓았다.

"당신은 닥터 넌센스가 맞죠?"

닥터 넌센스는 미소를 지었다.

"연구소 시절 나는 종종 사람들에게 농담 삼아 퀴즈를 내곤 했지. 사람들은 내게 별명을 붙여줬어. 넌센스 박사 님이라고…."

그때 대형스크린이 시뻘건 빛을 발하며 경고음을 내뿜 었다. 두 사람은 스크린을 황급히 올려다봤다. 섬을 비추 고 있는 화면에서 침입자들이 날아오고 있었다. 동이 트 는 태양을 등지고 전투용 메카닉과 전투용 드론이 떼를 지 어 몰려왔다.

"인질 브이를 풀어줘라. 요구불응 시 폭격을 행한다. 인 질 브이를 풀어줘라."

메카닉에서 이 말이 반복되어 흘러나왔다.

✳

시간을 끄는 게 가장 중요했다. 주민들이 다른 섬으로 달아날 수 있도록 시간을 벌어야 했다. 브이는 공중에 뜬 채 메카닉 부대를 향해 가며 생각했다. 닥터 넌센스는 지 하통로를 통해 섬 뒤편으로 주민들을 피신시킬 계획이었 다. 거기에 혹시 모를 사태를 대비한 여러 대의 보트를 준 비해뒀다.

"이제부터 저들을 막는 건 오로지 자네 판단에 달려 있 네." 닥터 넌센스가 말했다.

브이는 인간을 다치지 않게 하면서 메카닉을 파괴하려면 어떻게 힘 조절을 해야 할지 시뮬레이션을 돌렸다. 전투용 메카닉은 거미처럼 긴 사지를 가졌고, 네 개의 팔에 기관총이 달렸다. 사지 한가운데의 검은 육각형 틀 안에 조종사가 승선했다. 그 부분을 건들지 않은 채 사지를 무력화해야 했다. 전투용 드론은 마음대로 부숴도 될 것이다.

"브이 님, 저희와 함께 타워로 돌아가야 합니다. 불응 시 발포하겠습니다."

리더로 보이는 파란색 메카닉에서 확성기 같은 음성이 울렸다. 나머지 검은 메카닉들은 파란 메카닉을 가운데 두고 전투 대열로 늘어섰다. 그들 뒤로 태양이 눈부시게 떠올랐다.

"저는 돌아갈 수 없습니다."

브이가 대답했다. 두 손은 번쩍 치켜든 채였다. 항복 표시를 한 것이지만, 그들은 방심하지 않았다. 수십 개의 유탄발사대와 수백의 기관총이 브이를 겨누었다. 총알과 유탄을 아무리 퍼부어도 브이의 무적 근육은 성할 테지만, 이 정도의 병력을 상대해본 일은 없었다. 어쩌면 위험할지도 몰랐다….

메카닉 부대의 리더는 브이에게 돌아가야 한다는 말을 반복했고, 브이는 그렇게 하지 못하겠다고 대답했다. 자, 시간은 잘 가고 있다. 문제는 이들이 공격을 본격적으로 시도할 때의 일이다. 메카닉 리더가 언제라도 신호하면 브이는 온갖 무기에 얻어터지고 말 것이다. 어찌어찌해서 버틴다면 무엇부터 처리해야 할까? 리더? 아니면 잔챙이 드론들? 브이는 곁눈질로 금방이라도 발포할 기세인 메카닉들의 무기를 살폈다.

"잠깐, 브이! 멈춰요!"

의외의 목소리가 들렸다. 메카닉과 드론들 사이에서 한 꼬마 남자아이가 보였다. 남자아이는 브이에게 날아왔다. 얼굴은 평소의 천진난만함 대신 근심으로 가득했다. 일명 솔저보이, 브이의 사이드킥이었다. 공장에서 화학약품을 뒤집어쓰고 초인적인 힘을 갖게 되었다는 아이. 원래는 비행청소년이었지만, 언젠가부터 브이의 가르침을 따라 선의에 힘을 보태온 아이였다.

"너도… 원격조종되고 있었군."

브이가 말했다. 솔저보이는 금방 자신의 정체가 탄로난 걸 믿지 못하겠다는 표정을 지으며 뒤로 물러났다. 브이의 눈에 이제 솔저보이는 인간 남자아이가 아니었다. 업데이트된 투시능력으로 바라본 솔저보이는 내부에 수많은 지레와 전선이 뒤엉켜 움직였다. 인공지능 뇌 따위도 없었다. 통신제어장치들이 들어 있을 뿐이었다.

솔저보이는 웃기 시작했다. 평소의 솔저보이의 목소리가 아니었다. 아니, 사람이 아예 바뀐 것 같았다.

"어떻게 안 거지? 연기자의 어투 차이로 알아챈 건가? 상관없어. 이 연기자도 해고해야겠군."

브이는 주먹을 불끈 쥐었다. 이 목소리는 어디에서도 들어본 적이 없었다. 어쩌면 이 사람이야말로 바로 모든 일을 배후일 수 있었다.

브이는 입을 열었다.

"그 뒤에 누가 있는지는 알지 못해. 당신이 이 모든 일을 지시한 것일 수도 있고, 아닐 수도 있어. 이젠 뭐가 뭔지도 모르겠어. 하지만 이제 나는 기억을 되찾았어. 이제 당신들에게 이용당하던 시절은 끝났다고."

솔저보이는 웃음을 터트렸다. 브이가 어이없다는 듯이. 장난기 섞인 웃음소리는 메아리치며 섬 구석구석으로 번져나갔다.

"이용을 당해? 우리가 이용만 했다고 생각하나? 우리는 네 바람도 전부 다 들어줬어. 오늘의 남자, 불굴의 사나이, 위대하신 브이를 만들어준 게 누구라고 생각해? 그리고 애초에 우리의 의도가 아니었으면 세상에 영웅은 탄생할 수 있었을까? 기억을 되찾았다고 했지? 그건 또 어떻게 확인할 거지? 네가 다른 쪽에게 이용당하고 있는 건 아닌지는 어떻게 확인할 거야? 그 인간이 다른 목적이 있다면? 그런 생각은 안 해봤나?"

솔저보이의 목소리에는 이제 장난기가 묻어나지 않았다.

"잘 생각해보라고."

브이는 심호흡하듯 숨을 크게 들이마셨다가 내쉬었다. 브이는 한동안 미동도 하지 않았다. 눈을 감고 깊은 생각으로 빠져들었다. 드론 부대와 메카닉 부대는 빨간 옷을 입은 근육질 사나이를 그저 바라만 봤다. 누군가는 전투가 시작되지 않고 브이가 순순히 타워로 돌아가주기를 바랄 테고, 누군가는 언제라도 벌어질 전투준비를 하고 있을지 몰랐다. 또 누군가는 사이드킥 솔저보이와 히어로 브이가 대치하는 걸 보고 혼란스러워할 것이다. 만약 닥터 넌센스가 이 광경을 봤다면 섬의 아이들과 여객기를 기억하라고 소리 지를 것이다. 미스터 티처라면 그간 미안했다고 말했을 것이다. 솔저보이를 조종하고 있는 자는 아마 할 말을 훨씬 많이 준비해뒀을 것이다.

태양빛이 더 높이 떠오르자 따뜻한 햇볕이 이들 사이로 내려앉았다. 어디선가 시원한 바람이 불어왔다. 그러나 메카닉 속에 든 조종사들은 이를 느끼지 못했다. 드론도, 솔저보이도 마찬가지로 느낄 수가 없었다. 오직 브이만이 상쾌한 공기를 들이마실 수 있었다.

브이는 눈을 떴다.

그리고 선택을 내렸다.

이규락

2018년 문예지 〈영향력〉, 〈페이퍼 이듬〉 등을 통해 작품발표를 시작했다. 출판노동자로 일하면서 밤에 글을 쓰느라 과로사 직전이다. 그래도 장래희망은 헬조선 맞춤형 인재.

SF는 현대 이야기의 기본 요소

그리 오래되지 않은 과거를 잠깐 돌이켜보면 지금은 생경하고도 즐거운 시기다.

사람들은 달라진 세상을 이야기하는 잣대로 흔히 신기술과 첨단 기기를 꼽는다. 하지만 세상은 이야기로 엮이고, 이야기가 곧 세상의 커다란 일부이기 때문에 둘은 함께 변한다.

둘 중 어느 쪽이 앞서는지 얘기하긴 쉽지 않지만, 이야기와 세상 가운데 어느 쪽이 눈을 더 크게 뜨고 변화를 적극적으로 수용하느냐고 물으면 답은 명백하다. 눈에 띄지 않는 그늘에 빛을 드리우고 새로운 곳으로 시선을 이끄는 것이 이야기의 본질이기 때문이다.

그 첨단에 선 장르가 SF다.

창작 전선에 이제 막 뛰어든 사람이라면 갸우뚱거릴지도 모르겠다. 우리나라에서는 최근 들어서야 많은 사람들이 SF의 본 모습과 가능성을 제대로 받아들이고 있다. 반면에 젊은 독자층이 가장 쉽게 접할 수 있는 웹 소설 플랫폼을 들여다보면 장르 분류에 SF가 없다. 얼핏 모순처럼 보이는 현상이다.

하지만 각 작품의 안쪽을 들여다보면 모순이 아님을 금세 알 수 있다. 거의 모든 작품의 소재, 주제, 설정 중 최소한 한 가지 요소 이상에 SF 클리셰가 깃들어 있다. 시간 여행, 평행 우주, 게임 세계는 가장 사랑받는 설정이다. 이제 SF는 홀로 돋보이는 데에 그치는 장르가 아니라, 현대 이야기의 기본 요소라 해도 무방하다.

이런 시점에서, 단순히 클리셰를 차용하는 데에만 그치지 않고 빼어난 SF를 창작하려는 예비 작가들이 많음은 당연한 일이다. '폴라리스 워크숍'은 조금 먼저 시작한 작가가 SF를 창작하고픈 예비 작가와 소통하고, 그를 격려하고, 그의 소중한 이야기가 더 아름다워지도록 조언하는 활동이다.

워크숍에 함께 한 사람들은, 비록 멘토와 멘티라는 호칭으로 구분은 되었으나, 상상과 가능성이 중심인 이야기를 다듬어 내자는 마음으로 하나가 되었다.

그 첫 결실이 한 권의 책으로 선을 보인다.

이 책에는 7개의 이야기가 실렸다. 정통 SF가 있는가 하면 경계를 정하기 어려운 이야기도 있고, 장르의 재미보다 메시지에 힘을 실은 이야기도 있다. 이야기란 그 자체만으로 완성된 웅변이기에 각 작품을 전부 소개하지는 않겠다. 단, 멘토로서 창작 기간 동안 함께 고민했던 작품들만 잠깐 이야기할까 한다.

손소남 작가의 〈우리의 오리와 그를 찾는 모험〉은 SF 아이템을 활용한 풍자극이고 우화다. 좋은 SF는 미래 기술이나 미지의 이론만 상상하는 것이 아니라 인간의 욕망도 상상한다. 지금과 다른 세계를 상상한다는 것은 거기서 살아가는 우리 자신의 욕망을 상상하는 행위다. 동시에 그 욕망은 역사와 동떨어져서는 안 된다. 따라서 앞날의 삶을 그리는 SF라면 작가는 욕망과 어리석음과 그 끝을 일체로 상상할 능력이 있어야 한다. 〈우리의 오리와 그를 찾는 모험〉은 그 점에 힘을 쏟은 작품이다.

〈우리들의 영웅, 브이!〉는 이규락 작가의 영웅 로봇 이야기다. 근래에 영화 시장을 주름잡는 할리우드 슈퍼영웅물은 아주 단순하고 효과적인 공식을 따른다. 능력을 선의로 사용하는 영웅과 혼돈을 목적으로 삼은 악당이 대립한다. 세상은 이 영웅을 제대로 이해 못 하고, 영웅은 결국 악당뿐 아니라 자신과 싸워야 한다. 이 공식은 신화 구조에서 유래했기 때문에 독자나 관객에게 큰 거부감 없이 흡수된다. 그리고 역사가 길기 때문에 변형된 이야기 공식들이 다수 존재한다. 〈우리들의 영웅, 브이!〉는 변형된 공식 중 하나를 선택하고, 여러 이기적인 세력에 이용당하는 주인공의 갈등을 공감 요소로 제시하고 있다.

워크숍의 멘토이기 이전에 SF를 사랑하고 그 창작에 큰 가치를 부여하는 사람으로서 드리고 싶은 말씀이 있다. 특히 SF를 비롯해 이상하고 호기심을 이끄는 이야기를 쓰고자 하는 분들이 기억해주시면 좋겠다.

좋은 이야기를 목표로 하시는 분들은 어떤 형태로든 '합평'이란 과정을 거쳤거나 앞으로 경험하게 될 것이다. 합평은 여러 (예비) 작가가 만나 서로 글을 분석해주고, 조언을 얻어 글에 반영하는 활동이다. 합평은 효과가 커서 다양한 형태의 창작 강의에서 적극적으로 이용한다. 1회에서 그치지 않고 더 본격적으로 시행될 '폴라리스 워크숍'에서도 해당 장르의 작가가 참여하는 합평은 핵심 활동 가운데 하나다.

그리고 이 작품집은 합평의 결과물이다.

따라서 두 가지 눈높이에서 읽을 수 있다.

독자라면 세상 모든 독자와 마찬가지로 다른 세계의 이야기를 즐기면 된다.

하지만 예비 작가라면, 이야기를 만들어볼 생각이 있다

면, 일곱 개의 작품에서 일곱 작가의 시선을 발견하고, 그에게 전해줄 의견을 세우고 머릿속에서 말을 건네자. 한 작가와 이야기를 마치면 음료수를 한 모금 마시고 다음 작가를 마주하자.

그러면 여러분은 종이와 글자로 이루어진 합평 공간에 앉아 있게 될 것이다.

작품집이라고 이름 붙은 이 가상의 공간을 경험한 끝에 SF 창작을 향한 갈증이 더 켜졌다면.

이제 워크숍에 손을 내밀고 자신의 작품을 세상에 선보일 때가 됐다는 뜻일지도 모른다.

폴라리스 워크숍은 바로 그런 분들을 위해 만들어졌다.

김창규

2005년 과학기술 창작문예 중편 부문에 당선되었다. 제1회, 3회, 4회 SF 어워드 단편 부문 대상, 제2회 SF 어워드 우수상을 수상했다. 하드 SF를 즐겨 쓴다. 작품집으로《우리가 추방된 세계》,《삼사라》가 있고, 다수의 공동 SF 단편집에도 참여했다.《뉴로맨서》,《이중도시》등을 번역했으며, 창작 활동 외에도 SF 관련 각종 강의를 진행하고 있다.

사이보그 동물 사육제

———

김유경

오늘따라 거칠게 웅웅거리는 소리가 헤드폰을 통해 들어왔다. 기계음 같기도 하고, 목이 안 좋은 사람이 겨우 말하는 것처럼 들리기도 했다. 신이는 고개를 갸우뚱했다. 매일 같은 자리에서 녹음하지만 처음 듣는 소리였다.

신이가 자리 잡은 곳은 갈대숲 안에서도 유난히 바람이 강한 곳이었다. 갈대 소리가 다른 곳에 비해 선명하게 들려, 녹음하기에는 최적의 장소였다. 음향기사가 되기로 마음먹은 후, 신이는 용돈을 모아 저렴한 녹음장비를 구입했다.

신이는 반려견용 유모차 안을 들여다봤다. 찰리가 옆으로 누운 채 씩씩거리며 자고 있었다. 나이가 들어 근육이 빠져나간 다리가 눈에 들어왔다. 찰리는 심장에 종양이 있고 간과 폐까지 전이된 상태였다. 건강했던 시간을 다 쓰고 이제 얼마 남지 않은 죽음의 시간을 향해 가고 있었다. 찰리의 시간이 사람의 시간보다 몇 배나 빨리 흐름을 실감하는 요즘이었다. 형과 동생으로 살아온 지 10년밖에 되지 않았는데 찰리는 어느새 인생의 막차를 타고 있었다. 마치 자신과는 차원이 다른 세상에 사는 것처럼 느껴졌다. 그때마다 울컥 눈물이 솟기도 했고, 울지 않으려고 이를 악문 적도 한두 번이 아니었다.

찰리의 유일한 산책은 신이와 갈대숲을 거니는 일이었다. 산책을 좋아하는 찰리는 신이가 학교에서 돌아올 때쯤 현관에 나와 기다리곤 했다. 그런 찰리를 위해 신이는 학교가 끝나면 집으로 곧장 왔다. 지금은 전처럼 걷지 못해 유모차 안에 눕혀서라도 나왔다. 찰리는 코를 벌름거리며 기분 좋아했다. 공기 냄새가 좋은 모양이었다.

찰리의 발에 채워진 발찌를 확인했다. 동물병원에 바이털 사인을 보내 주인보다 먼저 위급상황을 감지할 수 있는 장치였다. 발찌는 정상적으로 작동되고 있었다. 담요를 찰리의 목까지 끌어 올려주었다. 유모차가 혼자 움직이지 않게 바퀴 잠금도 확인했다.

웅웅거리는 소리는 더욱 크고 거칠게 들렸다. 반려견용 유모차를 세워둔 채 신이는 다른 곳의 소리도 들어보기 위해 집중하며 걸었다. 갑자기 갈대숲 사이에서 까마귀 한 마리가 푸드덕하고 하늘로 날아올랐다. 깜짝 놀란 신이는 움푹 파인 구덩이를 보지 못했다. 발을 헛디뎌 앞으로 고꾸라졌고, 마이크는 땅에 떨어졌다. 구덩이의 깊이는 20센티미터, 지름은 30센티미터 정도 돼 보였다. 발목과 무릎이 아프긴 했지만 바람 소리보다 더 크게 들리는 '웅웅' 소리에 신경이 쏠렸다.

신이의 시계에서 알람이 울렸다. 찰리의 투약 시간에 맞춰놓은 알람이었다. 약을 먹이고 나면 동물병원도 가야 해서 갑자기 마음이 급해졌다. 이틀에 한 번씩 찰리의 심장 바깥에 고인 물을 빼줘야 했다. 일단 녹음기를 구덩이 안에 넣고 녹음 명령을 내렸다. 녹음이 시작된다는 음성이 흘러나왔다. 신이는 그 위에 흙을 덮어 녹음기가 눈에 띄지 않게 감추고는, 헤드폰을 벗어 손에 들고 찰리에게 달려갔다. 찰리는 여전히 세상모른 채 자고 있었다. 열두 살 찰리는 아픈 이후로 잠이 부쩍 늘었다.

신이는 반려견용 유모차를 밀며 서둘러 갈대밭을 빠져나갔다. 어느새 노을이 짙어지려 하고 있었다.

손목 단말기에서 신호음이 울리고 정면에 홀로그램 영상이 떴다. 아버지였다. 신이가 영상을 치우는 손짓을 하자 홀로그램은 사라지고 신호음도 끊겼다. 또다시 신호음이 울렸지만 역시 받지 않았다. 찰리가 고개를 들고 신이를 바라봤다.

"받지 않을 거야."

신이가 찰리를 향해 말했다.

오늘 아침, 아버지는 수의사와 찰리의 안락사를 의논했다고 했다.

"아버지가 동물원을 그만두면 생각해볼게요."

신이는 차갑게 대꾸했다. 아버지는 공학박사로 동물원에서 동물들의 장기를 기계로 바꾸는 일을 하고 있었다.

"귀여우니까 즐거우려고 데리고 온 녀석이잖아. 언제까지 희망도 없는 아이 때문에 친구들과 어울리지도 않고, 아까운 시간을 쏟아부을 건데?"

"아버지가 아버지 역할 못 하면 아버지도 죽여 달라는 소리로 들리네요."

신이는 비아냥거렸다.

"이 녀석이! 그리고 내가 하는 일은 동물이나 사람에게 꼭 필요한…"

아버지 말이 끝나기도 전에 '쾅' 문소리를 내며 신이는 집을 나섰다.

∗

10년 전, 전 세계가 전염병으로 큰 위기를 겪었다. 세균에 대한 면역력이 그 어느 때보다 높아졌다고 자부하던 시기였다. 그랬기에 인류가 받은 충격은 이루 말할 수 없었다. 백신 개발이 조금이라도 늦었더라면 전 세계 인구의 3분의 1이 사라졌을 것이다. 역학조사 끝에 전염병 바이러스의 출처가 동물원으로 밝혀지자 사육되던 동물들이 한꺼번에 도살당했다. 그리고 동물원의 존폐를 두고 논의가 시작되었다. 하지만 생각 외로 동물원의 수익은 괜찮았기에 다시 개장하기로 했고 동물원 연합도 새로 만들어졌다. 동물원 연합은 다시 논의에 들어갔다. 사이보그 동물을 만들지, 동물원용 로봇을 개발할지를 두고 논의했다. 사이보그 동물은 전염병의 원인이 되었던 장기를 기계로 대체한 동물을 뜻했다. 결국 비용이 저렴한 사이보그 쪽으로 결정 났다.

바이러스가 처음 생긴 곳이 침팬지의 소화 기관이었기에 사육 중인 모든 동물의 소화 기관을 전부 기계로 바꾸기로 했다. 비용을 줄이려는 방안으로, 뇌를 기계화하면 배고픔을 느끼지 못해 사료비용도 줄일 수 있었다. 다리도 기계화되었는데 뇌와 소화 기관의 무게를 지탱하기 위해서였다. 그런데도 병이 생기거나 기계가 고장 나면 기계만 꺼내고 동물은 불태워졌고, 기계는 고쳐서 재활용했다.

신이는 다섯 살 이후로 동물원에 가본 적이 없었다. 동물원에 가자고 조르면 부모님은 더 재미있는 곳이 있다며 놀이공원이나 수영장으로 데리고 가곤 했다. 그러면 동물원 생각은 금방 잊어버렸다. 그 당시에는 부모님이 왜 그랬는지 이유를 알 리 없었다. 재미있으면 그만이니까. 그런데 그날은, 어쩐 일인지 동물원이 아니면 안 된다고 고집을 부렸다. 동물원이 문을 닫아서 갈 수 없다고 해도 믿지 않았다. 게다가 놀이공원도 수영장도 싫다고 했다.

"아빠는 매일 동물원에 놀러 가잖아! 나도 가고 싶다고."

신이는 울다가 잠이 들었고, 자고 일어나 보니 눈앞에 찰리가 앉아 있었다. 신이는 여전히 꿈을 꾸는 줄 알았다. 신이를 빤히 보고 있던 찰리가 얼굴을 핥아주자 그제야 꿈이 아니라는 걸 알았다. 크리스마스 날 놓여 있던 어느 선물보다도 값진 선물이었고, 이날의 기억이 가장 선명했다. 신이를 내려다보던 눈망울은 언제까지라도 잊을 수 없을 것 같았다. 신이는 찰리의 눈이 세상에서 가장 맑고, 순수하다고 생각했다. 찰리의 눈을 보고 있으면 다른 세계는 없는 것 같았다. 신이는 찰리의 목을 감싸 안았다. 잊을 수 없는 감촉이었다. 찰리와 잠자리를 늘 함께했고, 가끔 찰리 밥을 나눠 먹어 어머니가 기겁한 적도 있었다. 먼저 아기 티를 벗은 쪽은 찰리여서 그때는 신이의 보호자 역할을 했지만, 지금은 신이가 찰리의 보호자 역할을 하고 있었다.

찰리의 종양이 발견되자, 신이는 아버지에게 찰리의 심장을 만들어달라고 했다. 종양이 생긴 심장을 꺼내고 새 심장을 심어주자고, 마음만 먹으면 만들 수 있지 않느냐고.

"의료용 기계 장기는 사람한테만 이식해."

아버지의 단호한 말투가 신이는 몹시 서운했다.

"그러면 엄마는요?"

아버지는 흠칫 놀라는 눈치였다.

"엄마는…, 진행이 너무 빨랐어."

"동물들 장기만 바꿔치기할 줄 알았지, 아버지는 할 수 있는 게 아무것도 없는 사람이에요. 엄마가 진행이 빨랐다고요? 평생 그런 식으로 합리화하고 사세요. 그러면 죄책감이 조금은 덜어지겠죠."

신이가 아버지와 나눴던 대화 중에 이날의 대화가 가장 길었다.

어머니는 간경화 진단 3개월 만에 가족 곁을 떠났다. 아버지 말이 틀리지 않았다는 걸 신이는 알고 있었다. 어머니에게 이식할 기계 간은 제작 중이었다. 그사이 어머니는 좋아지고 나빠지기를 반복했다. 아버지가 어머니 병을 더 일찍 발견했다면 지금쯤 찰리의 병간호를 어머니와 함께하고 있을지도 몰랐다. 모든 게 아버지 탓이었다. 신이는 어머니가 떠난 후 아버지가 하는 일조차 못마땅해졌고, 찰리가 아픈 후로는 더욱 싫어졌다. 누구를 위한 일인지 알 수 없었다. 아버지 같은 사람이 되기 싫었고, 무엇보다 신이가 유일하게 마음 붙일 곳은 이제 찰리뿐이었다.

＊

　주위가 점점 어두워지고, 하늘에는 까마귀 한 마리가 여유롭게 날고 있었다. 요즘 들어 까마귀가 눈에 자주 띄었다. 학교 운동장을 빙빙 도는 까마귀를 봤을 때 이상하다는 생각을 한 적이 있었다. 또, 어디를 가든 갑자기 푸드덕 날아올라 놀란 적도 몇 번 있었다. 까마귀가 울면 안 좋은 일이 생긴다는 말이 떠올랐다. 신이는 미간을 찌푸렸다. 자꾸 눈에 띄는 게 영 기분에 거슬렸다. 찰리가 불편한지 자세를 바꾸려고 다리를 움찔거렸다.

　"조금만 기다려. 집에 다 왔어."

　찰리가 불편해하면 신이도 마음이 조급했다. 집에 도착하자 8킬로그램의 찰리를 안아 깔아놓은 담요 위에 눕혔다. 원래는 10킬로그램이 넘었는데 어느새 살이 훅 빠진 것이다. 찰리가 끙 소리를 내며 혀를 날름거렸다. 신이는 약을 가져와 찰리의 목구멍 안으로 쑥 집어넣고, 물통에 물을 담아 입안으로 주입했다. 찰리는 꿀떡꿀떡 물을 삼켰다. 찰리가 물 마시는 소리는 언제 들어도 기분전환감이었다.

　'엄마가 이런 기분이었겠구나.'

　어릴 적, 밥 잘 먹는 신이를 보며 어머니가 좋아했던 기억을 떠올렸다.

　약과 물을 주고 일어서려던 신이는 소스라치게 놀랐다.

창문 밖에 시커먼 물체가 보였다. 누군가가 침입하기 위해 집 안을 염탐하는 줄 알았다. 신이는 두려움이 앞섰지만 일단 찰리를 먼저 옮기고, 무기로 쓸 만한 걸 찾으려 했다. 신이의 두뇌가 회전하는 동안 시커먼 물체가 움직이기 시작했다. 그런데 조금씩 옆으로 이동하는 움직임이 새의 걸음걸이와 비슷했다. 신이는 뭔가 이상한 낌새를 느꼈다. 검은 것의 정체를 알아내기 위해 조금 가까이 다가갔다. 그것은 검은 새였다. 다름 아닌 까마귀. 신이는 안도의 한숨을 쉬었지만, 아직도 심장은 심하게 진동하고 있었다.

까마귀는 신이와 찰리를 번갈아가며 두리번댔다. 마치 신이와 찰리를 관찰하는 것 같았다. 몸집은 생각보다 크고, 깃털은 새까맸으며 눈빛은 날카롭고 번득였다. 암울하고 불길한 분위기를 풍기는 까마귀였다.

'쫓아버려야 돼!'

신이는 까마귀를 쫓아버리려다 문득 다리가 세 개인 것을 보고 멈칫했다. 그중 두 개는 기계로 되어 있어 신이는 깜짝 놀랐다. 기계화된 동물을 실제로 본 건 처음이었다. 아버지의 손을 거쳐간 녀석일지도 몰랐다. 더 가까이에서 보고 싶은 마음에 창문 앞으로 달려갔다. 그러자 까마귀는 푸드덕 날갯짓을 하며 날아가버렸다. 신이는 김이 샜다.

✳

'한심하게 왜 도망쳤지.'

검귀는 하늘을 맴돌며 생각에 잠겼다. 신이가 갑자기 달려와 놀란 건 사실이지만 도망칠 필요까진 없었다. 어차피 창으로 가로막혀 있었으니까.

'역시 인간은 예의가 없어. 멋대로 다가오고, 하고 싶은 대로 한다니까.'

그런데 신이의 행동을 관찰하는 동안 검귀는 이상한 기분을 느꼈다. 네 발 달린 동물에게 하는 행동은 예의 없는 인간의 모습이 아니었다. 동물원에서 봐온 인간의 모습과도 사뭇 달랐다.

동물원 사람들에게 잡히기 전, 검귀는 공원에서 사람들이 흘린 과자 조각을 쪼아먹고 있었다. 그러다 갑자기 의식이 사라졌고, 깨어나보니 좁은 공간 안에 다른 까마귀들과 쓰러져 있었다. 몸을 일으켜보려 했지만 말을 듣지 않았다. 그때 나타난 인간들은 까마귀들의 심장 소리를 체크했고, 약한 것들은 옆으로 모아 주사를 놓았다. 그 까마귀들은 영영 깨어나지 않았다.

검귀가 그 '목소리' 덕분에 탈출하지 않더라면 지금쯤 몸의 다른 부분들까지 기계로 바뀌었을 것이다. 피로 물든 수술실로 옮겨졌을 때 검귀는 외롭고 두렵고 참담했다. 태어나서 처음 느낀 외로움이었다. 무리를 지어 다니던 동료들은 온데간데없고 홀로 낯선 곳에 떨어져 있기는 처음이었다. 부리부터 다리까지 부들부들 떨렸다. 탈출하고 싶었지만 몸은 가느다란 줄로 칭칭 감겨 있었다. 저쪽에서 하얀 가운을 입은 인간이 저벅저벅 걸어왔다. 처음 느낀 극심한 공포심에 까무러칠 뻔했다. 인간이 두려운 적은 처음이었다. 인간과 까마귀는 서로의 영역을 지키기만 하면 아무 문제 없이 살아갈 줄 알았다.

'나한테 왜 이러는 거야! 내가 뭘 잘못했다고!'

검귀는 외쳤지만, 인간은 아랑곳하지 않고 검귀 몸에 손을 댔다. 순간 알 수 없는 통증과 함께 깊은 잠 속으로 빠져들었다. 꿈을 꾸었다. 이글거리는 태양을 향해 우주의 암흑 속을 날아가는 꿈. 태양을 똑바로 보고 있어도 눈이 부시지 않았다. 마치 집을 향해 가는 것처럼 익숙한 날갯짓이었다. 그러다 잊고 있던 약속이라도 생각난 듯 서서히 방향을 바꾸었다. 멀리 파란 행성이 보였다. 알에서 나온 후 지금까지 같은 꿈을 몇 차례나 꾸었다. 검귀는 의아했다. 왜 같은 꿈을 계속 꾸는지.

"깨어나라."

검귀는 깜짝 놀라 눈을 번쩍 떴다.

"깨어나라."

톤은 낮지만 쩌렁쩌렁한 목소리가 다시 들렸다.

"일어나 거기에서 나와라."

주위를 두리번거렸다. 인간은 물론이고 아무도 보이지 않았다. 오직 어둠뿐이었다.

"창밖으로 나와라. 방해하는 자는 아무도 없다."

검귀는 조심스럽게 날개를 펴보았다. 아까와 달리 몸은 묶여 있지 않았다. 공중으로 날아올라 열린 창문으로 유유히 빠져나왔다. 밖에서 보니 건물 전체가 깜깜했다. 불이 밝혀진 곳이 한 군데도 없었다. 무슨 사고라도 난 모양이었다. 시간이 갈수록 몸에 이상이 느껴졌다. 처음에는 인간이 놓은 주사 탓인 줄 알았다. 잠시 쉬려고 가까운 나뭇가지 위에 내려앉았다. 그러자 몸이 기우뚱하더니 하마터면 균형을 잃고 떨어질 뻔했다.

'맙소사, 내가 왜 이러지.'

아래를 내려다보자 못 보던 다리가 몸뚱이 아래 달린 걸 발견했다. 심장이 사정없이 뛰었다.

'냉정해지자.'

다리 두 개 중에 하나는 온데간데없이 사라지고 그 자리를 기계 다리 두 개가 차지하고 있었다. 그러니까 원래 다리 하나에 기계 다래 두 개, 이렇게 세 개였다.

'침착해.'

검귀는 찬찬히 기억을 되감았다. 동물원에 끌려간 애들이 어떤 신세가 되었는지 소문을 들어 알고 있었다. 먹는 즐거움도 없고, 멍청하게 살다가 죽는다고. 검귀는 그제야 자신이 잠든 사이 무슨 일이 벌어졌는지 알았다. 목숨은 붙어 있지만, 영혼이 없는 거나 마찬가지 상태로 살아갈 뻔했다.

"검귀야."

동물원의 탈출을 도와준 목소리가 다시 들렸다. 하마터면 목소리에 대해 까맣게 잊을 뻔했다. 이제야 목소리의 정체가 궁금해졌다. 그리고 자기를 도와준 이유도 묻고 싶었다. 검귀는 목소리가 들려오는 지점을 찾아 날았다. 기계 다리는 날아다니는 데 지장이 없을 만큼 금방 적응이 되었다. 다른 까마귀들하고 생김새가 다르다고 다른 까마귀들이 이상하게 생각하지는 않을 것 같았다. 오히려 동물원에서 탈출한 일로 영웅이 될 생각을 하니 벌써 날갯죽지에 힘이 들어갔다.

검귀는 갈대숲을 향해 날았다. 소리의 파장이 유난히 강한 곳, 목소리의 시작지점이었다. 검귀는 갈대숲 사이에 조용히 내려앉았다.

"너를 기다렸다. 지금부터 너는 검귀라고 불리게 될 것이다."

가까이에서 들은 목소리는 상냥한 것 같지만, 감히 거스를 수 없는 힘이 녹아 있었다. 검귀는 기분이 묘했다. 인간들과 사는 동물에게나 이름이 있다고 생각했기 때문이다.

"당신은 어디에 있죠?"

검귀는 두리번거렸다. 실체 없이 목소리만 들리는 것이 불안했다.

"네가 날고, 밟고 있는 모든 곳에 내가 있단다."

검귀는 무슨 말인지 금방 알아듣기 힘들었다.

"당신은 누구예요?"

"나는 땅이고, 너는 하늘이다."

'조금 전에는 검귀라더니.'

검귀는 의아했다.

"저를 왜 불렀죠?"

가장 궁금한 것부터 묻기로 했다.

"너를 부른 이유를 얘기하겠다. 잘 들어라. 하늘과 땅이 있고, 거기에 사람을 더하면 나는 지구의 자기장을 조절할 수 있게 된다. 조금 있으면 태양의 흑점이 활동을 시작할 것이고 폭발할 것이다. 그러면 이곳으로 강력하고 무자비한 바람이 불어올 것이야. 그 바람으로 인간이 오랜 세월 일궈 놓은 문명을 무너뜨리려고 한다."

"당신은 인간을 미워하는군요."

"너는 그렇지 않은가?"

검귀는 동물원 사람들을 떠올렸다. 순간 등골이 오싹해지는 게 느껴졌다.

"그런데 무슨 수로?"

"바람을 달래가며 원하는 만큼만 유입하면 가능하다. 그려려면 자기장을 조절할 수 있어야 하지."

검귀는 자기장이니 태양의 흑점이니 하는 말에 머리가 돌 것 같았다.

"그다음에는 어떻게 되는 건가요?"

"인류는 이제 문명 없이 살아가기는 힘들단다. 스스로 그렇게 만들어온 거지. 오랜 세월 천천히 쌓아 올려왔으니만큼 한 번에 무너지면 타격이 큰 법. 그들은 도태되어 서서히 사라질 것이다."

"인간만 사라지는 거예요? 다른 동물들은 어찌 되는 건가요?"

"인간만이다."

"음…."

"또 필요한 것이 있다."

"뭐죠?"

"처음 두 발로 걸었던 인간의 조상인 신이가 필요하다."

목소리가 신이를 강조했다.

"신이가 누구죠?"

"전생에 인간의 조상이었던 아이다. 나는 아주 오래전부터 알고 있었다. 그 아이가 자기가 속한 종을 구할 수도, 멸할 수도 있는 존재라는 걸. 그래서 쭉 지켜보고 있었지."

"그래서 제가 할 일은 뭐죠?"

"인간의 조상인 신이의 몸이 필요하다."

"그럼 신이라는 인간과 저는 다 죽는 건가요?"

검귀는 펄쩍 뛰었다.

"허허허."

목소리는 소리 내어 웃었다.

"신이의 심장이 있어야 하지만, 너의 심장은 필요 없다. 기억 못 하겠지만, 너는 이전 생에 태양의 사자였다가 명을 다하고 죽은 까마귀였단다. 태양을 수호하고, 빛을 지킨 덕에 까마귀로 다시 태어날 수 있었던 거지. 빛이 없으면 인류가 자연의 혜택을 누릴 수 없기에 넌 정말로 위대한 일을 행했던 것이야. 이전 생에도 다리는 세 개였지. 그것이 검귀의 운명인 것이고, 네가 하늘인 이유다."

검귀는 그제야 같은 꿈을 꿨던 이유를 알았다.

"태양의 사자는 없어진 지 오래다. 인간은 빛을 스스로 만들어내기 때문이지. 거기까지만 하면 좋았을 텐데 안타깝게도 욕심과 오만이 도를 넘었어. 너무 많은 생명이 인간으로 인해 사라져가고 있어."

'맞아. 내 다리도 갑자기 세 개가 됐어.'

검귀도 덩달아 분노했다.

"인간이 다시 문명을 세우면 어쩌죠?"

"지금까지 문명이 사라진 인류가 부활한 경우는 없었다. 그때가 되면 검귀, 너는 다시 태양의 사자가 될 것이다."

'내가 태양의 사자가 된다니. 적어도 이 중에 피를 보는

쪽은 인간뿐이란 말이군.'

검귀는 설렜다.

"저기 신이가 오고 있으니 잘 봐둬라."

검귀는 저벅저벅 다가오는 십대 소년을 지켜보았다. 바람에 날아갈 것 같은 마른 체구에 뽀얀 피부를 가진 소년이었다. 석양빛을 받은 신이의 모습에서 지금은 없는 친구 백까마귀의 모습과 겹쳐 보였다. 이유는 알지 못했다. 그저 그런 느낌이 들었다. 백까마귀는 하얗다는 이유로 까마귀들 사이에서 환영받지 못했다. 게다가 어디를 가든 인간들이 쫓아다녔다. 그렇게 힘겹게 살다가 언젠가부터 모습이 보이지 않았다. 검귀는 멀리서 신이를 지켜보기로 했다.

✳

'우르릉, 쾅' 하는 천둥소리가 울렸다. 동시에 앞이 보이지 않을 정도로 비가 퍼부었다.

"오늘은 산책을 못 시키겠어."

신이는 교문을 뛰어나가며 중얼거렸다. 혼자 있을 찰리를 생각해 전속력으로 달렸다. 쏟아지는 비 때문에 머리와 옷은 흠뻑 젖고, 냉기가 옷 안쪽으로 스며들었다.

집에 도착해 제일 먼저 찰리의 상태부터 살폈다. 지난밤 찰리의 바이오센서에서 경고음이 들려 잠자던 신이와 아버지가 깜짝 놀라 일어났다. 찰리가 쇼크 증상을 보여 경고음이 울린 것이다. 새벽녘에 응급실에 다녀온 찰리는 언제 그랬냐는 듯 곤히 자고 있었다. 신이는 젖은 옷을 갈아입고 머리를 말렸다. 부산스럽게 움직이는 소리에 찰리가 깨어나 신이를 바라봤다. 꼬리를 흔들며 달려오지는 않았지만 여전히 꼬리는 흔들어댔다.

"비가 너무 많이 와. 다 젖었어."

신이는 찰리에게 말을 걸었다.

"요즘 날씨가 이상해. 갑자기 비가 쏟아지네. 진짜 종말이라도 오려나 봐."

찰리가 허공을 향해 하울링 했다.

"다 같이 죽는 건데, 뭐. 오늘은 비가 많이 와서 같이 못나가. 금방 다녀올게."

우비로 갈아입은 신이가 집을 나섰다. 땅속에 묻어놓은 녹음기를 가져오기 위해 갈대숲으로 향했다. 방수 기능이 잘되어 있다 해도 쏟아지는 비를 감당할 수 있을지는 미지수였다. 비는 더욱 세차게 내렸다. 눈을 제대로 뜨기도 힘들었다.

갈대밭으로 접어들자 흙으로 된 바닥은 미끄러지기 딱 좋았다. 질퍽거리는 데다 빗물도 고여 있어 조심스럽게 걸었다. 흙 상태가 안 좋아 녹음기를 묻어둔 곳이 금방 눈에 들어오지 않았다. 쭈그려 앉아 물을 잔뜩 머금은 흙바닥을 손으로 더듬거렸다. 한참을 찾아서야 겨우 딱딱한 감촉이 느껴지는 곳에 닿았다. 녹음기였다. 손으로 흙을 파서 녹음기를 꺼냈다. 진흙 범벅이 되었지만 찾을 수 있어 다행이었다. 우비 주머니 속에 녹음기를 넣고, 손에 묻은 흙은 빗물에 흘려보냈다.

찰리의 투약 시간이 다가오고 있었다. 마음이 급해진 신이는 뛰다시피 하다가 진흙 위로 그만 미끄러지고 말았다. 손으로 바닥을 세게 짚는 바람에 손바닥은 얼얼하고, 엉덩이와 다리도 뻐근했다. 옷이 진흙투성이가 된 것은 말할 것도 없었다.

"젠장."

신이의 입에서 욕이 튀어나왔다. 그때 갈대숲 사이에서 부스럭 소리가 났다. 무심코 돌아본 신이의 눈에 우두커니 서 있는 까마귀 한 마리가 들어왔다. 까만 몸이 빗물에 푹 젖어 더욱 까맣게 보였고, 깃털 끝에선 빗방울이 줄줄 흐르고 있었다. 이런 날씨에 새를 보는 일도 처음이거니와 비 맞고 있는 새가 어쩐지 처량해 보였다. 게다가 낯이 익은 녀석이었다. 기계 다리를 가진 까마귀였으니까.

"어, 너?"

신이는 기분이 묘했다. 그 많은 까마귀 중에 같은 놈을 몇 번씩 마주치는 일이 흔한 일인가? 아니면 우연일까? 신이는 생각했다.

'갈대밭에 사는 녀석이면 그럴 수 있다고 쳐도 창문에서

본 녀석도 이놈인데.'

　뭔가 이상했다. 문득 녀석의 다리가 자세히 보고 싶었
다. 신이는 몸을 까마귀 쪽으로 조금씩 당겨앉았다. 혹시
도망갈까 봐 천천히 움직였다. 그러자 까마귀는 기다렸다
는 듯이 날아올라 부리로 신이의 이마를 콕 찍은 후 다시
내려앉았다. 갑작스러운 공격에 신이는 깜짝 놀랐다. 이마
가 따끔거렸다. 신이는 까마귀를 노려봤다. 까마귀도 신이
를 응시했다.

　'사람이 가까이 가는데 도망치지도 않고 오히려 똑바로
바라보네.'

　신이는 다시 시도했다. 까마귀는 이제 부리로 여러 차례
신이의 이마를 찍어댔다. 신이는 너무 아파 손사래를 치며
자리에서 일어났다. 인상을 찌푸린 채 이마를 문질렀다. 찰
리의 투약 시간을 알리는 알람이 울렸다. 시간이 제법 흘렀
다는 걸 신이는 그제야 알았다. 까마귀의 다리를 확인하는
일은 포기해야 했다. 빗줄기는 조금 전보다 약해졌고, 집
으로 돌아가는 길은 수월했다. 하늘에는 까마귀가 보였다.

　'설마 나를 따라오는 건가?'

　이마를 문지른 손을 들여다보니 핏자국이 조금 묻어있
었다. 신이는 처음으로 까마귀가 두렵기 시작했다. 그래서
집을 향해 쏜살같이 달렸다.

　집에 도착해 먼저 창밖을 확인했다. 지난번처럼 까마귀

가 창밖에서 보고 있을지도 모를 일이었다. 하지만 이번에
는 보이지 않았다. 신이는 안심하고 찰리에게 줄 약을 만들
어 먹였다. 찰리는 약을 넙죽넙죽 받아먹었다.

바닥에 벗어놓은 우비를 들자 묵직한 무게감이 느껴졌다.

"맞아, 녹음기."

녹음기를 까먹고 있었다는 사실이 놀라웠다. 그 정도로
까마귀가 두려웠나 생각하니 우습기까지 했다.

"쳇, 그깟 까마귀."

휴지로 물기와 흙을 닦아낸 후 재생 명령을 내렸다.

"기껏해야 빗소리만 녹음됐을 거야."

찰리의 등을 어루만지며 중얼거렸다.

그런데 예상했던 것과 달리 누군가의 목소리가 들렸다.
톤이 낮고 위엄 가득한 목소리였다. 어디선가 들어본 것 같
은데 기억이 나지 않았다.

"⋯시간이 그리 많지 않다. 나의 의식이 살아나 생명체
와 소통할 수 있는 시간은 해가 세 번 질 때까지다. 그러므
로 너는 서둘러야 한다⋯."

신이는 무슨 말인지 이해할 수 없어 볼륨을 높였다.

"⋯다음에 언제 내 의식이 깨어날지는 알 수 없다. 한 가
지 확실한 건 멸종의 시기가 오면 눈을 뜬다는 것이다⋯."

목소리는 잠시 뜸을 들이더니 말을 이어갔다.

"⋯멸종은 반드시 필요하다. 지구에서 생명이 오랫동안

군림하면 강한 생명만 살아남아 균형이 깨져버린다. 힘의 균형을 맞추려면 주기적으로 멸종되어야 한다. 그 자리를 새로운 생명들이 채울 것이다. 새롭게 진화가 진행되어야 지구는 생명이 살아가기 좋은 환경으로 언제까지나 유지할 수 있다. 그렇다고 내가 그 일을 즐기는 것은 아니다. 최소한 백만 년에서 5백만 년은 종을 이어갈 수 있게 해주지. 하지만! 고작 20만 년밖에 안 된 종을 없애야겠다고 생각한 적은 인간이 처음이다. 이유가 궁금하지 않나….”

신이에게는 모든 이야기가 수수께끼처럼 들렸다. 목소리는 누군가와 대화를 나누는 것 같았지만, 상대방의 소리는 들리지 않았다.

“…달이 지구를 한 바퀴 돌 때마다 종이 하나씩 사라지고 있다. 나는 아무 일도 하지 않았는데. 인간이 군림하게 된 후 생긴 현상이지. 청소는 나만 할 수 있는 일이지 감히 인간이 할 수 있는 일이 아님을 분명히 말한다. 나는 힘의 올바른 균형을 위해 어쩔 수 없이 하는 일이지만 도대체 인간은 무엇 때문이지? 그들은 현명한 답을 찾지 못할 것이다. 인간을 이을 새 종이 나타나야 할 시점이다. 어떤 종이 인간을 이을지 모른다. 그건 자연에 맡겨둘 수밖에. 적어도 한 달에 한 번꼴로 종이 사라지는 일은 일어나지 않을 거야. 그건 확신할 수 있다….”

신이는 녹음기를 껐다.

"인간을 이을 새 종? 도대체 무슨 말이지. 그런데 어디서 많이 들어본 목소리야."

다시 녹음기를 켰다.

"…전에는 이런 일이 나 혼자서도 가능했지만, 이제는 버겁단다. 지난번에는 혜성의 도움을 받았고, 이번에는 태양의 도움을 받으려고 한다. 혜성은 내가 시키는 대로 했지만, 태양의 힘을 빌리려면 우리의 힘을 합쳐야 해. 다시 말하지만, 곧 태양풍이 불어닥칠 거야. 나는 내 안의 자기장을 조절해 필요한 만큼만 받아들일 것이고. 그러려면 너의 도움이 절실해…."

"찰리, 뭔가 알 수 없는 일이 일어나고 있는 것 같아. 그런데 그게 뭔지 전혀 모르겠어."

찰리를 쓰다듬으며 신이는 중얼거렸다. 곰곰이 생각하던 신이는 이전에 녹음한 것들을 재생했다. 거친 웅웅거림 같다고 했던 소리와 좀 전의 그 목소리가 비슷했다. 그 웅웅거림이 또렷하게 바뀐 것만 다를 뿐이었다.

✳

검귀는 신이에게 들키지 않으려고 조심했다. 갈대밭에서 대놓고 신이와 정면 승부를 한 것이 마음에 걸렸다. 경계가 느슨해야 일을 마무리하기 좋은데 신이가 경계하기 시작한 것이 분명했다. 실수였다. 그렇지만 한 가지 수확은 있었다. 신이의 피를 본 것이고, 피를 보게 하는 일이 어렵지 않다는 것을 알았다. 더 많은 부리와 힘을 쏟으면 목소리가 시킨 일을 금방 끝낼 수 있을 것 같았다. 조만간 태양의 사자가 되어 우주를 날아다니는 자신의 모습을 상상했다. 기분이 좋았다. 그렇지만 뭔가 해결 못 한 일이 있는 것 같은 기분이 계속 들었다. 도무지 그것이 뭔지 알 수 없었다. 검귀는 조심스럽게 창을 통해 신이를 들여다봤다. 신이는 네 발 달린 동물을 같은 인간처럼 대했다. 먹이고, 말을 하고, 쓰다듬고, 품에 안고 잠을 자기도 했다. 네 발 달린 동물을 소중한 무엇이라도 되는 듯이 대하는 신이의 행동이 검귀에게는 의아하기만 했다. 그 동물은 분명 죽어가고 있는데 말이다. 이유를 알고 싶었다.

＊

고한성 박사는 아들에게 연락이 왔는지 홀로그램을 켜 확인했지만 아무 연락도 오지 않았다. 아들은 연락도 받지 않고, 집에서도 말이 없었다. 마음을 닫아버린 아들에게 서운했다. 아들이 때로는 이기적인 것 같고, 때로는 안쓰럽기도 했다. 어머니로 인해 받은 상처가 크다고 모든 것을 아들 위주로 생활할 수는 없는 노릇이었다.

'직장을 그만두라니. 철없는 녀석.'

찰리의 죽음이 또 다른 상처로 남을 것 같아 스스로 보내는 선택권을 주었을 뿐인데 동물 학대자로 만들어버리는 아들에게 서운했다. 게다가 동물원 일은 동물들에게나 사람에게도 큰 의미가 있는데 그것조차 이해하려 하지 않았다. 아들과의 문제를 어디서부터 풀어야 할지 매일 밤 고민하느라 고 박사는 늘 잠이 부족했다.

이 와중에 꺼림칙한 일이 생겼다. 며칠 전부터 출근 때마다 자동차 지붕 위에 앉아 있는 까마귀가 보였다. 처음에는 조금만 다가가도 피하던 것이 이제는 차 문이 열려도 날아갈 생각을 하지 않았다. 할 수 없이 고 박사는 차를 출발시켰고 조금 가서 보면 차 위에 있던 까마귀는 온데간데없이 사라졌다. 대신 여러 마리가 고 박사 집 거실 창문에 붙어 집 쪽으로 앉아 있었다. 안 그래도 동물원이 정전되었을 때 탈출한 까마귀 때문에 질책을 당하는 중이었다. 고 박사는 안팎으로 까마귀 때문에 골치가 아팠다.

'연관이 있는 것일까, 탈출한 녀석하고?'

고 박사는 피식 웃었다. 복수라도 하겠다는 건가? 그럴 리가 없었다. 그날 탈출한 까마귀가 자신을 기계화시킨 인간의 집 근처를 배회한다는 생각은 영화나 소설 속 이야기였다. 하지만 까마귀를 만날 때마다 기분이 좋지 않은 건 분명했다. 게다가 오늘은 집 지붕 위까지 촘촘히 앉아 있었다. 원래 까마귀가 떼를 지어 다니는 새이긴 해도 그 모습에 어쩐지 불안했다.

검귀는 신이의 교실 안으로 들어가 유유히 돌고 나왔다.
반 아이들 모두 신기하게 검귀를 바라봤다. 신이도 검귀의
행동을 유심히 보고 있었다.

'나를 알아보는군.'

검귀는 신이 앞에 자주 나타나지 않기로 해놓고 왜 자꾸
신이에게 자신을 드러내는지 자신도 이해할 수 없었다. 오
히려 경계심을 부추기고 있으니 말이다.

'신이가 봐주기를 바라는 건가? 도대체 왜? 그럴 리가
없어.'

조금 전 갈대밭에서 목소리는 검귀를 재촉했다. 인간은
자연 앞에서 맥을 못 추기 때문에 비가 억수로 쏟아지던 시
점이 절호의 기회였다고 했다. 검귀는 생각했다. 기회를 놓
친 것일까? 아니면 망설인 것일까?

✳

신이는 창 쪽으로 고개를 돌렸다. 누군가 자신을 지켜보
는 것 같았기 때문이다. 조금 전 교실 위를 맴돌다 나간 까
마귀와 눈이 마주쳤다. 까마귀가 난간에 앉아 신이를 지켜
보고 있던 것이다. 기분이 썩 좋지 않았다. 말이 통한다면
붙잡아 추궁하고 싶었다. 따라다니는 이유를.

쉬는 시간에 이어폰을 꽂고 녹음된 내용을 다시 들어보았다. 그런데 지난번에 미처 듣지 못한 말소리가 들렸다.

"신이의 심장이 필요하다. 다른 인간은 소용없다."

신이는 자기 귀를 의심했다. 목소리는 분명한 말투로 "신이의 심장"이라고 말했다. '신이라면, 나를 말하는 것일까? 그래서 까마귀가 자꾸 나타나는 것일까?'

신이는 갈대숲에서 까마귀한테 공격받았던 기억을 떠올렸다. 그 이후로도 까마귀는 신이 앞에 계속 나타났었다. 갑자기 심장이 심하게 요동쳤다. 목소리는 인간을 미워했다. 인간이 사라지고 새로운 종의 탄생을 바라는 것이다. 그러기 위해 신이 자신을 이용해 자기장을 조절하고, 태양의 바람을 원하는 만큼 받아들여 인간이 세운 문명을 무너뜨리려 하고 있었다.

'하필 왜 나를.'

당장에라도 갈대밭으로 달려가 실체 없는 목소리에게 따지고 싶었다.

그때 창 밖에서 까옥거리는 까마귀 울음소리가 들려왔다. 신이는 달려가 밖을 내다보았다. 창문 앞으로 달려가 밖을 내다보았다. 학교 운동장 안에는 몇십 마리의 까마귀가 날개를 펼친 채 낮게 비행하고 있었다. 그곳을 지나가는 사람들은 양팔로 머리를 감싸거나 허리를 숙인 채 걸어갔다. 담장은 까마귀들 때문에 온통 검정으로 뒤덮였다. 담장뿐만 아니라 운동장도 마찬가지였다. 사방이 온통 검정 물감을 뿌려놓은 것 같았다. 다리가 세 개인 까마귀가 맨 앞에서 신이가 서 있는 창문 쪽을 바라보고 있었다. 그중 몇 마리는 창문 코앞까지 날아왔다. 신이가 놀라 주저앉자 바로 방향을 바꿔 날아갔다. 마치 신이가 밖으로 나오기를 기다리는 것 같았다. 신이는 공포감에 몸이 떨려왔다.

"밖에 까마귀들 좀 봐."

한 아이가 소리를 지르자, 몇 명의 아이들이 밖을 보기 위해 우르르 몰려들었다.

"저렇게 많은 새 떼는 처음 봐."

"뭔가 으스스하다."

아이들이 저마다 한마디씩 보탰다.

"나가면 죽을지 몰라."

신이가 나지막이 중얼거렸다.

수업이 끝났다. 까마귀 떼는 크게 이동하지 않은 채 그 자리를 지켰다. 집으로 향하던 아이들은 새 떼에 잠깐 관심을 보였지만 금방 발길을 옮겼다. 한 사람만이 학교 밖으로 나오지 않았다. 신이였다. 신이는 창문을 사이에 두고 세 발 까마귀와 대치상태였다. 까마귀들이 무엇을 기다리는지 알기에 나갈 수 없었다. 까마귀한테 무차별 공격당하는 자신의 모습을 수업 시간 내내 머릿속에 그려 넣었다.

'모두 쪼아댈거야. 머리부터 발끝까지. 눈은 까마귀가 먹어버리고, 심장은 파내어 가져가겠지.

차마 밖으로 나갈 용기가 나지 않았다. 신이는 시계를 봤다. 조금 있으면 찰리의 투약 시간이다. 그 전에는 집에 가야 한다고 다짐했다.

'하지만 어떻게?'

✳

'시간이 얼마 남지 않았어.'

검귀는 하늘을 올려다봤다.

"하늘이 붉어지기 전까지다. 나의 의식이 깨어 있는 시간이. 이번 일에 실패하면 인간의 만행은 계속될 것이고, 검귀 너는 태양의 사자가 되지 못할 것이다."

검귀는 목소리를 실망시키고 싶지 않았다. 덕분에 영혼을 찾은 거나 다름없으니까. 하지만 무언가가 마음에 걸렸다. 정말 인간에게 희망은 없는 것일까. 신이 같은 인간이 신이 혼자뿐일까. 어쩐지 신이를 지켜주고 싶은 마음이 들었다. 그것이 문제였다.

'나오지 마라.'

검귀는 신이를 바라보며 속으로 중얼거렸다.

'버텨라. 그러지 않으면 난 명령대로 할 수밖에 없다.'

＊

시간은 점점 다가오고 있었다. 더 지체하다가는 투약 시
간이 지나버려 찰리는 위험에 빠지고 말 것이다. 신이는 아
버지에게 홀로그램 문자를 보냈다.

30분 후에 저에게 연락이 안 되면 찰리 약 좀 부탁해요.
그리고 끝까지 돌봐주세요. 부탁이에요.

고한성 박사는 홀로그램 문자를 열었다. 오랜만에 온 아
들의 문자라 반가웠다. 그런데 내용이 아리송했다. 마치 다
시는 돌아오지 않을 사람이 남기는 말투였다. 아들에게 중
대한 일이 생긴 것이 분명했다.

"고 박사님, 여기 박사님 아드님이 다니는 학교 아닌가요?"

옆자리 동료가 홀로그램으로 사진을 전송해주었다. 학
교가 온통 시커먼 까마귀 떼로 뒤덮여 있는 사진에 제목은
까마귀에게 점령당한 학교라는 제목의 기사였다.

'가봐야 해.'

다급하게 동물원을 나와 차에 올라탔다.

"신이 학교로."

자율 주행 시스템에 명령을 넣었다.

"시속 2백 킬로미터."

속도위반에 걸리더라도 최대한 빨리 달려가야 했다. 고 박사는 마음이 급했다. 며칠간 무엇 때문에 불안했는지 이 제야 알았다. 올 게 왔다는 생각, 터질 게 터졌다는 생각이 머릿속을 꽉 메웠다. 학교가 가까워져 오자 멀리 시커먼 새 떼가 보였다. 고 박사는 운동장으로 돌진했다.

✳

신이는 어쩌면 새 떼를 무사히 통과 못 할지도 모른다는 생각이 들었다. 그렇다고 넋 놓고 건물 안에 있을 수만은 없 었다. 어떻게 해서든 찰리에게 가야 했다. 무기이자 보호용 으로 의자를 거꾸로 뒤집어 머리 위에 받쳐 들었다. 그리고 건물 밖으로 나갔다. 신이가 밖으로 나오자 까마귀들이 동 요하기 시작했다. 한 마리씩 날아올랐다. 신이는 고개를 숙 인 채 빠른 속력으로 달렸다. 까마귀들은 신이를 쫓았다. 신 이의 머리 높이만큼 몸을 낮추어 신이의 목덜미를 쪼아댔 고, 의자의 틈새로 신이의 머리를 쪼아댔다. 신이는 의자를 휘둘러 새들을 쫓아냈다. 그것도 잠시뿐, 새들은 다시 날아 와 들러붙었다. 쫓아내기가 무섭게 그 자리를 다른 놈들이 대신했다. 수십 번 반복해도 나아질 기미가 보이지 않았다. 이마에서는 어느새 몇 가닥 피가 흐르고 있었다.

'조금만 더 버티자.'

신이는 힘겨운 사투를 벌였다. 앞뒤로 빼곡하게 달라붙

은 새들 때문에 앞으로 나아갈 수도 없었다. 감당하기에는 적들의 수가 너무 많았다. 하마터면 의자를 떨어뜨릴 뻔했다. 떨어뜨리면 끝장이라는 생각에 꽉 붙잡았다. 좀 전보다 더 많은 피가 흘러내렸다. 눈 위로 흘러내리는 피 때문에 앞이 제대로 보이지 않았다. 팔꿈치로 피를 닦아내도 금방 핏물이 눈에 고였다.

＊

검귀는 공격당하는 신이를 지켜봤다. 나오지 말고 버티기를 바랐는데 기어코 나온 신이의 용기에 감탄했다.

'돌보는 개 때문에 나왔을 거야. 분명.'

문득 검귀는 그제야 자신이 머뭇거렸던 이유가 명확해지는 게 느껴졌다. 신이가 돌보는 개. 검귀는 자신에게 인간의 손길이 닿을 거라고 상상한 적이 없었다. 하지만 겨우 한 번 스쳐 간 손길에 다리는 기계로 바뀌었다. 다리를 내려다봤다. 영혼을 빼앗길 뻔한 상황을 떠올렸다. 인간은 무자비하고, 잔인한 동물이었다. 하지만 신이가 개를 보듬는 손과 눈길은 자신이 생각했던 인간의 모습과는 완전히 달랐다.

＊

급브레이크를 밟으며 신이 옆으로 차 한 대가 멈췄다. 아버지의 차였다.

"어서 타!"

기분이 이상할 정도로 아버지가 반가웠다. 평소에 느껴보지 못한 감정이었다. 신이는 무작정 차에 올라탔다. 차는 전속력으로 달렸다. 하지만 까마귀들은 포기하지 않았다. 모든 창문을 부리로 마구 쪼아대기 시작했다. 창문에는 금이 가고 까마귀들은 깨진 틈으로 머리를 들이밀어 신이를 쪼아대려고 했다. 아버지는 자리 밑에 놔뒀던 우산을 꺼내 머리를 쳐 쫓아내느라 바빴다. 자동차 정면 창에도 까마귀들이 달라붙어 앞이 보이지 않았다. 유리가 깨지면 큰일이었다. 까마귀들이 차 안으로 쏟아져 들어오면 속수무책으로 당하는 수밖에 없었다. 신이는 조마조마했다. 신이도 주먹과 발을 사용해 보이는 대로 쫓아냈다.

"좀 더 빨리 달릴 수 없어요?"

신이는 아버지를 재촉했다.

"최선을 다하고 있어."

아버지의 이마에 땀이 맺혀 있었다. 저 많은 까마귀를 당해낼 수 있을지 신이는 걱정스러웠다.

✳

검귀는 하늘을 봤다. 이제 노을이 질 것이다.

'하늘이 벌겋게 되기 전까지라고 했지.'

조금 있으면 목소리의 의식도 잠들 것이다. 검귀는 동물원 수술실을 떠올렸다. 신이가 개를 돌보던 모습도 떠올렸다. 목소리의 명령을 따르면 신이의 개는 어떻게 될지 진지하게 생각했다. 자신처럼 누구에게도 길들지 않은 동물은 상관없지만, 집 안에서 길든 동물은 주인을 잃으면 곧 죽을 것이다. 목소리의 계획은 애초에 무엇을 위한 것이었을까? 신이의 개를 주인 없이 죽게 만드는 것, 목소리가 그토록 경멸하는 인간이 하는 행동과 다를 게 없었다. 검귀는 그렇게 결론지었다.

"모두 그만."

검귀는 동료들에게 신호했다. 검귀의 신호를 들은 동료들은 하나둘씩 신이에게서 떨어져 나왔고, 노을 진 하늘을 향해 날아올랐다.

＊

갑자기 약속이라도 한 듯 까마귀들이 차에서 일제히 떨어져 나갔다. 까마귀들은 더 이상 신이에게 관심이 없어 보였다. 모두 서쪽 하늘을 향해 날아갔다. 신이와 아버지는 까마귀들의 갑작스러운 변화에 어안이 벙벙했다. 그렇지만 바로 안도의 한숨을 내쉬었다.

신이는 악몽을 꾸고 일어난 기분이었다. 차 시트에 쓰러지듯 몸을 기댔다. 깨진 유리창과 곳곳에 들러붙어 있는 깃털투성이들이 눈에 들어왔다.

"차가 엉망이네요…."

신이가 힘없는 목소리로 중얼거렸다. 아버지는 차를 무척 아끼는 사람인데 신이는 그 점이 걱정스러웠다.

"괜찮아. 너만 멀쩡하면 돼. 제일 가까운 병원으로."

아버지가 자율 주행 시스템에 명령했다.

"집으로."

신이가 목적지를 바꿨다. 아버지가 신이를 의아한 눈으로 쳐다봤다.

"찰리한테 가봐야 해요."

"이런 몸으로? 병원부터 간다고 찰리 안 죽어."

"죽을지도 몰라요."

아버지는 한숨을 내쉬고 자율 주행 시스템에다 집으로 가자고 했다.

"고마워요."

신이는 들릴락 말락 한 목소리로 말했다. 아버지가 신이를 돌아봤다. 아버지의 얼굴에 희미한 미소가 피었다. 신이는 아버지에게 어떻게 알고 왔는지 묻지 않았다. 나중에 물어볼 생각이었다. 분명한 건 아버지가 있어서 좋다는 것이었다. 신이는 입가의 핏물을 닦아내며 피식 웃었다.

"그런데 까마귀 떼가 왜 공격한 걸까?"

아버지는 창밖을 내다보며 혼자 중얼거렸다. 그리고 뭔가를 발견한 듯 뚫어지게 쳐다봤다. 길가에 앉아 신이네 차를 주시하고 있는 세 발의 까마귀였다.

"아니, 설마."

"왜요?"

"저 까마귀, 내가 수술하려던 녀석 같아서. 정전되는 바람에 탈출했던 그 녀석."

＊

일주일 후, 갈대숲에서 웅웅거리는 소리는 더 이상 녹음되지 않았다.

고한성 박사는 동물원에 사직서를 냈다. 자신이 수술했던 까마귀가 무리를 몰고 와 아들에게 복수한 것이 분명하다고 동물원 측에 이야기했지만 아무도 고 박사의 의견에 동의하지 않았다. 그들의 동의와 상관없이 어차피 고 박사는 차를 몰고 학교에 들어선 순간 이 일을 그만하기로 마음먹었었다.

아버지가 동물원을 그만뒀다는 소식을 홀로그램으로 전해 들은 신이는 반가운 소식을 찰리에게 말해주려다 이상한 낌새를 느꼈다. 잠든 것 같은 찰리는 숨을 쉬지 않았다.

＊

찰리를 안고 장례식장으로 가는 동안 신이는 다행이라는 생각을 했다. 찰리는 이제 아프지 않을 거니까. 그런데도 눈물은 마르지 않았다. 아버지와 차에서 내린 신이는 장례식장 위를 빙글빙글 도는 까마귀를 발견했다. 오랜만에 보는 까마귀였다. 몇 바퀴 돌더니 까마귀는 어디론가 날아가 버렸다.

찰리를 보내고 돌아온 신이는 전부터 생각해왔던 자원봉사를 지원했다. 조만간 개최될 동물 영화제 진행을 돕는 일이었다. 영화 제작 과정이 담긴 메이킹 필름도 관심 있게 봐두었다. 언젠가 그곳에 서 있을 자신의 모습을 그려봤다.

지원을 마치고 인터넷 창을 내리자 뉴스가 떴다. 플레어 현상에 관한 기사였다. 며칠 전, 미 서부 어느 지역에 플레어 현상이 일어나 몇 군데 정전이 되고, 통신이 끊겼지만 금방 복구가 되었다는 기사였다. 신이는 읽고 뉴스 창을 내렸다.

✳

멀리서나마 찰리를 배웅하고 온 검귀는 갈대밭으로 향했다. 인간은 신이 덕에 지구에서 살아갈 수 있는 시간을 벌었다. 그렇더라도 목소리는 언제 다시 깨어날지 알 수 없다. 그때는 어떤 선택을 할지 검귀 자신도 궁금했다. 일단은, 목소리의 부름을 기다려보기로 했다. 언제가 될지 모르지만.

김유경

동국대학교 문화예술대학원 문예창작학과에서 공부했다. 10대를 위한 SF 소설을 쓰고 있다. 어린이책 작가교실에서 처음 글쓰기 공부를 시작했고 지금도 활동 중이며, 앞으로도 계속 청소년 SF를 쓸 계획이다. 엉뚱한 상상을 좋아하고 현재 아픈 반려견을 돌보며 남양주에서 남편 한 명, 아들 한 명과 살고 있다.

제3회 한낙원과학소설상 작품집 《세 개의 시간》에 〈진로탐색〉이 실려 있다.

을 위하여

___

신지현

시간은 위대한 스승이지만
불행하게도 시간은 그의 제자들을 죽인다.

— 엑토르 베를리오즈

1

사람들은 나를 뭐라고 불러야 할지 처음에는 정하지 못했다. 누구는 살인자일지도 모르는 자, 누구는 정신이상자가 될 우주과학자, 누구는 불쌍하고 불쌍한 우주인이라고 불렀다. 얼마의 시간이 흐르고 나의 이름이 비로소 정해졌다. 나는 살아남은 자가 되었다. 그리고 곧 잊혔다.

구명선에서 홀로 구조된 이후 나는 도시와 멀리 떨어져 외딴곳에 있는 우주인을 위한 요양시설에 들어갔다. 그들은 우주선에서만큼이나 수시로 나를 검사했다. 그곳에서의 일과는 간단했다. 아침에는 침대에서 일어나 내가 정상이라는 것을 증명해줄 작은 퍼즐들을 맞추고, 소리를 지르거나 머리를 식탁에 쿵쿵 찧어대거나 아니면 나처럼 허공을 바라보는 환자들과 함께 아침 식사를 했다. 오후에는 읽을 수 없는 글을 쓰고, 아버지가 만들어 온 과일주스를 마셨다. 그리고 밤에는 꿈을 꾸었다. 결코 잊을 수 없는 그 순간을 끝없이 파고들었다.

세상 어디에서도 나에 관해 언급하지 않게 되었을 무렵에, 그러니까 1년 정도 후에 병원장이 나를 찾아왔다. 시설 어디에서도 그를 본 적이 없었으나 얼굴이 낯설지 않았다. 그는 나에 대한 검사와 실험이 모두 끝났다고 말했다.

"당신은 이제 충분히 건강합니다. 연구를 계속할 만큼 말이죠."

하얀 벽을 등진 그의 얼굴에서 어떤 감정이 미세하게 드러나고 있었다. 그는 나의 반응을 기다리지 않았다. 대신 핀에 관해 물었다.

"나딘 박사님. 당연하겠지만, 핀 슈미츠 박사님을 잘 아시죠?"

눈을 감았다. 핀 슈미츠. 하나뿐인 나의 고모. 내가 아이였을 때부터 손을 잡아 이끌어 멀고 먼 우주로 인도한 것이 바로 그녀였다. 핀은 세계우주기구 소속 수석과학자였고, 세계우주기구가 100년을 이어오던 뉴어스 프로젝트의 후반 책임자 중 한 명이기도 했다. 그녀는 마지막 탐사를 남겨두고 유명을 달리했다. 병원장은 계속되는 나의 침묵에 가까운 시일에 다시 오리라 하고 병실을 나섰다.

병원장이 다녀간 날 밤 나는 어둠 속에서 나의 고모, 핀을 떠올렸다. 점점 희미해져가는 그녀를. 몇 년 전 핀은 뉴어스 프로젝트 탐사에서 예정된 날짜보다 몇십 일이나 늦게 돌아왔다. 그리고 줄곧 캄캄한 방 안에 머물렀다. 방문을 열고 들어가면 핀은 손을 들어 올려 문 사이로 새는 빛을 가리켰다. 방의 어둠으로 빛을 가리고서야 그녀의 곁에 다가갈 수 있었다. 가끔은 그녀의 뒷모습을 보는 것인지, 앞모습을 보는 것인지 가늠할 수 없었다. 그곳에는 어둠의 무수한 기색이 우글거릴 뿐이었다. 그녀는 알 수 없는 말을 중얼거렸다. 그중에서 알아들을 수 있었던 단어는 내 이름뿐이었다. 나단. 그녀의 말은 분명 나를 향한 것이었다.

　그날 밤 나는 다시금 그녀의 말이 들리는 착각에 시달렸다. 내 주위를 끊임없이 맴도는 소리에 몸을 일으켰다. 별안간 우주처럼 새카만 핀의 얼굴이 내 앞으로 다가왔다. 나는 섬뜩함에 다시 침대 속으로 뛰어들었다. 말은 여전히 내 주위를 걸었다. 나는 그 말이 무엇인지 안다. 이전에는 그 말을 이해하려고 부단히도 노력했다. 잠이 들지 않고 연구실의 불을 밝혔다. 그러나 내가 그녀의 말을, 비로소 그녀를 이해하게 된 것은 노웸호를 타고 아득하고도 망막한 우주로 떠나고 난 후였다.

2

차창 밖으로 높이 솟은 관제센터와 발사대가 지나갔다. 건물 벽면에 반사된 햇빛이 나단의 손에서 굴러다니는 검은 끈에 달린 유리구에 묻었다. 위성 하나가 발사되어 하늘로 치솟았다. 낮은 충격파가 지나간 후, 고요를 깨기 위해 창문을 열자 허공을 채운 홀로그램 뉴스가 차 안으로 들어왔다.

"세계우주기구 뉴어스 프로젝트 9의 탐사선 노웹호가 오늘 마지막 탐사를 떠납니다. 서드세티통신센터로부터의 인공전파신호를 추적하여 외계생명체와 외계문명 연구 분야를 개척해온 노웹호는 이번을 마지막으로 지난 10년의 가까운 탐사를 마무리 짓게 되었습니다. 저번 탐사 후 엔진

262

실에서 불의의 사고로 세상을 떠난 핀 슈미츠 박사를 대신
하여….”

나단의 아버지 시몬 슈미츠는 말이 없었다. 나단은 제
자리에서 돌며 입을 움직이는 앵커를 내보내고 창문을 닫
았다. 그리고 고요를 견뎠다. 시몬은 기지 앞에 차를 세운
뒤 한참 후에야 고개를 돌렸고, 또 한참 만에 입을 떼었다.

“나단. 나는 이것이 맞는지 모르겠구나.”

나단은 시몬의 뒤로 보이는 백색의 탐사선을 바라보았
다. 시몬은 나단이 자신의 죽은 누이인 핀을 대신하여 노
웸호에 합류하는 것을 세계우주기구의 공식발표 직전까지
반대했다.

“고모도 이걸 원했을 거예요.”

주름 사이의 두 눈이 무엇을 뜻하는지 알 수 있었다. 그
러나 시몬이 더는 말하지 않았기에 나단은 작별의 뜻으로
아버지를 껴안을 수밖에 없었다.

＊

인파를 제치고 제8기지로 들어서는 그녀에게 연구소 동
료 레이가 반가운 얼굴로 다가왔다. 나단은 다른 대원들처
럼 의무실장이 배치된 검진실로 이동해야 했다. 우주탐사
를 나가는 모든 우주인은 출발 당일에도 검진을 받아야 했
는데, 노웸호 대원들의 경우에는 머릿속의 ‘조각’ 때문에 더

엄격한 절차가 요구되었다. 이번 탐사에 통신장교로 배치된 레이는 들뜬 상태로 나단을 격려하며 쫓아왔으나 검진 대기실의 문이 열리자 그 안의 무거운 분위기를 느끼고는 급히 통신구역으로 돌아갔다. 대기실의 흰 벽을 따라 난 의자에는 엔지니어인 에드가 두꺼운 팔로 팔짱을 낀 채 눈을 감고 있었고, 우주생물학자인 탈레나는 옆으로 비뚤게 앉아 다리를 떨고 있었다. 처음 봤을 때와 마찬가지로 그녀의 에메랄드색 눈동자가 짙은 갈색 피부와 잘 어울렸다.

"왔어요?"

고다만이 그녀에게 목례 대신 말을 걸었다. 그는 나단을 제외한 대원 중 가장 어리고, 쾌활한 구석이 있는 남자였다.

"나는 No. 5예요. 기억하죠?"

나단이 고다가 내민 손을 잡으려고 할 때, 검진실 문이 쾅 하고 열렸다. 부선장 재이였다. 재이는 잠깐 서서 눈을 굴리더니 자신을 부르는 피트의 목소리가 들리자 재빨리 밖으로 뛰쳐나갔다. 의무실장인 피트가 검진실에서 나왔을 때는 이미 대기실 문이 닫힌 후였다.

검진실의 불빛은 지나치게 밝았다. 나단이 누워 눈을 깜박이는 동안 피트는 얼마 전 나단의 머릿속에 이식된 '조각'을 테스트하기 시작했다. '조각'은 노웹호와의 신경접속을 위한 칩으로 다른 대원들에게는 익숙한 장치였다. 신경접속은 예전에는 일반인들에게도 흔한 일이었지만 요즘엔 달랐다. 사람들은 신경 인터페이스에 회의감을 느끼고 있었다. 말하지 않고 움직이지 않고 모든 일을 할 수 있는 것은 생각보다 따분했다. 대중들은 '조각'을 넣고도 대화할 수 있는, 무엇보다 접촉할 수 있는 인공지능을 또다시 원했다.

피트는 검진 내내 모닝커피에 빠진 벌 이야기를 늘어놓았다. 그의 목소리는 나단에게 어느 정도의 익숙함과 안도감을 주었다. 다만 나단은 간혹 머릿속이 찌릿한 느낌에 몇 번 그의 이야기를 놓쳤다. 피트는 생전의 핀과 절친했던 동료였다. 그가 종종 집으로 놀러 와 수다를 늘어놓을 때면 핀은 언제나 그를 '살아 있는 라디오'라고 불렀고, 그때마다 피트는 짧고 굵은 팔다리를 휘저으며 라디오 진행자 흉내를 내곤 했다. 검사를 끝낸 피트가 나단에게 몸에 이상이 없는지 물었다. 나단은 머릿속의 느낌에 관해 이야기했다. 피트는 뭉툭한 손을 턱에 대며 가끔 그런 증상이 나타나지만, 그 이유는 정확히 모른다고 했다.

"노웸이 네 마음의 문을 두드린다고 생각하자꾸나. 어떠니?"

"피트. 전 이제 어린애가 아니에요."

"그래. 나단 슈미츠. 이제 넌 노웸호의 No. 9야. 너도 알겠지만 핀의 숫자란다."

대원들의 번호는 그들이 노웸호와 연결된 순서와 같았다. 핀은 부선장이 된 공학자 재이와 함께 노웸호를 만든 장

본인이었지만, 대원들 중 자신을 가장 늦게 연결했다. 고도의 인공지능인 노웸호의 모든 것을 최대한 관찰하고 이해하기 위해서였다. 노웸호는 대원들과 자신을 연결하여 거대한 거미줄을 만들었다. 대원들은 우주선이 보는 것을 볼 수 있었고, 우주선은 그들이 느끼는 것을 느낄 수 있었다. 백색 유선형의 몸을 가진 우주선은 그들에게 '노웸'이라 불렸고, 노웸 역시 스스로를 No. 1라고 인식했다. 핀은 노웸호의 업그레이드 테스트 날이면 집으로 돌아와 나단에게 종일 이야기하곤 했다.

"노웸은 정말 굉장해. 이미 우리의 목적을 처음부터 끝까지 모두 알고 있어."

✳

"진짜 번쩍이는 게 뭔지도 모르는 것들이 남의 눈이라도 멀게 하려는 거야, 뭐야?"

방송국 기자들 몇이 발사센터 앞에서 플래시를 터뜨리자 에드가 불평을 했다.

에드는 노웸호의 선장 카팔디와 인연이 긴 솔직하고 호기로운 성격의 엔지니어였다. 세계우주기구에서도 탐사 프로젝트마다 합류시키려고 할 만큼 에드를 선호한 시절이 있었다. 그러나 탐사 횟수가 늘어갈수록 그의 성격은 다소 예민하고 부정적으로 변해갔다. 다른 대원들은 익숙한 일인지 그의 노골적인 불평을 흘려 넘겼다. 국장만이 뒤를 한 번 돌아보았을 뿐이었다. 단체 사진 촬영이 끝나자 앞줄 중앙에 섰던 국장이 선장 카팔디와 함께 대원들에게 다가왔다. 우주선을 타본 적이 없는 호리호리한 체형의 국장과 근육질의 몸에 허연 턱수염을 기른 선장은 상당히 대비되는 모습이었다. 국장은 나단의 두 손을 잡고 핀의 일은 유감이며 다음 세대로서 앞으로 부탁한다는 말을 연설하는 어조로 읊기 시작했다. 국장의 말이 끝나기도 전에 에드가 팔짱을 낀 채 국장에게 걸어갔다.

"마지막인만큼 이번에도 잘해주리라 믿네만….."

"맷은 어떻게 된 겁니까?"

국장이 무슨 뜻인지 알 수 없다는 표정을 짓자 에드가 덧붙여 말했다.

"No. 8 맷 베이트먼 대원 말입니다."

그제야 국장은 무슨 말인지 알겠다는 표정이었지만, 선장 카팔디의 어깨를 툭 치고는 자리를 떠버렸다.

"출발 며칠 전에 우주 우울증이라니 말이 됩니까?"

에드는 이빨을 씹더니 이번에는 선장에게 물었다.

핀의 동료 우주과학자 맷은 일주일 전 정식 검진 때에 모습을 드러내지 않았다. 하루 뒤, 그가 정신 검진에서 부적격 판정을 받았다는 소식이 전해졌다. 성격상 겉으로 드러내지 않았더라도 그가 오랜 동료인 핀의 죽음에 깊이 슬퍼

했으리라는 것은 누구라도 짐작할 수 있었다. 그러나 맷이 평소처럼 괴짜 같은 모습으로 농담을 즐기며 밝은 분위기를 유지했기에 당시에 모두가 매우 놀랐다.

"심각한가요? 연락이 전혀 되지 않던데요."

고다의 걱정스러운 물음에 선장은 심각한 상태는 아니지만 당분간 안정이 필요한 상황이며, 이 결정은 무엇보다 맷과 대원들의 안전을 위한 것임을 강조했다. 의무실장인 피트는 첨언하지 않다가 에드의 시선을 느꼈는지 의약품 목록을 한 번 더 확인한다며 고다를 끌고 가버렸다. 모두 탑승을 준비하는 상황에서 나단만은 자리를 뜨지 않았다. 그녀의 머릿속에 물음이 떠올랐다.

"그럼 노웸의 재프로그래밍은 어떻게 된 거죠?"

나단의 질문에 부선장 재이가 걸음을 멈추고, 선장에게 시선을 옮겼다. 노웸호는 자신과 여덟 명의 대원들로 조직된 완벽한 인식체계를 가진 인공지능이기 때문에 대원 중 한 명이라도 공석이 생기거나 다른 이로 대체될 경우 인간으로 치면 뇌 신경 줄기를 모두 다시 짜야 하는 어려운 작업을 필요로 했다. 그 작업은 때마다 소요되는 시간도 상이했지만 최소 열흘 이상 소요된다는 것, 그리고 핀이 그 작업을 노웸을 '이해'시키는 일이라 불렀다는 것을 나단은 알고 있었다.

"노웸은 진화 속도가 매우 빠른 인공지능 우주선이거든."

선장은 망설이지 않고 대답했다.

그리고 궁금한 것이 있다면 부선장 재이에게 물으라고 말했다. 나단은 재이를 바라보았으나 그녀는 이미 등을 돌려 노웸호를 향해 걸어가고 있었다. 그렇기 때문에 재이의 얼굴이 점점 굳어가고 있다는 것을 나단은 알 수 없었다.

＊

"뉴어스 프로젝트 9은 공식적으로 알려진 세계우주기구의 마지막 프로젝트로서 추후 계획은 외우주 자원채굴을 제외하고는 기밀에 부쳐져 있습니다. 3세대에 걸쳐 인류와 같은 문명을 쫓아 위대한 여정을 떠나는 우주인들의 노고에 경의를 표하며…."

노웸호에 앉은 대원들의 귀에 관제센터로부터의 예비 발사 신호가 들려왔다. 뉴스에서는 앵커 멘트 뒤로 노래가 흘러나오고 있었다. 아주 오래된 노래였다. 나단도 핀이 떠날 때 들은 적이 있었다. 가사는 카운트다운을 미리 셌다. 4. 3. 2. 1. 엔진 가동. 점화장치 점검. 신의 가호가 함께하기를.

발사와 함께 점화된 엔진의 굉음이 들려왔다. 노웸호는 인류의 희망과 실망 속에서 드디어 번쩍이는 암흑 속으로 날아갔다.

3

조종실 중앙에 목적지 행성과 자기장 신호가 홀로그램으로 나타났다. 행성에서 뿜어져 나오는 녹색선 다발이 지구까지 이어졌다. 지금도 그 신호가 유효하다는 뜻이었다. 선명한 녹색 광선의 깜박임을 응시하던 나단은 순간 무언가 뒷목과 머리를 스치는 감각에 뒤를 돌았다. 그러나 조금 전 호출을 받고 걸어왔던 흰색의 복도만이 길게 나 있을 뿐이었다. 나단은 물음표를 담은 고다의 눈짓에 미소를 지어주고 부선장 재이의 브리핑에 다시 집중했다.

노웸호의 마지막 탐사 목적지는 강력한 인공신호의 진원지인 카플란 은하였다. 정확히는 은하의 2번과 3번 나선팔 사이에 있는 CP268행성계에 속한 CP268b행성으로, 거주 가능지역으로 분류된 CP268c와 CP268e도 탐사 대상에 포함되어 있었다. 고다가 항로 설정에 관해 설명하려 하자 탈레나가 이해가 안 된다는 듯 선장에게 말했다.

"268d도 탐사 대상이었잖아요."

"그 행성은 거주 가능지역에서 제외되었네." 선장은 홀로그램에서 눈을 떼지 않은 채 대답했다.

"알아요. 대신 로버는 내려보내기로 했잖아요."

선장은 접근 자체의 위험성과 착륙선을 잃을 수 있는 환경, 무엇보다 세계우주기구에서 수정하고 확정한 계획은 변경이 불가하다는 입장을 내보였다.

"탐사선의 안전이 최우선이야. 자네도 익히 알고 있겠지만."

"그것 참 편리한 변명이군요. 그 기구라는 작자들이 저번 탐사에서도 생물학적으로 중요한 행성을 누락시켰잖아요. 거기라도 갔으면 우리는⋯."

"다 죽었겠지." 에드가 자리에 털썩 앉으며 말을 이었다. "그게 나을지도 모르겠어, 젠장. 아무것도 없는 것도 지겨워서 죽을 지경이라고."

남 이야기하듯 내뱉는 에드를 탈레나가 황당하다는 듯 쳐다보았다. 선장은 에드의 말을 무시하고 고다에게 항로 검토를 지시했다. 설정된 항로가 화면에 나타났다. 노웸호는 열흘 뒤 워프 지점으로 진입할 예정이었다. 그러나 고다의 설명을 듣는 이는 아마도 선장뿐이었다.

에드는 입으로 누군가의 이름을 소리 없이 되뇌었다. 핀 슈미츠. 핀. 슈미츠. 20여 년 전 찾아와 선장의 이름을 대며 워프 엔진과 항법에 관해 묻던 과학자. 작은 몸집에 튀어나온 눈을 가진 그녀를 따라 프로젝트에 발을 들인 지 벌써 20년이었다. 그는 스스로의 인생이 낭비당했다고 느꼈다. 어릴 적 자신이 떠나온 고향집을 둘러싼 조용한 농장이 떠올랐다. 고향에 정착하여 땅을 일구고 가정이라도 이루었다면 생을 헛되이 보냈다는 느낌이 들지 않았을지 궁금했다. 그토록 무료했던 그곳과 비교하면 이 항해는 놀라운 일이었다. 여전히 지나치게 놀라운 일이었다.

회의가 끝난 후의 조종실은 고요했다. 아니, 고요하기보다 적막에 가까웠다. 노웸호에 승선한 후부터 나단은 뒷목에 느껴지는 어떤 기운에서 벗어날 수 없었다. 가끔은 사방에서 기척이 느껴지는 듯했다. 고다는 노웸호와의 접속 후유증이라고 했다.

"노웸은 항상 우리를 보고 있거든요. 선체가 우리와 눈을 마주하고 있다고 생각하면 쉬워요. 모든 것이 담겨 있는 눈요."

그 말을 알아들을 수는 있었지만 자신이 적응하기까지는 오래 걸리리라 나단은 생각했다. 그토록 원하던 외우주에 나와 별 사이를 가로지르는 일은 경이로웠다. 접속을 통해 노웸 앞에 펼쳐진 우주를 볼 때마다 가슴이 벅차오르기도 했지만 두렵기도 했다. 눈을 '마주한다'는 것도 마찬가지였다. 나단은 유리구에 달린 검은 줄을 손목에 감았다. 그렇게 하면 유리구를 원하는 때에 잡을 수 있었다. 그러면 핀이 옆에 있는 듯한 기분이 들었고, 조금은 마음의 안정을 찾을 수 있었다.

노웸호는 인간 신체의 패턴에 맞춰 24시간 주기의 하루를 제공했다. 고다가 설명한 '열흘'은 그 주기에 따른 것이었다. 첫 번째 날 저녁까지 대원들은 각자의 일에 집중했다. 우주식 한 명분이 더 제공된 것 빼고는 별일은 없었다. 하지만 그 일 때문인지 부선장 재이는 식사를 거른 채 조종실로 돌아갔고, 고다가 그 뒤를 쫓았다.

재이는 출발 후부터 종일 노웸호의 시스템을 스캔했다. 문제는 발견되지 않았다. 고다를 방으로 돌려보낸 후 다시 자리에 앉은 재이는 생각에 잠겼다. 핀은 노웸이 스스로 사고할 수 있으므로 더욱 엄밀하고 적확한 지도를 그리려고 노력했고, 노웸은 그 길을 벗어난 적이 없었다. 핀은 노웸이 자신의 목적을 한 치의 오류 없이 따라오기를 원했다. 재이 역시 그런 그녀를 길잡이 삼아 따랐다. 무수한 신호 중 그들이 갈 수 있는 행성계는 한정되어 있었다. 핀은 지금은 그 한계를 극복하는 과정일 뿐이며 그것이 자기가 해야 할 몫이라고 여겼고, 언제나 그 일에 몰두했다. 에드는 점점 그 과정에 평생을 쏟아붓는 것에 대해 의문을 가졌다. 문제는 재이도 이전처럼 자신 있게 반박할 수 없다는 것이다. 아무것도 발견하지 못하는 황량한 시기를 누가 경험하고 싶겠는가. 간혹 들리는 우주산업에 대한 고질적이고 무지한 비난에도 반응하고 싶지 않았다. 아무도 모른다. 신호를 따라 먼 은하로 떠나는 일을, 노웸호와의 접속을 경험하지 못한 사람은 아무것도 모르는 것과 같다. 실망의 무게를 아는 사람은 그 무게에 짓눌린 대원들뿐이다.

노웸의 변화는 1년 전부터 예상을 빗나가기 시작했다. 일곱 번째 탐사에서 특별한 일은 없었다. 오히려 그 탐사는 이제까지의 탐사 중 가장 소극적이고, 안전한 탐사였다. 아마도 여섯 번째 탐사의 영향이 아닌지 의문스러웠다. 탐사 중 노웸이 일시적으로 정지된 적이 있었다. 당시에는 핀조차 원인을 찾지 못했고, 이후에 특정한 오류가 발견되지 않아 일시적인 것으로 결론지어졌다. 재이가 우려하던 일은 출발 며칠 전에 일어났다. 노웸은 맷 베이트먼 대원을 순식간에 자신의 인식체계에서 지워버렸다. (나단이 알고 있듯이 노웸의 재프로그래밍에는 일정 시간이 필요하다.) 그 비약적인 변화를 이해할 수 없어 바로 보고했으나 선장과 세계우주기구는 기록만 명할 뿐, 상당한 기간을 필요로 하는 테스트를 탐사 종료 뒤로 미루었다. 선장은 이번 탐사를 마치면 노웸호의 권한을 재이에게 전임할 것을 약속했다. 그러나 재이는 더 이상 노윔을 원하지 않았다. 혹은 노윔이 자신을 원하지 않는다는 참으로 인간적이고 천진한 생각마저 들었다. 과거의 바로 그 순간부터. 아니면 핀이 사라진 순간부터. 생각에 잠겨 있던 재이는 순간 자신의 눈을 의심했다. 전면창으로 자신의 뒤에 서 있는 누군가가 희미하게 보였다. 그것은 서서히 그녀에게 다가서고 있었다.

"핀?"

재이는 곧 그 이름을 부른 것을 후회했다. 나단이 피트가 준 액체 영양식을 들고 당황한 얼굴로 서 있었다. 재이는 나단에게 미안한 미소를 지었다. 나단은 어색한 표정으로 고개를 끄덕였다. 영양식을 전달하자마자 나단은 흰 복도를 빠른 걸음으로 지나쳐 자신의 방으로 돌아왔다. 핀. 고모를 부르던 재이의 힘없는 목소리가 귀를 맴돌았다. 그리고 그 이름을 부르던 그녀의 얼굴도. 그 얼굴은 노윔호의 적막을 닮았다. 그녀는, 그리고 대원들은 모두 지쳐 있었다. 100년 간 진행되어온 프로젝트의 결과가 반복에 반복을 거듭한다면, 당연한 일이다. 그들은 기력이 쇠한 말과 같아서 여유란 없고, 그 탓에 서로에게 실망한 것이다. 그들의 희망은 소진되었다. 인간은 우주의 시간을 셀 수 없다. 그래서 다음 세대가 필요하다. 아직 희망으로 가득 찬 새로운 인간이. 국장의 입발림 소리는 나단의, 진정한 단 하나의 목적이었다. 계속하는 것. 핀에게 들은 마지막 말이 기억났다.

나단.

그곳에 무언가가 있어.

나단은 카플란 은하 자료를 방에 띄웠다. 핀이 원하던 것
을 들어줄 자신이 있었다.

✳

나단의 선잠을 깨운 것은 방 안을 비추는 벌건 비상벨이
었다. 선명한 붉은 빛이 우주까지 퍼져나가는 듯한 착각 속
에서 나단의 눈앞에 조종실 공간이 스쳐 지나갔다. 노윔이
전송한 이미지였다. 고다가 조종석 앞에서 무릎을 꿇고 있
었다. 고다가 붙잡고 있는 것은 누군가의 오른손이었다. 대
원들은 조종실로 달려갔다. 적막이 몸을 키웠다. 고다의 울
음소리가 그것을 뚫고 나왔다. 재이가 죽었다.

4

의무실장 피트는 죽음의 원인을 돌연사라고 결론 내릴 수밖에 없었다. 기록에 의하면 부선장 재이는 나단이 떠나고 어느 순간 조종석에 앉은 채 숨졌다. 그리고 그 자세 그대로 고다에게 발견된 것이다. 자살 또는 타살의 가능성도 찾기 어려웠다. 그녀는 단지 어느 순간 숨을 모조리 빼앗긴 것처럼 보일 뿐이었다. 선장은 규정대로 세계우주기구에 보고하고 귀환을 요청했으나 기구는 거부했다. 돌연사라면 재정을 낭비하면서 돌아올 이유가 없으니 탐사를 마치라는 것이었다. 결국 재이는 시신인계규정에 따라 동면장치에 보관되었다.

고다의 손에 재이의 눈이 감겼다. 동면장치의 덮개가 닫히고, 고다의 흐느끼는 소리만이 의무실을 채웠다. 대원들은 침통한 표정으로 푸른 유리 아래의 재이를 바라보았다. 그녀는 이제야 잠이 든 것 같았다. 발견 당시 그녀는 눈을 뜨고 있었다. 놓칠 수 없는 무언가를 바라보고 있는 것처럼. 그러나 그 앞에는 끝없이 펼쳐진 암흑만이 가득했다. 시간이 지나자 에드는 고다를 부축하여 나갔고, 의무실장 피트가 선장실에서 돌아왔다. 나단은 아까부터 손을 심하게 떠는 탈레나에게 다가갔으나 그녀는 오히려 나단을 피해 재빨리 문밖으로 나갔다. 피트는 그 모습을 멍하니 바라보다 재이에게로 시선을 옮겼다. 슬픔이 그의 얼굴을 어루만졌다. 그는 입을 벌린 채 동면장치에서 눈을 떼지 못했다. 나단은 오랜 시간을 함께한 동료를 또다시 잃은 그에게 차마 다가갈 수 없어 의무실을 나와 문을 닫았다.

✳

피트는 의사로서 재이의 죽음을 예상하지 못한 것에 큰 죄책감을 느꼈다. 모든 것이 검진기준에 근소한 차로 자격미달인 것을 눈감아준 자신의 탓인 것 같았다. 그녀는 원체 허약한 체질이었으나 피트의 관리시스템을 철저히 지키며 체력 관리를 충실히 해왔다. 그러나 근래 체력 관리에 전혀 신경을 쓰지 못했고, 결과는 뻔한 일이었다. 처음에는 피트의 충고에도 불구하고, (전혀 그녀답지 않게) 부선장이라는 직책을 방패 삼아 그의 의견을 무시했다. 피트가 태도를 바꿔 강경한 태도를 보이자 그제야 간곡하게 그에게 부탁했다. 이번 탐사가 끝나야 자신이 이 일에 끌어들인 고다가 승진을 할 수 있으며, 그래야 세계우주기구가 사업을 축소해도 조종사로서 살아남을 수 있다고 했다. 한없이 절망적인 얼굴을 한 그녀의 간청을(그 이유가 전부가 아닐지 모른다고 생각했으나) 피트는 결국 받아들였다. 그리고 후회했다. 그를 한층 더 괴롭게 한 것은 이 상황이 핀과 맷의 경우와 그다지 다르지 않다는 생각 때문이었다. 그는 이 사건들이 우주 우울증과 관련되어 있을 것이라고 짐작했다. 우주 우울증이란 우주인들이 겪는 트라우마와 정신적 문제를 통칭하는 말로 확실히 규정된 적은 없지만, 한편에서는 산발적이고 개인적인 상태로 치부되는 질병이었다. 선장은 피트에게 대원의 죽음은 자신이 책임진다는 말로 논의를 끝내려 했다. 선장은 기구 사람들처럼 우주 우울증에 관한 이야기를 컬트 종자들의 과대망상이라고 여겼다. 그러나 피트는 우주 우울증이 분명하게 정의되지 못하는 이유가 지나치게 돌연한 성질을 가지고 있어서라고 생각했다. 그것은 숨을 죽이고 깊은 곳에 숨어 있다가 언제 어디서 숙주를 갉아먹을지 모르는 예측불허의 문젯거리였다. 결코 가벼운 증상 따위가 아니었다.

"다시 한 번 말하지만, 모든 책임은 내가 지네."

선장은 그렇게 말했지만, 선장 자신에게라면 몰라도 피트에게 책임은 중요한 것이 아니었다. 죽음은 그들을 선택했고, 그것으로 끝이었다. 그들의 죽음이 의도된 일이었건 아니었건 간에. 혹 그가 영원히 설명할 수 없는 일일지라도.

*

7. 숫자 홀로그램은 얼마간 조종실 중앙을 돌다 사라졌다. 나단은 에드를 떠올렸다. 그가 No. 7이었기 때문이다. 아마도 지금 그가 노웸과 일하고 있는 것 같았다. 그녀는 재이가 앉았던 조종석으로 다가갔다. 고다가 잡았던 창백한 손과 가는 팔, 그리고 모든 것을 잃은 차가운 얼굴. 그녀가 보고 있던 것은 무엇이었을까. 나단은 앞을 바라보았다. 어둠 속에서 별들이 뾰족한 호흡을 토해냈다. 저 호흡 하나는 인류에게는 영원과 같다. 나단의 입에서 깊은숨이 빠져나왔다. 다시금 뒷머리로 옅은 소름이 올라갔다. 마치 누군가의 손이 내려앉는 기분이었다. 천천히 암흑이 그녀의 주위를 둘러쌌다. 우주를 항해하는 노웸은 어떤 기분일까. 앞뒤도 구분할 수 없는 텅 빈 어둠을 헤매는 기분은.

"여기서 뭐 하는 거예요?"

나단이 뒤를 돌았다. 눈앞을 가렸던 암흑은 사라졌다. 탈레나가 조종실 입구에 서 있었다. 그녀는 같은 질문을 반복했다. 그리고 나단이 대답하기 전에 다시 물었다.

"도대체 왜 노웸호에 탔죠?"

그녀가 나단이 우주과학자로서 합류했다는 사실을 모를 리 없었다.

"당신도 알잖아요."

"내가 알고 있다고 생각해요?"

나단은 계속해서 자신을 괴롭히는 머리의 증상이 신경 접속의 후유증이 아니라 지나친 긴장과 스트레스 때문인지도 모르겠다고 생각했다. 알 수 없는 질문을 던지며 적대감으로 일그러진 탈레나의 얼굴이 그 증상을 더욱 증폭시켰기 때문이다.

"네. 모두가 알고 있으니까요."

그 대답을 마지막으로, 나단은 불신으로 가득한 탈레나의 눈빛을 지나 방으로 향했다. 침대에 누워서도 증상은 좋아지지 않았다. 꼭 머리 가죽 밑으로 무언가 기어오르는 듯한 느낌까지 들었다. 나단은 결국 침대에서 일어나 흰 복도를 걸었다. 진찰을 받아야 할 것 같았다. 누군가와 대화를 나누고 싶기도 했다. 탈레나가 자신에게 왜 부정적인 태도를 보이는지도 알고 싶었다. 의무실에는 아무도 없었다. 멀찍이 재이만이 동면장치에 잠들어 있었다. 피트의 휴식을 방해하고 싶지 않던 나단은 재이에게로 발길을 옮겼다. 나단의 발에 묵직한 것이 닿았다. 그녀의 시선이 서서히 아래로 떨어졌다. 나단은 피트를 제외한 모두를 호출했다. 붉은빛이 다시 노웸호의 하얀 벽을 물들였다. 재이가 죽은 지 14시간 만이었다.

✳

피트의 몸 위로 검은 하늘이 지나갔다. 그는 마치 가만히 누워 허공을 응시하는 조각상처럼 보였다. 노웸호는 그의 시신에 관해 '이상 소견 없음'이라는 분석 결과를 내놓았다. 대원들의 불안감 속에서 피트 또한 동면장치에 보관되었다. 나란히 누운 재이와 피트의 얼굴은 닮은 데가 있었다. 마지막 표정이 가장 그러했다. 노웸호 안에 이전과는 다른 공기가 자신의 껍질을 깠다. 그것의 탄생은 세계우주기구와의 교신 후 급속도로 불어나기 시작했다. 기구는 귀환을 거부했다. 탐사를 마쳐라. 국장은 이전과 같은 공간에서 같은 말투로 같은 문장을 읊었다.

"임무를 완수하라."

교신은 곧바로 끊겼다. 선장은 처음으로 기구의 반응과 명령을 어떤 측면에서도 이해할 수 없었다. 탐사 중 두 명의 대원을 잃었고, 원인도 알 수 없었다. 선장은 대원들에게서 등을 돌렸다. 기구의 결정을 이해할 시간이 필요했다. 그는 우선 모든 대원에게 조종실에서 이탈하지 말 것을 지시했다. 그러자 에드가 말했다.

"맷에게 교신하는 수밖에 없습니다."

"그건 불가능해."

선장의 즉답에, 기다렸다는 듯 에드는 다른 심우주 통신망을 통한 교신 가능성을 설명했다.

"그건 명확한 규정 위반이야. 그리고 모든 통신망 기록은 세계우주기구로 보고된다는 걸 알지 않는가?"

"운이 좋다면 추적 전에 끊을 수도 있겠죠. 그렇다 해도 기구 말대로 우리가 다 죽기를 기다릴 수는 없지 않습니까?"

"지금 상황에서는 점검과 조사가 우선이야. 다른 대원들도 물론이고 에드 자네도 평소와 다르거나 특이한 점이 있었다면 보고해."

"그럼 지금 그들을 죽인 병명이라도 밝혀내시겠다는 겁니까?" 에드가 코웃음을 쳤다. "아니면 저희 중에서 살인자라도 색출하겠다는 건가요?"

"그것도 가능성 중의 하나지."

조종실에 긴장감이 감돌았다. 불안한 정적 사이로 누군가가 웅얼거렸다. 고다의 목소리였다. 조종석에 있느라 멀리 떨어져 있는데다 망설임이 가득한 말투 때문에 그의 말은 잘 들리지 않았다.

"고다. 말해."

선장의 다그침 후에야 고다는 겨우 알아들을 수 있을 정도의 크기로 말했다.

"부선장님이. 노웸에 핀이 있는 것 같다고 했어요. 죽기 전날에 그랬어요. 가끔 혼잣말로 누군가랑 얘기하는 것 같기도 했고. 그런데 저는 그냥 부선장님이 핀을 너무 그리워해서 그런 거라고 생각해서…."

"고다. 핀은 죽었네."

선장의 말이 나단의 귀에 박혔다. 에드는 고다의 말처럼 재이가 핀을 너무 그리워한 것뿐이라며, 이런 헛소리를 듣느니 교신을 준비하는 것이 옳지 않겠냐고 선장에게 말했다. 그때 탈레나가 낮은 목소리로 말했다.

"고다 말이 맞아. 누군가가 있어. 하지만 핀은 아니야. 저 사람이지."

탈레나의 시선이 어딘가에 꽂혔다. 다른 모두의 눈도 그쪽을 향했다. 나단은 아무 말도 하지 못한 채 자신을 응시하는 탈레나와 대원들을 바라보았다.

"네가 우리를 항상 지켜보고 있었지. 그 눈으로. 난 알고 있어."

"탈레나. 내가 저번에도 말했지만, 나단이 대원들을 왜 죽이겠어?"

선장이 말했다. 그 말은 그녀의 의심이 처음이 아니라는 뜻이었다.

"재이와 피트가 죽기 전에 마지막으로 본 사람이 나단이 었잖아요. 왜인지는 저 애만 알지, 내가 어떻게 알아요? 핀처럼 미친 걸 수도 있잖아요."

"핀은 미치지 않았어요." 나단은 그제야 말하며 자리에서 일어났다.

"이봐. 나는 지금 이 상황을 지속할 생각이 없어." 선장이 단호하게 말했다. "지금 중요한 건 서로를 의심하고 공격하는 것이 아니야. 그리고 자네 때문에 고다가 쓸데없는 기록 점검까지 모두 처리했어."

누군가의 코웃음 소리가 들리는 가운데, 나단이 놀란 눈으로 선장을 쳐다보았다.

"자네가 진실로 나단을 살인자로 생각한다면, 증거를 가져와. 하지만 그전까지는 입 다물고 있게."

인간은 공포에 몰리면 그 대상을 정의하고 없애려는 속성이 있다. 선장은 탈레나의 이상행동이 그것에 기인한다고 확신했다. 아니, 확신하려고 노력했다. 에드는 탈레나의 어깨에 손을 얹어 여전히 격앙된 그녀를 억지로 앉혔다. 선장은 말했다.

"고다. 기구에 교신 요청을 하게. 다시 귀환 요청을 시작한다."

"소용없습니다. 우리를 이해해줄 사람은 맷뿐이라는 것을 아시잖아요."

"그만해. 에드."

결코 굽힐 생각이 없는 에드의 주장을 끊은 사람은 이제는 선장에게로 고개를 돌린 탈레나였다. 탈레나는 무슨 말이라도 하듯 선장의 눈을 똑바로 쳐다보았다. 선장은 그녀의 눈을 피하지 않았다.

"탈레나."

선장이 그녀의 이름을 불렀다. 잠시의 침묵이 흘렀다. 탈레나가 입을 열었다.

"맷은 죽었어요. 자살했다고요."

에드의 손이 그녀의 어깨에서 떨어졌다.

"맷이 죽었다고?"

선장이 매서운 눈을 감았다 떴다. 그의 고개가 미세하게 아래로 꺾였다. 맷이 왜. 에드의 물음이 적막 속으로 가라앉았다. 고다는 탈레나가 뭔가 잘못 알았을 거라며 묻고 또물었다. 탈레나는 맷이 자살했으며 자신이 보았다고, 그러나 세계우주기구와 선장이 침묵할 것을 요구했다고 말했다. 대원들은 무언가를 얻어맞은 듯 선장을 바라보았다. 에드는 충격을 받은 얼굴로 고개를 저으며 말했다.

"설마 탐사보류 때문이라고는 하지 말아요."

선장은 고개를 들지도, 대답을 하지도 않았다. 세계우주기구는 몇백 년의 탐사 역사를 통해 여러 규정을 정립했다. 탐사보류 규정도 그중 하나였다. 탐사에서 돌아온 대원 중두 명 이상에게서 유사한 질환이나 후유증이 발견될 경우, 그 탐사를 영구 보류하는 규정이었다. 오랜 시간이 지나도 인간들은 우주에서 스스로가 무엇을 가지고 들어올지 예상할 수 없었다. 호전적인 외계인. 생명을 전멸시킬 바이러스. 우주인들은 보다 미지의 것에 시달렸다. 의무실장이었던 피트는 우주 우울증이 그런 보류대상에 들어가야 한다고 주장했다. 우주 우울증이라고 포괄되어 불리는 정신적 상태가 정확히 파악되지 않았을뿐더러 무엇보다 전염 가능성을 염려했기 때문이다. 그러나 세계우주기구에 막대한 재정적 피해를 주는 이 보류규정이 적용된 적은 거의 없었다. 맷의 죽음은 단순 자살이라고 판명 났지만, 피트는 핀의 사고사도 맷의 죽음도 우주 우울증과 관련이 있을지도 모른다고 믿었다. 고다는 출발 전 피트가 자신에게 한 부탁의 의미를 깨달았다.

"그래서 피트가 추가로 약물을 가져왔군요."

고다는 피트가 확인되지 않은 약물을 들이는 것을 고민했지만, 그를 믿고 허락했다. 재이 때문이라고, 최악의 상황을 대비하는 것뿐이라고 생각했던 것이다.

"맷은 우주 우울증으로 죽은 것이 아니야. 전염은 더더욱 비과학적인 소리네."

"그럼 왜 피트가 전염을 걱정했죠? 모르시겠습니까? 피트는 우주 우울증이 죽음에 이르게 한다고 믿은 거예요."
에드가 선장의 말에 반발했다.

"그런 건 세계우주기구를 공격하는 자들의 픽션이네. 자네도 믿는 것은 아니겠지. 우주인 전부를 부정하는 인간들의 헛소리를."

아래로 꺾인 목 위에 무언가 묵직한 것이 내려앉은 듯 선장은 고개를 들지 않았다.

"피트는 우리를 살리려고 한 겁니다. 자신이 맞다면 위험해진다는 걸 알고 있었다고요. 그런데 선장 당신은…."

선장이 주먹으로 조종석을 내리쳤다.

"세계우주기구는 모든 데이터베이스를 기반으로 결정을 내려. 그리고 규정과 법칙을 만들지. 정신의 전염은 그 안에 없었어. 그리고 한 가지를 더 말하자면 지금 내가 자네에게 하는 말이 법칙이자 명령이야. 에드. 자리로 돌아가게."

에드는 자리로 돌아가는 대신 선장에게로 걸어갔다. 그리고 말했다.

"카팔디. 당신은 왜 똑같은 실수를 반복하는 거지?"

선장 카팔디가 고개를 들었다.

"쓸데없는 수작은 부리지 말게."

"당신이 오래전에 죽게 내버려둔 대원 말이야. 슬픔을 느끼지 못하는 인간은 여기 당신뿐인가."

"그건 사고였어. 자네도 그 자리에서 봤잖아."

"맞아. 그땐 당신도 어렸지. 그러나 지금은 당신 탓이야. 앞으로 일어날 죽음 전부. 우리 대원들의 죽음도 전부 당신 탓이야. 만약 우리가 그곳에 가지 않았다면…."

선장 카팔디의 한 손이 에드의 어깨를 세게 붙잡았다. 나머지 대원들이 자리에서 일어났다.

"더 분란을 일으키면 명령 불복으로 독실에 가두겠네."

정적이 흘렀다. 선장의 말이 이어졌다. 모두 위치로 돌아가. 교신을 시작한다. 선장은 다시 우주로 몸을 돌렸다. 에드는 멈추지 않았다.

"당신이 신인가? 아니야. 카팔디. 어떤 세계에서도 절대로 당신은 신이 아니지."

에드는 이 모든 것을 지켜본 나단에게 고개를 돌렸다.

"나단. 너는 핀이 왜 죽었는지 알아?"

5

내가 기억하는 핀에 관한 가장 강렬하고도 기묘한 순간은 그녀가 어둠 속에 잠겼다가, 어느 날 갑자기 문을 열고 나온 찰나다. 고모의 얼굴은 매우 맑았으며 심지어 희미하게 미소를 띠고 있는 듯했다. 병원장은 첫 방문 이후로 나에게 노웸호 관련 자료들을 가져다주기 시작했다. 그 안에는 내가 합류한 마지막 탐사 전에 작성된 피트의 비공식 보고서도 있었다. 종이에는 정돈되지 않은 필체로 아래와 같이 적혀 있었다.

나의 의학으로 파악할 수 있는 상태인지 의구심이 든다. 핀은 마치 수도승과 같다. 이제까지 보고된 우주 우울증 증상과도 상이한 면이 있다. 그녀의 증상은 오히려 우주적 우울증이 아닌가….

방에서 나온 고모는 아무 일 없었다는 듯 일곱 번째 탐사를 준비하기 시작했다. 아버지와 의무실장 피트는 반대했다. 그러나 검진에서도 이상이 없다는 결과가 나왔기 때문에 그녀의 의지를 꺾을 수 있는 방편은 없었다. 세계우주기구도 그녀가 이제까지 지나치게 열심히 일했고, 그 때문에 피로해져 잠깐 휴식을 취한 것이라 여겼을 뿐이다. 그러나 나는 언젠가부터 그녀가 낯설었다. 그녀의 망설임이 없는 느릿한 행동들이 나에게 기이하고도 묘한 느낌을 주었다. 그 느낌을 다시 받았던 것은 내가 노웸호에 탔을 때였다. 탈레나가, 두려움에 목 졸려 발버둥 치던 훌륭한 우주생물학자가 완전히 틀린 것은 아니었다. 내가 처음 노웸호에게 받았던 어떤 기운을 아마 그녀도 느낀 것이다.

고모가 일곱 번째 탐사를 준비할 때 아버지는 나에게 이상한 요구를 하기 시작했다. 내게 일을 그만두라고 지속적으로 그리고 집요하게 이야기했던 것이다. 나는 핀의 연구가 집약된 뉴어스 프로젝트를 기반으로, 심우주 연구에 깊이 빠져있었다. 우리는 점점 더 멀리에서, 바깥에서 오는 신호를 잡아낼 수 있었다. 놀라운 것은 더 깊은 우주에서 올수록 신호는 강력하고, 명확한 경우가 많았다. 나는 핀이 그랬듯 그것에 사로잡혔다. 오랜 과거에 외계문명의 열쇠가, 우주의 비밀이 있다.

고모는 결국 일곱 번째 탐사의 목적지인 성 베아투스 은

하로 향했다. 흰 선 위로 뻗어 나가는 노웸호 아래에서 나
는 겁이 났다. 4개월 후, 모든 대원의 무사귀환을 확인하고
나서야 잠이란 것을 잘 수 있었다. 아무도 연구소 침대에
쓰러진 나를 깨우지 않았다. 며칠 뒤에 나는 처음으로 모든
노웸호의 대원들을 한 자리에서 만났다. 사고가 있었다고
했다. 핀은 귀환한 지 4시간 만에 선내에서 사망했다. 머릿
속의 조각도 분리하지 않은 채였다.

6

나단은 본능적으로 유리구를 잡으려고 했다. 그러나 손에 쥐어지는 것은 아무것도 없었다. 노웸호 전체에 울려 퍼지는 경고음과 짙고도 선명한 붉은빛이 그녀를 휘감았다. 에어락 수동 잠금 해제. 에어락 수동 잠금 해제.

"너는 핀이 왜 죽었는지 알아?"

그 물음에 도망치듯 뛰쳐나간 것은 누구도 아닌 탈레나였다. 그녀는 마치 극도로 추운 환경에 내몰린 사람처럼 몸을 떨며 에어락 앞에 서 있었다. 대원들과 함께 그녀를 뒤쫓은 선장은 조종실에 남은 고다에게 에어락 해치를 강제로 잠글 것을 지시했다. 탈레나는 떨리는 목소리로 말했다.

"그곳에 가는 게 아니었어요. 그 신호를 따라가는 게 아니었다고요."

"그래. 맞아. 내 판단이 잘못되었지. 다 내 책임이야."

선장의 말에 탈레나는 가쁜 호흡 사이로 울먹이며 소리
쳤다.

"카팔디, 당신이 뭘 잘못했죠? 우리가 뭘 잘못했죠? 우리
는 찾아야 했을 뿐이에요. 그게 우리 임무니까. 그런데 왜.
나한테 이런 일이 일어나는 거죠?" 탈레나는 어지러운 듯
손을 이마로 가져갔다. 나단은 그녀의 손에서 흔들리는 자
신의 유리구를 보았다. 탈레나가 숨을 몰아쉬는 동안 에드
가 감정을 억누른 부드러운 말투로 말했다.

"탈레나. 넌 잘못이 없어. 재이도, 맷도, 피트도, 핀도. 우
리 전부. 그러니까."

탈레나의 눈빛이 돌연 변했다.

"핀은 저주받은 거야. 노웸호 밖으로 나가서는 안 되었
는데. 그 끔찍한 시체들 속으로 들어가서 그걸 보려고…."

"닥쳐! 제발 그만 좀 하라고!"

순간 얼굴색이 변한 에드가 참지 못하고 소리치고는 녹
색의 위산을 바닥에 게워냈다. 나단이 에드를 부축하자 탈
레나의 얼굴이 심하게 일그러졌다. 그녀는 손으로 나단을
가리키며 말했다.

"나단. 너는 누구지? 이건 핀의 물건이잖아. 내가 봤어."

탈레나의 손에 감긴 유리구가 흔들렸다.

"너는 누구야?"

나단은 그 찰나에 고민했다. '나는. 누구지?'

선장은 탈레나가 한눈을 판 틈을 타 손끝이 닿을 정도의 거리로 다가섰으나, 그 순간 탈레나가 낸 괴음과 에어락 해치에 스스로를 세게 부딪치는 몸부림에 뒷걸음질 칠 수밖에 없었다. 괴음은 마치 영겁의 동굴 속에서 햇수를 셀 수 없을 정도로 오랫동안 헤매던 이가 드디어 죽기 전에 내는 소리처럼 느껴졌다. 조종실에 남은 고다는 귀를 막았다. 그러나 탈레나의 깊은 괴로움은 피부를 타고 고다의 안으로 들어갔다. 그들은 기다려야 했다. 괴음이 끝나기를. 고다는 소리를 털어내려는 듯 고개를 휘저었지만 자신의 안에서 활기를 띠어가는 극한의 두려움을 없앨 수 없었다. 가슴을 파고드는 소리가 조금씩 잦아들자 고다는 고개를 들었다. 조종실 중앙에 숫자 5가 희미하게 모습을 드러내고 있었다. 가까스로 우주선이 다시 적막을 되찾자 선장은 탈레나에게 호소했다.

"우리는 잊을 수 있네. 그리고 돌아갈 수 있어. 지구에서 땅을 밟고 이곳에서 영원히, 등을 돌릴 수 있다는 말이야. 내가 자네를 끝까지 도와주지. 이번만 나를 믿어주게."

탈레나는 더 이상 숨을 가쁘게 쉬지 않았다. 그녀의 호흡이 안정되고 있었다. 선장은 그녀에게 손을 뻗었다. 가까이 가겠다는 신호였다.

"그러나 너무 무서워요. 카팔디."

"무엇이?"

선장이 발을 떼기 시작했다.

"핀 말이에요. 웃고 있었어요. 제 발로 걸어 들어가면서. 당신들은 아니라고 내가 틀렸을 거라고 했지만. 그래서 나는 거기가 엔진실인지도 몰랐는데."

"아."

탈레나의 입에서 작은 탄성이 터져 나왔다. 그녀는 나단에게로 천천히 고개를 돌렸다. 그녀의 초점은 점점 흩어졌다. 마치 사방을 보는 것처럼.

"맞아. 당신들이 역시 날 속인 거였어. 핀은 분명히 웃고 있었어. 죽는 게 기쁜 것처럼. 그리고 지금도."

순간 무너지는 듯한 굉음과 함께 탈레나는 암흑의 진공 속으로 튕겨 나갔다. 우주가 그녀와 함께 그들의 비명을 한 움큼 삼키고서야 해치는 닫혔다. 비명의 끝숨만이 세 사람을 둘러쌌다. 그들의 귀에 거친 소리가 들려오기 시작했다. 고다의 목소리가 거친 잡음 속에서 그들에게 외치고 있었다.

"카팔디…선장님…교신은…불가…우리는…교신…."

"그게 무슨 말인가? 기술적으로 문제가 있다는 말이야?"

선장은 소리쳤다.

"교신…내역이…없습니다…우린…. 지구와…단…한 번

도…교신을…한 적이….”

선장 카팔디는 자신에게 냉정하게 명령을 내리던 국장
의 모습을 떠올렸다. 같은 말만 반복하던 차가운 얼굴을. 선
장의 얼굴이 극도의 불안에 휩싸였다.

“그게 무슨 말이야! 그게 무슨 뜻이냐고!”

“노웸이…우리를…. 속였어요.”

선장은 뒤를 돌았다. 대원들 뒤로 펼쳐진, 자신이 달려왔
던 흰 복도. 천장. 바닥. 그 모든 것이 느껴지기 시작했다.
노웸호 안의 공기가 그들의 온몸에 달라붙었다. 그때였다.
우주선이 급격히 방향을 틀었다. 그들은 잡음이 선내 전체
로 번져가는 것을 느끼며 균형을 잃고 쓰러졌다. 노웸호는
예정된 항로에서 벗어나고 있었다. 증폭된 숨소리와도 같
은 소음 속에서 얼어붙은 탈레나의 몸이 노웸호 곁으로 다
가왔다. 그녀의 공포로 일그러진 얼굴이 검은 심연 속을 떠
다니고 있었다. 그 옆의 번쩍이는 광파가 유리구인지 저 멀
리서 빛나고 있는 별인지 알 수 없었다.

“고다.”

선장은 고다를 불렀다. 노웸은 소리 없는 암흑 속에서 유
유히 유선형의 몸을 회전시켰다. 고다의 응답은 잡음 속에
묻혀갔다. 그 순간 잡음 사이로 단 한 단어가 튀어나왔다.
선명한 이름. 핀. 고다는 다시 말했다.

“핀. 당신은….”

그 말을 끝으로 그들의 머릿속을 채웠던 잡음이 삭제된 것처럼 일순간 사라졌다. 선체가 회전을 멈추었다. 그리고 앞으로 나아가기 시작했다. 그들은 흰 바닥을 짚고 가까스로 일어났다. 선장은 홀로그램 접속을 통해 변경된 목적지를 확인했다. BZ105924. 그들에게 가장 가까운 베를리오즈 은하의 중심. 블랙홀이었다.

7

뉴어스. 새로운 우리를 찾는 일. 나는 연구를 통해 우주도, 그리고 핀도 이해할 수 있으리라 믿었다. 그것은 잘못된 생각이었다. 어쩌면 이 프로젝트는 시작부터 잘못된 계획이었는지도 모른다. 당신은 우주의 뒷모습을 본 적이 있는가? 아니면 그 전에, 우주를 알고 있는가? 인간들은 새로운 지구도, 새로운 우리도 찾지 못했지만 포기하지 않았다. 죽은 사람들의 연구는 살아 있는 인간들에 의해 계속되었고, 그들이 죽으면 또다시 새로 태어난 인간들에 의해 이어졌다.

노웹호는 여섯 번째 탐사 후 귀환 중에 웜홀 속에서 새롭고도 규칙적인 신호를 감지했다. 약간의 논쟁이 있었지만,

카팔디 선장은 그들의 의견을 모아 선택을 했다. 그들은 신호를 추적하여 새로운 경로를 입력했다. 희망. 용기. 기대감. 슬픔. 두려움이 그들의 가슴속에서 요동쳤다. 무엇보다 생명이 만들어낸 문명을 만나고 싶다는 강렬한 열망이 다시 한 번 마음속에 피어올랐다. 웜홀을 빠져나오자마자 그들은 숨을 멈추었다. 누구는 눈을 뜨지 못했고, 누구는 몸을 웅크렸다. 그리고 누구는 눈물을 흘렸다. 그들이 마주한 것은 이전에는 우주가 절대 드러내지 않았던, 인간들도 의도하여 보려 하지 않았던 멸망한 별들의 잔해들이었다. 보라색 계통의 빛들 사이로 죽은 별들의 허물이 떠다니는 그곳은 무구한 역사의 유령들이 떠도는 별의 묘지와 같았고, 쉴 새 없는 번쩍거림 때문에 마치 행성계 전체가 불타오르는 것처럼 보였다. 그들을 더욱 절박한 쇼크 상태로 몰아넣은 것은 그 가운데에서 강력한 신호를 끊임없이 토해내며 발광하는 항성이었다. 항성은 죽어가고 있었다. 그러나 그것은 동시에, 생을 향해 절박하게 헤엄쳐가는 모든 것들의 뒷머리를 잡아채어 결국 자신을 마주 보게 하는, 죽음이라는 생명을 온몸으로 게워내고 있었다. 대원들은 결코 몰락할 수 없는 심연의 심장 속에서 절박하게 도망치기를 원했다. 숨이 막힌 채 웅크려 공포를 견딘 대원들이 핀의 부재를 알아챘을 때는 이미 우주복을 입은 그녀가 노웸과 연결된 끈이 팽팽해질 때까지 항성을 향해 유영해 간 뒤였다. 병원장이 전해준 핀과 맷의 연구실에 저장된 여섯 번째의 탐사 기록에 따르면 바로 그때 노웹이 잠시 정지했다고 한다. 다시 깨어난 노웹은 핀을 자신의 안으로 끌어당겼다.

나단.
그곳에 무언가가 있어.

그녀가 그다음을 말한 것은 일곱 번째 탐사를 떠나기 직전이었다. 나는 어둠 속에서 보았던 그녀의 캄캄함을 다시 느꼈다. 나는 그때 이미 그녀를 잃은 것과 다름없었다.

8

"빌어먹을."

기계선으로 내려간 에드의 욕지거리가 들려왔다.

"빌어먹을."

조종실로 돌아왔을 때 고다의 숨은 이미 끊어지고 있었다. 그는 공중을 응시하더니 숨을 내어주듯 허공에 작은 신음을 내뱉고 눈을 뜬 채로 죽었다. 남겨진 그들은 구명선으로 향했으나 노웸이 강제잠금시스템으로 수동장치를 무력화시킨 탓에 조종실로 돌아와야 했다. 조종실 중앙에는 홀로그램 숫자 4가 제자리를 맴돌며 그들을 기다리고 있었다.

에드는 노웸의 제어권한을 직접 끊기 위해 기계선으로 내려갔다. 선장은 그를 말리지 못했다. 죽음으로 항해하는 우주선에서, 그것이 언제 닥쳐올지 알 수 없는 상황에서 에드가 제시한 가능성을 무시할 수 없었다. 선장과 나단은 조종실에 남아 에드가 하나씩 끊어가는 장치들을 화면으로 확인했다. 노웸은 이제 고요히 블랙홀로 항해하고 있었다. 나단은 노웸과 핀에 대해 생각했다. 핀은 스스로를 죽이며 어떤 생각에 빠져 있었을까. 노웸에게 무엇을 말하려 한 걸까. 노웸은 그녀의 목적을 받아들인 것인가. 그 목적은 내가 이해할 수 있는 것인가. 선장은 숫자를 세었다.

"나단. 에드. 카팔디. 나단. 에드. 카팔디. 나단. 에드. 카팔디."

나단은 그에게 말했다.

"노웸이에요." "나단. 에드. 카팔디. 노웸."

선장은 나단을 바라보았다.

"미안하다." 그의 얼굴이 말하는 듯했다.

"우리는 우주에서 무언가를 찾으리라고 확신했어. 무수한 신호를 받았거든. 그것들은 아주 아름답지. 그래서 오랫동안 황량하고 공허한 우주를 헤매었다. 하지만 나는, 나단. 단 한 번도 어떻게 해야 할지 알았던 순간이 없어. 텅 빈 우주로 나오면 나는 완전히 다른 존재가 되고, 우주는 아름다운 하늘이 아니게 되지."

"저는 핀이 경이를 위해 일하고 있다고 생각했어요."

"맞아. 핀은 누구보다 놀라운 여기를 사랑했어. 지나치게 놀라운 곳을. 나도 마찬가지였지만 점점 지쳐갔지. 그러나 앞으로 나아가는 것을 멈출 수가 없었다."

나단은 회한이 담긴 선장의 깊은 눈을 바라보았다. 그의 주름이 가득한 손을 잡았다.

"나단."

그녀는 선장이 자신에게 정말로 사과할까 봐 겁이 났다. 앞으로 일어날 일들이 보이는 것 같았다. 그녀는 급히 에드를 불렀다. 에드. 다행히 에드의 목소리가 들렸다.

"이동 중이야. 일단 여기까지 하고 시도해봐야 돼."

선장은 기계선을 비추는 화면을 에드가 돌아오는 복도로 바꿔 띄웠다. 그는 빠른 걸음으로 걷고 있었다. 복도로 진입하는 에드를 확인한 선장은 자동시스템 버튼을 해제했다.

"에드. 구명선으로 바로 이동하게."

선장의 말이 끝나고 잠시 뒤 나단은 선장을 바라보았다. 화면 속의 에드가 등을 보인 채 멈춰 있었다. 선장은 다급히 그의 이름을 다시 불렀다.

"에드."

에드의 목소리는 들리지 않았다. 선장과 나단의 뒤로 치지직거리는 잡음이 작게 들려오기 시작했다. 천장과 바닥, 벽 전체로 기어오듯 점차 커지는 소리에 선장과 나단은 천천히 뒤를 돌아보았다. 누군가 그들을 바라보고 있었다. '있다'고 하기에는 아주 희미했으나 그것은 어떤 생명보다 강하게 진동하고 있었다. 나단의 입에서 탄성이 터졌다.

"아. 나의 핀."

그곳에는 핀이 있었다. 정확히 말하면 그녀의 홀로그램이 잡음과 함께 서 있었다. 주위를 날아다니는 에메랄드색의 입자들 속에서 그녀는 마치 불타고 있는 것처럼 보였다. 눈동자가 없는 조각상의 것과 같은 눈은 그들을 향해 있었다. 투명한 손이 천천히 들어 올려졌다. 그녀가 가리킨 곳에 숫자 하나가 그녀와 같은 색으로 만들어졌다. 4. 숫자는 서서히 3으로 모습을 바꾸었다. 나단은 주저앉았다. 그리고 핀, 혹은 핀의 모습을 한 그것을 한없이 쳐다보았다. 나단의 귀에 먹먹한 목소리가 들렸다. 누군가가 세게 나단의 팔을 잡아끌고 있었다. 선장 카팔디가 그녀를 일으켰다. 그가 뭐라고 외치고 있었지만, 그녀에게는 저 멀리에서 웅웅거리는 소리처럼 들릴 뿐이었다. 나단은 선장이 이끄는 대로 달렸고, 곧 구명선에 도착했다. 선장은 나단의 어깨를 흔들며 소리쳤다.

"정신 차려. 저건 핀이 아니야."

선장이 구명선의 엔진을 작동시키자 구명선 안에 에메랄드 숫자가 떠올랐다. 빠르게 진동하는 잡음이 그들을 다시 괴롭혔다. 핀의 모습이 서서히 나타났다. 선장은 나단의 앞을 막아섰다. 유령과도 같은 핀의 홀로그램이 선장의 몸에 닿을 것처럼 다가왔다.

"우리는 너무 오랫동안 어둠만을 봐왔어. 끝없이 펼쳐진 시간을 헤매는 것과 같았네. 핀. 자네는 알고 있었는지도 몰라. 우리가 알아서는 안 되는 그것을 말이야. 그리고 그것이 진실인지도 모르지."

나단은 선장의 아득해지는 눈빛에 본능적으로 그를 붙잡았다. 선장이 나단을 바라보았다. 선장의 입술이 떨리고 있었다. 나단은 이상하게도 그가 처음으로 웃고 있다고 생각했다.

"나단. 나단은 예언자이자 배신자의 이름이지."

선장이 말했다.

나단은 그 말의 의미를 읽을 수 없어 선장의 눈만을 바라보았다. 선장은 구명선의 문을 열고 나단을 조종석으로 세게 밀쳤다. 나단이 일어나는 동안 선장은 구명선 밖으로 나가 문을 잠갔다. 핀의 홀로그램이 나단을 통과하여 선장을 따라 걸어나갔다. 에메랄드색의 빛이 눈이 부시게 흩뿌려졌다. 선장은 구명선의 수동장치를 열었다. 선장의 뒤로 투명하고 희미한 핀의 모습이 보였다. 나단은 선장을 바라보며 고개를 세게 흔들었다. 어느 순간 선장의 눈의 초점이 흐려지기 시작했다. 그의 눈에서 눈물 한줄기가 떨어져 내렸다. 그 순간 구명선은 천둥 같은 울림과 함께 우주로 던져졌다. 나단의 가슴에 아주 깊은 곳에서 울려 퍼지는 울부

짖음이 느껴졌다. 그것은 서서히 구명선 밖으로 흩어져 우주의 주인인 어둠의 심연에게 먹혔다. 동그랗고 작은 구명선은 암흑 속에 홀로 남겨졌다. 나단은 멀어지는 노웸호를 바라보았다. 핀의 마지막 말이 들렸다.

나단.
그곳에는 무언가가 있다. 그것은,
존재하는 무.

9

"자살하는 우주선이라니. 놀랍군요."

병원장은 말했다. 얼굴이 낯익었던 이유는 그가 민간우주기업 중에서도 가장 거대한 사업을 이끄는 제임스 블랭크였기 때문이다. 그가 나에게 노웸호에 대한 자료를 조금씩 전해주던 어느 날 나는 그에게 저의를 밝힐 것을 요구했다. 그는 저의를 목적이라 바꾸어 말하며 나에게 어떤 제안을 했다. 세계우주기구에 있는 핀의 연구실을 통째로 옮겨줄 테니 뉴어스 프로젝트를 지속해달라는 것이었다. 나는 그를 곧바로 돌려보냈다. 일부러 발작할 필요도 없었다. 그는 순순히 물러섰다.

＊

"나단. 내 말을 명심해. 신호는 저주와 같아."

선장 카팔디는 말했다. 뒤엉킨 목적들과 책임에 짓눌린 그가 마지막으로 내뱉은 말이었다. 우주로부터의 저주. 핀은 그것을 사랑했다. 인간은 자신의 한계 너머의 것을 보았을 때, 스스로를 잃어버릴 수밖에 없다. 그리고 내면 깊이 숨겨져 있던 원초적인 비명을 내지를 수밖에 없는 것이다. 노웸호의 대원들은 끊임없이 그 순간을 잊으려고 노력했고, 임무를 다하려고 하였으며, 그 후에는 우주에서 영원히 등을 돌리리라 다짐했다. 그러나 오직 핀만이 '존재하는 무'에 중독되어 그렇게 되기를 원한 것이다.

＊

몇 주 뒤 나는 요양원에서 퇴원하여 집으로 돌아왔다. 그리고 몇 달 뒤에는 핀의 연구실로 돌아왔다. 제임스는 그녀의 연구실을 완벽하게 자신들의 스키아우주센터에 옮겨놓았다. 나는 그 저주를 받아들였다. 인류에게 영원히 부여될 발견의 저주, 환희에 찬 공포를.

나는 여전히 노웸의 꿈을 꾼다. 블랙홀로 향했던 그의 뒷모습을.

그 안에는 언제나 에메랄드빛의 희미한 인영만이 반짝이고 있다. 아름다운 암흑의 우주에서 그보다 더 캄캄한 우주선이 항해하고 있다. 0을 위하여.

신지현

이화여자대학교에서 국문학과 철학을 전공했다. 일을 하다 학교로 돌아가 동대학원에서 철학을 공부했다. 석사 졸업 후 다시 일을 하다가 2018년도부터 글을 쓰고 있다. 온라인 소설 플랫폼 브릿G에 임욱이라는 필명으로 기담을 올리고 있다.

훌륭한 소설을 쓰는 방식

2019년과 함께 폴라리스 워크숍이 시작되었을 때는 겨울이었습니다. 추위를 많이 타기 때문에 부산과 서울을 오가는 고생보다 서울의 추위를 더 걱정했던 일이 떠오릅니다. 그런데 늦여름 더위 속에서 추천사를 쓰고 있으니 기분이 묘하네요.

믿음직하고 좋은 분들이 함께한다는 점 때문에 폴라리스 워크숍에 멘토 작가로 참여하겠다고 흔쾌히 수락했습니다만, 그 후에는 고민이 이만저만이 아니었습니다. 제일 걱정했던 부분은 이제 막 창작을 시작하는 멘티 작가들이 가진 글쓰기의 즐거움을 빼앗지 않을까 하는 것이었어요. 좋은 결과물을 내고 싶은 학생의 욕심과 선생이 만났을 때 그려지는 그림이, 입시학원이라는 아주 한국적인 그림이었거든요. 워크숍이라는 시스템이 경쟁에 익숙한 한국의 창작자들에게 어떤 식으로 작용할지 꽤 의문이었습니다.

또 다른 고민은 합평에 관한 것이었습니다. 막 창작을 시작하던 시기에 참여했던 합평을 돌아보면 좋은 기억도 많지만 부끄러운 기억이 있습니다. 당시에는 상대의 작품을 비평한답시고 열심히 내뱉었지만, 상대 작가에겐 상처를 남겼던 적이 많았어요. 물론 저도 상대의 반격에 상처를 입고서야 깨달았지요. 돌아보면 서로 얼마나 어리석었는지! 창작 경험이 아직 적었던 우리에게는 필요했던 것은 어설픈 비평이 아니라 최선을 다해 성실하게 써 내려 간 글에 대한 지지와 격려였는데 말이죠. 그런 어리석음을 멘티 작가들이 저지르지 않기를 바라면서 합평에 대한 몇 가지 규칙을 제시하고 당부했던 기억이 납니다.

멘티 작가님 배정은 멘토 작가들의 사전 모임에서 정해졌습니다. 우수한 시놉시스를 낸 멘티 작가를 서로 데려가려는 쟁탈전이 있었을 것 같지만, 죄송합니다, 그런 일은 없었습니다. 소소한 과정이 있기는 했는데, 지금 돌이켜보면 운명적인 만남이었던 것 같아요. 서로 처음 만나던 날, 안전가옥의 비밀공간을 가득 메우고 앉아서 어느 분이 서로의 멘토·멘티인지 궁금해하며 두근거렸던 기억이 생생합니다. 저의 멘티 작가님들은 하나같이 거대한 스케일과 서사를 가진 이야기를 가지고 제게로 오셨어요. 스케일이 남다른 분들이셨죠. 좋았습니다. 저도 광활한 공간과 거대한 서사에 매료되는 작가이자 독자이니까요. 그런데 이 워크숍에서는 단편을 써내야 했습니다. 하고 싶은 이야기를 많이 생략하고 줄여야 했던 멘티 작가님들의 아쉬움이 많았을 거라고 생각합니다. 다음에는 꼭 장편에 도전하셔서 그런 아쉬움을 모두 털어버리시기 바랍니다.

제가 모신 멘티 작가님들은 모두 성실하고 넉넉한 성품을 가지신 분들이었습니다. 학생을 가르치는 직업적인 습관을 버리지 못하고 온라인 과제로도 모자라 창작일기까지 써내라고 했는데, 모두 열심히 참여해 주셨지요. 일일이 읽고 피드백하는 일이 마냥 즐겁기만 했다면 거짓말이겠습니다만, 작가님들의 열정에 자극받아 의욕이 활활 불타는 나날이었습니다. 경쟁심과 독기 어린 비평만이 오갈까 걱정했던 합평회도 어찌나 따뜻하고 다정했던지, 지금도 가끔 그 인간적인 온기가 떠오를 때가 있습니다. 변화무쌍하게 다양한 시도를 하셨던 도영원 작가님은 항상 밝고 경쾌한 분위기를 만들어주셨고, 꼼꼼하고 치밀한 설정으로 우리를 놀라게 했던 류서 작가님은 박학다식함과 간결한 논리로 동료 작가님들의 혼란한 설정을 정리해주곤 하셨지요. 깊은 사유를 조용히 이야기에 담아나가던 임욱 작가님의 부드러운 미소와 시원하고도 날카롭게 동료 작가님들의 이야

기를 읽어내던 김유경 작가님의 호기심 어린 눈빛이 지금
도 눈에 선합니다.

　그런데 네 분의 단편이 점점 완성되어 갈수록 어느 작
품을 수록작으로 골라야 하나 고민도 깊어지기 시작하더군
요. 편집부에서 그 고민을 덜어주셔서 천만다행이었습니다.
여기에 수록된 김유경 작가님의 〈사이보그 동물 사육제〉
는 영 어덜트를 위한 SF입니다. 죽어가는 반려견을 보며 마
음 아파하는 소년과 동물의 장기를 기계로 교체하여 소모
히는 동물원에서 일하는 아버지와 계속 어긋나지요. 그런
데 어느 날, 기계로 만든 까마귀가 등장하면서 소년에게 위
기가 닥칩니다. 이야기를 따라가며 흡입력 있는 긴장감의
끝에서 진한 감동을 느껴보시기를 바랍니다. 임욱 작가님
의 〈0을 위하여〉는 광대한 우주를 탐험하는 우주선 안에서
벌어진 기이한 사건을 다룹니다. 밀폐된 공간인 우주선 안
에서 승무원들이 살해되는 사건을 쫓아가다 보면 존재에
대한 거대한 사유와 만나게 될 것입니다. SF와 미스터리 그
리고 철학이 결합된, 흥미진진한 이야기입니다. 두 편의 이
야기를 즐겁게 읽어주시면 두 작가님뿐만 아니라 저도 몹
시 행복할 것 같습니다.

　이야기를 끝내기까지 멘티 작가님들은 고된 과정을 거
쳐왔습니다. 단편이든 장편이든 한 편의 이야기를 완성하
는 것은 멀리 보이는 산을 향해 가는 것과 같습니다. 손에

잡힐 듯이 눈앞에 보이는 산이지만 거기까지 도달하려면 먼 길을 걸어가야 하지요. 마찬가지로 단번에 완성할 것처럼 생생한 이야기를 실제로 끝내기까지는 지난하고 오랜 과정이 필요합니다. 가장 중요한 것은 그 과정을 즐기는 것입니다. 글쓰기가 힘들다고 많은 작가가 말하지만, 너무 믿지 마시기 바랍니다. 사실은 힘든 것보다 더 큰 즐거움이 있기 때문에 다들 여전히 쓰고 있는 것이니까요. 저 역시 글쓰기가 힘들다고 생각한 적은 있어도 싫어한 적은 없습니다. SF 장르에 관해서도 마찬가지입니다.

SF를 많이 접해보지 않은 분들은 우선 SF가 읽기 어려울 거라고 생각합니다. 그러니 창작하는 것은 두말할 것도 없겠지요. 좋은 SF를 쓰고자 하는 욕심이 있다면 우선 그 특징부터 살펴보아야 합니다. SF는 세계와 현상을 설명하는 주요한 도구로 과학을 선호합니다. 그리고 과학의 특징은 논리로 설명되는 타당함이지요. 예를 들어, 호박이 갑자기 마차로 변하는 마술적인 변화는 당연히 SF의 특징과 거리가 멉니다. 그런데 호박이 마차로 변한 과정을 논리적이고도 과학적으로 그럴싸하게 독자를 설득할 수 있다면 SF가 될 수도 있겠지요. 완전히 새로운 SF적인 소재를 떠올리기 힘들다면 흔한 소재로 색다른 시도를 해보시기 바랍니다. 어쩌면 아무도 예상하지 못했던 독특한 이야기를 만들수 있을지 모르니까요. 또, SF와 다른 장르들을 결합해 보는 것도 좋은 방법 중 하나이겠지요.

작가들이 쓴 작법서가 많이 쏟아지지만, 훌륭한 소설을 쓸 수 있는 정해진 공식 따위는 없습니다. 진짜입니다. 작법서를 쓸 수준에 이른 작가는 오랜 경험을 통해 형성된 자신만의 습관을 가지고 있고, 그것을 설명할 수 있을 뿐입니다. 말하자면 훌륭한 작가의 숫자만큼 훌륭한 소설을 쓰는 방식이 존재하는 거겠지요. 그런데 이런 습관들은 작가 스스로 말하지 않는 이상 알려지는 법이 없습니다. 자기도 모르는 습관은 더욱 그러하겠지요. 그래서 폴라리스 워크숍의 가장 큰 의의는 멘토 작가의 습관을 멘티 작가님들이 바로 곁에서 관찰하고 참고할 수 있었던 점이 아닐까 합니다. 한 작가의 작업 습관을 볼 수 있는 기회가 흔치는 않으니까요. 이런 기회가 SF 작가의 길을 걷기 시작한 작가님들에게 도움이 되었다면 워크숍에 멘토 작가로 참여한 보람이 있을 것 같습니다.

이제 마무리와 인사를 해야 하겠군요. 앞으로 어디서든 워크숍에 참여했던 멘티 작가님들의 SF를 또 다른 지면에서 읽는다면 정말 반가울 거예요. 그날을 기다리며 저도 열심히 글을 쓰겠습니다.

김주영

장편소설《나호 이야기》를 연재하면서 작품 활동을 시작했다. 제2회 황금가지 문학상 수상작인《열 번째 세계》를 비롯해《그의 이름은 나호라한다》,《이카, 루즈》,《여우와 둔갑설계도》,《시간 망명자》등의 장편소설과 단편집《보름달 징크스》,《이 밤의 끝은 아마도》아동소설인《공포의 과학 탐정단》등을 출간하였다.

특히 작가의 다섯 번째 장편소설《시간 망명자》는 2017 SF어워드 장편소설 부문 대상 수상, 2017 부산문화재단 우수도서 선정, 2017 부산국제영화제 아시아필름마켓〈북투필름〉피칭작 선정 등의 성과를 거두었으며 중국 최대 SF출판사인〈과환세계〉에 한국 장편 SF로는 처음으로 판권을 수출했다.

ARZAK**POLARIS** | 2019 제1회 **폴라리스** 선정작품집

초판 1쇄 인쇄   2019년 9월 20일
초판 1쇄 발행   2019년 9월 25일

지은이   김유경, 백승화, 손소남, 신지현, 윤주미, 이규락, 지현상
멘토   김보영, 김주영, 김창규, 홍지운
펴낸이   박은주
기획   김아린
디자인   김선예, 류진
마케팅   박동준

발행처   아작
등록   2015년 9월 9일(제2018-000142호)
주소   03924 서울시 마포구 월드컵북로54길 25
              상암DMC푸르지오시티 504호
대표전화   02.324.3945   **팩스**   02.324.3947
이메일   decomma@gmail.com
홈페이지   www.arzak.co.kr

아작은 디자인콤마의 문학 브랜드입니다.